CONTE *verlag*

# Die irische Meerjungfrau

Carolin Römer

## Meerjungfrau

**Ein Fin O'Malley Krimi**

CONTE *krimi*

Ich danke ganz besonders John Ryan und Danny Kelly für ihre Hilfe. Ohne sie wäre die irische Meerjungfrau nur halb so irisch geworden.

*Go raibh míle maith agat*

Bibliografische Information der Deutschen Nationalbibliothek
Die Deutsche Nationalbibliothek verzeichnet diese Publikation
in der Deutschen Nationalbibliografie; detaillierte bibliografische
Daten sind im Internet über http://dnb.d-nb.de abrufbar.

ISBN 978-3-941657-25-0

© Carolin Römer
© Conte Verlag GmbH, 2011
Am Rech 14
66386 St. Ingbert
Tel: (0 68 94) 16 64 1 63
Fax: (0 68 94) 16 64 1 64
E-Mail: info@conte-verlag.de
Verlagsinformationen im Internet unter www.conte-verlag.de

Lektorat: Sarah Wegmann
Umschlag und Satz: Markus Dawo
Druck und Bindung: Faber, Mandelbachtal

Die lange farblose Kutte des Alten war voller mottenzerfressener Löcher. Sie flatterte im Wind und folgte dabei einem ganz eigenen Rhythmus. Der grobgewebte Stoff schien zu atmen, als ob außer dem klapprigen Knochengestell noch etwas anderes darin hauste und sich ganz offensichtlich wohlfühlte. Eine dürre, fast fleischlose Hand ragte aus dem ausgefransten Ärmel, die Haut, die sich über die Knöchel spannte, schimmerte wachsfarben und brüchig wie altes Pergament, blaue Adern liefen über sie hinweg wie Priele über einen Strand. Fingernägel gleich Tierklauen umklammerten einen langen, geschnitzten Gehstock. Mühsam hob er den schmutzstarren Saum, um vorsichtig einen Fuß vor den anderen zu setzen. Er trug Sandalen, das Leder dünn und abgewetzt, und doch war jeder Schritt, als hätte er eiserne Ketten an den Füßen.

Das Auffälligste an dem Alten aber war sein Bart. Eine verfilzte und verschimmelte Matte reichte ihm fast bis zu den Knien herab, vielleicht auch nur bis zu seinem Hintern, die gebückte Haltung verfälschte die Erscheinung. Im haarigen Gestrüpp wimmelten Essensreste wie hilflose kleine Fische in einem Netz. Als hätte sein Träger vorsichtshalber ein paar Vorräte für eine lange Reise eingepackt.

Der glasige Blick aus wässrigen Augen war gen Himmel gerichtet als suche er dort Eingebung, mindestens aber Ermutigung für sein Tun, wenigstens jedoch eine Antwort auf die Frage aller Fragen – warum er es tat.

Hinter dem Alten stakste ein untersetztes, unscheinbares Männchen auf kurzen, krummen Beinen. Wo andere einen einzigen Schritt taten, brauchte es drei. Seine graue Kutte war um einige Ellen zu groß, ständig geriet der Kleine ins Straucheln und fiel seinem Vordermann in den Rücken. Die schwarze struppige Mähne hing ihm wirr ins Gesicht, selbst wenn er die schmierigen Strähnen bei jedem Schritt zur Seite strich, konnte er unmöglich sehen, wohin er trat. Es blieb ihm nicht viel mehr übrig, als an dem Alten zu kleben wie ein Schatten.

Der Dritte im Bunde überragte sie alle. Er schleppte ein wahres Gebirge von Buckel mit sich, sein spiegelblanker Schädel war zwischen die Schulterblätter gesunken, weshalb er anatomisch gar nicht in der Lage schien, die Augen vom Boden zu lösen. Sein Atem war ein müdes Rasseln, seine schweren Schritte hinterließen tiefe Pfützen im nassen Sand.

Hinter den Dreien folgten weitere Gestalten, alle im Gänsemarsch, eine lange, schweigende Prozession von Mönchen, die über den Strand zogen, bis sich der letzte als unbedeutende Silhouette im Nebel verlor.

Er sollte endlich mit dem Trinken aufhören.

# 1. Pleurants

Er blinzelte.

Mit etwas Phantasie sahen die Felsen tatsächlich aus wie eine düstere Prozession mittelalterlicher Mönche, besonders wenn die Phantasie von fünfzehn Jahre altem schottischen Single Malt beflügelt wurde. Im Reflex klopfte er gegen die Innentasche seiner Barbourjacke. Der Flachmann klang erschreckend hohl. Er sollte ihn im nächsten Pub nachfüllen.

Sein Reiseführer hatte das Naturschauspiel beschrieben. Welchem unergründlichen Muster auch immer Gott gefolgt war, als er diese Steine in den Sand geworfen hatte, sie gaben den Menschen seit jeher Rätsel auf. Mannshohe Felsbrocken, die in einer geheimnisvollen Ordnung über den Strand zu marschieren schienen, die aber anders als prähistorische Steinkreise nicht von Menschenhand dorthin gestellt worden waren, sondern allein das Werk von Mutter Natur waren. Sonne und Wind, Ebbe und Flut hatten den Steinen über die Jahrtausende zugesetzt. Algen und Flechten wucherten Bärten gleich auf der verwitterten Oberfläche. Muscheln hatten sich in den winzigsten Winkeln festgekrallt und bizarre Muster gebildet, während das Salzwasser stetig am Fundament nagte. Es war abzusehen, dass in ein paar hundert Jahren nichts mehr da sein würde, das die Phantasie eines Betrachters beflügeln konnte.

Im vergangenen Jahrhundert hatte ein findiger Tourismusmanager der Felsformation den Namen *Pleurants* gegeben. Das war Französisch und bedeutete frei übersetzt so viel wie

Trauerzug, in Anlehnung an steinerne Figuren bedeutender Grabmale noch bedeutenderer Könige. Genützt hatte es nichts, Touristen waren keine gekommen, und die rätselhaften Steine wanderten weiter unbeachtet über einen menschenleeren Strand. Es gab weit und breit nichts Bemerkenswertes. Keine bedeutenden Kulturschätze, weder römische Ausgrabungen noch himmelstürmende Zeugnisse mittelalterlicher Baukunst. Nur Landschaft. Und selbst die war wenig spektakulär. Eintöniges Grün, Wiesen und Weiden, die ohne Vorwarnung in scharfen Klippen zum Meer hin abbrachen, ein schmaler Streifen Strand, mit Felsen gespickt, schließlich eine langweilig graue Pampe, die sich Atlantik nannte. Und über allem ein wolkenverhangener Himmel, aus dem es meistens regnete. Wer's mochte ...

Nein, hierher kam niemand freiwillig. Im Gegenteil, seit mehr als tausend Jahren hatten die Menschen alles daran gesetzt, von hier fortzukommen.

*Day's Foreland* war eine Halbinsel im äußersten Nordwesten Irlands. Wobei *Day* eine englische Verballhornung des gälischen Wortes *dia* war. *Dia* bedeutete nichts Geringeres als Gott, und ursprünglich hieß der Landstrich *An Lámh Dé* – die Hand Gottes. Tatsächlich sah die Küstenlinie mit ihren tief ins Land reichenden fjordähnlichen Buchten auf der Landkarte aus wie eine Hand mit fünf ausgestreckten Fingern. Aber diese Gegend schien von Gott ebenso verlassen wie von allen anderen Lebewesen.

Die ersten Spuren menschlichen Wirkens hinterließ – wie sollte es in diesem Lande anders sein – eine Handvoll Mönche, die im achten Jahrhundert hier durchgezogen war. Sie hatten sich nicht lange aufgehalten. Der Legende nach waren sie mit einem Boot, einem lederbezogenen *Curach*, von einer Landzunge aus in See gestochen. Sie waren dem Zeigefinger Gottes gefolgt, der ihnen den Weg ins Gelobte Land weisen sollte.

Wenn sie unterwegs nicht abgesoffen waren, hatten sie wahrscheinlich Grönland entdeckt. Was am Ende aus ihnen wurde, ist nicht überliefert. Aber es ist unwahrscheinlich, dass sie nach dieser Entdeckung noch große Lust verspürt hatten, mehr vom Rest dieser Welt zu sehen.

Wenig später begannen auf dem Nachbarfinger ganz andere Elemente einem eher unchristlichen Handwerk nachzugehen. Denn ganz oben, sozusagen auf der Kuppe des fast schon obszön langen Mittelfingers, lag das Dorf Foley – und der eigentliche Grund für Fins Anwesenheit.

Denn er war ganz und gar nicht freiwillig hier, und er hätte sonst was dafür gegeben, in diesem Augenblick woanders zu sein.

Fin schlug den Kragen seiner Jacke hoch und schniefte.

An sonnigen Tagen konnte er einer solchen Landschaft durchaus etwas Reizvolles abgewinnen, aber an Tagen wie heute? Er war ein Stadtmensch. Völlig ungeeignet für das Leben unter freiem Himmel. Das einzige Grün, das er gelten ließ, waren die Parks in Dublin mit all ihrem staubigen Laub, den überquellenden Abfalleimern, umherirrenden Touristen und vierundzwanzigstündigem Lärmpegel. Autoabgase waren auch nicht schlechter als der muffige Geruch von abgestandenem Salzwasser, verwesenden Krabben und moderndem Algen.

Es war viel zu still hier. Kaum ein Laut war zu hören, nicht mal eine einzige keifende Möwe. Das Meer kotzte lustlos auf den Strand und ließ den schmutzigbraunen Seetang hin und her schwappen. Kein Wind, der die Wellen dramatisch aufwühlte oder wenigstens die winzigen Mücken vertrieb. Dazu ein Nebel, der den dicksten Großstadtsmog in den Schatten stellte, milchig, sämig und unappetitlich wie Haferschleim. Der Horizont war hinter einem dichten Schleier aus feinem Nieselregen verschwunden. Während der ganzen Autofahrt hatte es geregnet, und noch immer trommelten die stecknadelfeinen Tropfen auf die harte Schale seiner nagelneuen Wachsjacke.

Er hatte sich gut vorbereitet. Nicht nur eine neue Jacke gekauft. Oder diesen handgestrickten Pullover aus handgesponnener Wolle von freilaufenden Schafen, der eigentlich bloß unangenehm auf der Haut kratzte und bei der ersten Wäsche wahrscheinlich auf Zwergengröße einschrumpfte. Er hatte sich sogar knöchelhohe, wetterfeste Schnürschuhe gekauft, bloß lagen die jetzt im Kofferraum seines Wagens oben an der Straße, weil er es viel zu unbequem fand, mit diesen klobigen Waldbrandaustretern Auto zu fahren.

Seine hellen Wildlederschuhe waren komplett durchweicht. Der kurze Spaziergang über den Strand hatte genügt. Nein, es waren keine handgenähten italienischen Maßschuhe, bloß ein Sonderangebot, aber es wurmte ihn dennoch. Sie waren fehl am Platz. Genau wie er.

Er hätte Gummistiefel mitbringen sollen. Auf der Fahrt war er an einem noblen Country Hotel vorbeigekommen. Dort hatte eine ganze Reihe von Gummistiefeln an der Garderobe ausgeharrt, kein Paar unter zweihundert Euro wert. Im hoteleigenen Pub hatten ihre Besitzer an der Theke gestanden und zwanzig Jahre alten Whisky geschlürft. Unternehmensberater, Investmentbanker und Topmanager, die ein Event-Weekend gebucht hatten und eine Menge Geld dafür hinlegten, in einem Selbsterfahrungskurs mit Anglerstiefeln bis zum Bauch im kalten Wasser zu stehen und ahnungslosen Lachsen aufzulauern. Für einen kurzen Moment hatten ihn Marmorbäder und Internetanschluss, Bibliothek und Rauchersalon gereizt, aber ihm war schnell klar geworden, dass die Preise sein Budget sprengten. So hatte er es bei einem feudalen Mittagsmahl belassen.

Mangels echter Alternativen hatte er sich für ein Bed & Breakfast entschieden. An der Tankstelle in Foley hatte er gefragt und die Adresse der Witwe MacCormack erhalten, die am

Ausgang des Dorfes wohnte und Zimmer vermietete. Er fand einen Bungalow aus den frühen achtziger Jahren, dessen große Panoramafenster über einen akkurat geschnittenen Rasen, ebenso akkurat gestutzte Büsche und weniger akkurat verblühte Astern auf eine weite Bucht hinausgingen. Im Garten die unvermeidliche Wäschespinne, auf deren Leine selbst bei strömendem Regen wenigstens ein einzelner Bettbezug die unermüdliche Hausfrau verriet. Auf einem Pfosten neben der Auffahrt zur Garage thronte eine kitschig bunte Marienstatue aus Gips, zu ihren Füßen ein Ewiges Licht. Hier würde man ihn gewiss nicht von der Schwelle weisen. Dennoch hatte ihn die Witwe MacCormack – fünfundsiebzig (geschätzt), hundertachtzig Pfund (über den Daumen gepeilt) und schwarzgefärbt (todsicher) – misstrauisch angesehen, als er vor ihrer Tür aufgekreuzt war. Die Urlaubssaison war längst vorbei, kein Mensch im Vollbesitz seiner geistigen Kräfte verbrachte Anfang November seine Ferien an der rauen Nordwestküste, da pflichtete Fin ihr insgeheim bei. Aber schließlich hatte sie ihm doch ein Zimmer aufgesperrt, die Plastikschutzhülle vom Bett genommen und den Geruch von Mottenkugeln zum Fenster hinausgejagt. Ein gutes Geschäft ließ sich hier eben niemand entgehen. Wahrscheinlich tackerte sie in diesem Augenblick gerade den plüschigen blassgelben Bettvorleger auf dem Boden fest und nahm das vergoldete Kruzifix über dem Bett herunter. Nicht dass sie ihm nicht über den Weg traute …

Er hatte seine Reisetasche abgestellt, sich mit seiner Straßenkarte bewaffnet und war wieder ins Auto gestiegen. Erst mal wollte er die Gegend erkunden und war einfach der Straße nachgefahren. Am Kap vorbei mit dem alten Leuchtturm, immer die kurvenreiche Küste entlang bis ein Schild am Straßenrand ihn auf dieses touristische Highlight aufmerksam gemacht hatte.

Vom Parkplatz führte ein schmaler Trampelpfad durch Gras

und Heidekraut bis zum Rand der Dünen. Er spazierte eine Weile über den Strand, die Hände in den Taschen vergraben. An manchen Stellen hatten Wind und Meer den nackten Fels unterm Sand freigelegt, im Dunst konnte er in der Brandung verborgene Riffe erahnen. Die Küste galt seit Menschengedenken als gefährlich. Vor Inbetriebnahme des Leuchtturms hatten die Menschen ihr karges Dasein aufgebessert, indem sie Schiffe mit falschen Lichtsignalen auf die Klippen lockten und ausplünderten. So auch die Einwohner von Foley. Das gälische Wort für Pirat lautete nicht von ungefähr *foghlai* ...

Muscheln knirschten unter seinen Schuhen, als er den Hinterlassenschaften der allgegenwärtigen Schafe auswich. Der Spülsaum lag voller Treibgut. Im vertrockneten Tang hatten sich Reste eines Fischernetzes verfangen, etwas weiter lag eine Holzplanke, die wahrscheinlich schon seit hundert Jahren im Salzwasser badete. Hier ein rosa Flipflop mit abgerissenem Riemen, dort die unvermeidliche Plastikflasche, grün von Algen. Auch an den abgelegensten Stränden war man nicht sicher vor Zivilisationsmüll.

Da stand er, mitten im trostlosen Nichts, und betrachtete ein paar verwitterte Felsbrocken. Er fragte sich, ob diese Trauergesellschaft dieselben Mönche darstellen sollte, die damals im achten Jahrhundert zu neuen Ufern aufgebrochen waren. Der Ausflug schien ihnen nicht bekommen zu sein, irgendwie sahen sie aus wie eine Schar Schiffbrüchiger, die sich mit letzter Kraft ans rettende Ufer schleppte.

Zähe Nebelschwaden zogen in die Bucht, das Meer war kaum noch zu erkennen. Es war wie in einer Waschküche, nur kälter. Fin gönnte sich den letzten Schluck Whisky, verschloss mit klammen Fingern die leere Flasche und ließ sie wieder in die Jacke zurückgleiten. Dann machte er kehrt und stapfte zurück zum Parkplatz.

Der Strand erbebte.

Fin drehte sich um.

Aber da war nichts. Nichts außer den gespenstischen Nebelfetzen, die lautlos übers Wasser glitten. Nichts, das dieses eigenartige Geräusch verursachen könnte, dieses dumpfe, rhythmische Hämmern, das immer lauter wurde. Zuerst dachte er an das Tuckern eines Schiffsdiesels, ein Fischkutter draußen auf See. Aber dieses Geräusch stammte nicht von einer Maschine. Und es war viel näher als jeder Kutter sein konnte.

Er merkte, dass er unbewusst den Atem anhielt, als könne er dadurch besser hören. Seine Augen tasteten sich durch den Nebel, suchten nach einem Schatten, einer Bewegung. Das Vibrieren des Sandbodens unter seinen Füßen wurde stetig stärker, so als ob sich etwas Schweres, etwas Gewaltiges näherte. Langsam tastete er sich rückwärts in Richtung Dünen. Was da auch immer auf ihn zu kam, vielleicht war es nötig, in Deckung zu gehen ...

Eine Gestalt schälte sich aus dem Dunst, wurde größer, begleitet von heftigem Schnaufen.

Dann konnte er das Geräusch einordnen.

Hufschlag.

Er atmete auf.

Ein Pferd tauchte aus dem Nebel auf. Ein riesiger Schimmel, der mit langen Sprüngen am Wasser entlanggaloppierte, aus tiefen Nüstern quoll jeder Atemzug als weiße Dampfwolke. Auf seinem Rücken eine dunkel gekleidete Gestalt, ein weiter Mantel bauschte sich im Wind.

Fin war stehengeblieben und starrte die Erscheinung so entgeistert an wie eine heranfliegende Untertasse. Keine fünfzig Meter trennten sie. Den Kopf tief über die flatternde Mähne gebeugt war der Blick des Reiters unbeirrt nach vorn gerichtet, als fixierten seine Augen ein imaginäres Ziel in der Ferne. Er schien Fin gar nicht zu bemerken. Wie ein Gespenst schwebte das Pferd über den Strand, kein Huf schien den Sand zu berühren. Der Nebel verzerrte nicht nur jedes Geräusch, er schien auch die Gesetze der Schwerkraft zu ignorieren und jede Bewegung auf ein Minimum zu verringern.

Wasser spritzte, Sandklumpen flogen in hohem Bogen auf. Dann verschwand der Schimmel wieder im Nebel, sein Hufschlag folgte ihm wie ein Echo und verstummte schließlich.

Fin blickte noch eine ganze Weile auf die Stelle, an der er verschwunden war. Er war sich nicht ganz sicher, ob er das eben wirklich gesehen oder sich nur eingebildet hatte. Er ging hinunter ans Wasser und suchte vergeblich den glattgespülten Sand ab. Entweder hatten die Wellen die Hufspuren schon weggewischt, oder es hatte sie nie gegeben.

Er sollte wirklich mit dem Trinken aufhören.

Er schüttelte den Kopf und machte sich auf den Rückweg. Dort, wo der Strand zu Ende war und ein Weiterkommen von scharfkantigen Felsen vereitelt wurde, führte der Trampelpfad durch die Dünen zur Straße hinauf. Er fand seine Fußspuren wieder, die er beim Runtergehen hinterlassen hatte, aber sie waren nicht alleine. Tiefe Hufabdrücke hatten den feuchten Sand aufgewühlt.

Oben bei seinem Wagen blieb er stehen und lauschte. Fast erwartete er, irgendwo in der Ferne Hufe auf Asphalt klappern zu hören, aber alles war still.

Immerhin, der Reiter war real gewesen. Keine Halluzination. Kein sagenumwobener kopfloser Kerl. Kein Rächer auf einem feuerschnaubenden, glutäugigen Ross, geradewegs einer irischen Legende entsprungen. Nicht einmal einer der apokalyptischen Vier. Nur ein ganz normaler Mensch auf einem Pferd aus Fleisch und Blut.

Glaubte er wenigstens.

Mit einem Blick auf die Uhr beschloss Fin, dass es Zeit war für ein Pub. Zeit für ein Abendessen und einen verdammt großen Whisky.

## 2. The Fisherman

Das *Fisherman* war das angesagteste Pub in Foley. Und das einzige. Und wo es keine Konkurrenz gab, bestand auch keine Notwendigkeit, irgendetwas zu verändern.

Die Holzverkleidung der Wände und Nischen, die verschrammten Tische und Stühle, die wuchtige Theke, alles war im Laufe von Jahrzehnten durch Nikotin und Torffeuer dunkel geworden. Die letzte Generalüberholung der rissigen, dunkelroten Lederpolster musste mehr als zwanzig Jahre zurückliegen. An den kleinen Fenstern filterten brüchige Gardinen das Licht und verhinderten die freie Sicht auf staubige Scheiben. Auf dem blankgescheuerten Boden fristete ein abgetretener Teppichläufer ein trauriges Dasein vor einem rußgeschwärzten Kamin, zwischen dessen schiefen Mauern ein Feuer bläulich flackernd vor sich hin kümmerte und wenig Wärme verbreitete. Aber die war auch nicht nötig, das Pub war gut besucht, fast alle Nischen und Tische waren besetzt. Es roch nach Zigaretten, nassen Pullovern und verbranntem Kaffee.

Fin ergatterte einen Platz an der Theke. Hier hatte er den Überblick und die beste aller Aussichten. Eine ganze Batterie umgedrehter Flaschen wartete direkt vor seiner Nase darauf, den hochprozentigen Inhalt in seine durstige Kehle laufen zu lassen. Erwartungsvoll rieb er sich die kalten Hände und bestellte einen Whisky.

Die Klientel war bunt gemischt. Jung und Alt, Männer und Frauen. Neben dem Kamin war ein Kinderwagen abgestellt, der Inhalt plärrte derweil in einer anderen Ecke. Unter irgendeinem Tisch kläffte ein kleiner Hund. Und jeder kannte jeden. Kein Wunder, bei rund hundertzwanzig Menschen war die Einwohnerzahl von Foley überschaubar. Die meisten waren wahrscheinlich miteinander verwandt, drei oder vier Großfamilien, der Rest war zu vernachlässigen.

Nicht zu vernachlässigen waren allerdings die Brüder Keane, die bis vor etwa zehn Jahren hier ihr Unwesen getrieben hatten.

Fin nippte an seinem goldgelben Drink. Irgendwann musste er mit seiner Arbeit anfangen, warum also nicht gleich?

Seine Augen fielen auf ein Plakat neben dem Foto der lokalen Rugbymannschaft und dem Durchgang zur Küche. Es kündigte den Auftritt eines Folkduos an und war fast auf den Tag genau fünf Jahre alt.

»Gibts hier auch Musik?«, fragte er und bedeutete dem Wirt, sein Glas noch mal zu füllen.

Der Mann löste seinen Blick vom Fernseher, wo die Wiederholung einer uralten Folge von *Ally McBeal* mit abgedrehtem Ton über die Mattscheibe geisterte, und wandte ihm seine gedrungene Boxergestalt zu. »Nee, nur im Sommer.« Das Flimmern des Bildschirms spiegelte sich auf seinem kahlrasierten Schädel. »Touristen mögen so was.«

Also eher selten.

Ein volles Glas tauchte vor ihm auf. »Sie sind auf der Durchreise?«

Fin hielt die Frage für einen schlechten Scherz. Durch Foley kam niemand durch. Hinter Foley war die Welt zu Ende, da lag nur noch das Meer und dahinter Amerika. Aber er hatte damit gerechnet, dass die Leute neugierig sein würden. Wahrscheinlich wusste bereits das ganze Dorf, dass bei der Witwe MacCormack ein Fremder abgestiegen war.

»Urlaub.«

»Urlaub? Im November?«

Fin hatte sich vorbereitet. »Naja, eher so ne Art Beziehungsurlaub. Habn bisschen Stress mit meiner Frau. Musste einfach mal raus.« Das stimmte natürlich nicht. War aber auch nicht komplett gelogen.

Der Wirt nickte verständnisvoll. »Kenn ich. Wünsche ich mir auch manchmal. Kann nur leider den Laden nicht einfach zumachen.« Er stellte zwei Bier in die Nachbarschaft. »Ich heiße übrigens Ronan. Ronan O'Shea. Für meine Freunde Ronnie.«

Fin nickte. Klappte besser als er dachte. »Fin.«

»Fin?«

»Einfach nur Fin. Für alle.«

Finbar. Er hasste diesen Namen. Welcher Teufel hatte seine Eltern damals geritten, ihn Finbar zu nennen? All seine Schulkameraden hießen John, Peter, George oder Andrew, und alle hatten sie ihn mit seinem komischen Namen aufgezogen. Am meisten hatte er es gehasst, wenn er etwas ausgefressen hatte und seine Mutter nach ihm rief, um ihn zur Rede zu stellen. Die Art, wie sie die zweite Silbe betonte, dabei völlig unnötig in die Länge zog und am Ende auch noch die Stimme anhob. Finbaaaaaar …

Susan hatte es letzten Endes genauso gemacht.

Susan, seine zukünftige Exfrau.

»Darfs noch was sein?« Ronan blickte fragend auf sein leeres Glas.

Fin fuhr sich durch seine struppigen, vom Regen noch immer feuchten Haare und zögerte. Vielleicht sollte er lieber etwas essen, bevor er sich weiter dem Alkohol widmete. Der Abend konnte lang werden.

»Vielleicht einen Fisherman's Fellow?«

»Einen was?«

»Spezialität des Hauses. Ursprünglich wollten wir's Fisherman's Friend nennen, aber der Name war schon besetzt, also haben wir's Fisherman's Fellow genannt.«

»Und was genau ist ein Fisherman's Fellow?«

Ronan tat geheimnisvoll. »Altes Familienrezept.«

»Na, dann her damit.«

Es konnte auf keinen Fall schaden, sich mit dem Wirt gut zu stellen, Vertrauen aufzubauen. Vor allem, wenn man Informationen wollte. Und wo wechselten Informationen schneller und häufiger den Besitzer als in einem Pub?

Ronan verschwand in der Küche und kam einen Augenblick später mit einem Tonkrug wieder, aus dem es mächtig dampfte. Er tat furchtbar geheimniskrämerisch und wandte Fin den Rücken zu, damit der ja nicht sah, was er noch so alles in den Drink hineinmixte.

Schließlich stellte er den Krug vor ihn auf die Theke. »Genau das Richtige für ein Wetter wie heute, wärmt und weckt die Lebensgeister. *Sláinte*!«

Fin betrachtete argwöhnisch seinen Fisherman's Fellow. Oberflächlich gesehen schien es sich um ein Pint heißes Bier zu handeln, dessen dünne Schaumkrone einige verräterische rote Tropfen wie Blutspritzer zierten. Was sich allerdings darunter verbarg, ließ sich nur auf einem Weg herausfinden. Vorsichtig nippte er an dem Zeug. Es war kochend heiß, hochprozentig und brannte wie die Hölle. So schnell es ging würgte er den Schluck hinunter.

»Klasse …!«, krächzte er. Zuhause würde er damit den Gartenzaun abbeizen. »Was ist da drin?«

»Tja, heißes Guinness mit selbstgebranntem Whisky, eine Prise brauner Zucker, ein paar Spritzer Tabasco obendrauf«, verkündete Ronan nicht ohne Stolz, »und noch so ein paar geheime Zutaten.«

Wahrscheinlich Sanitärreiniger oder Unkrautvertilger. Eins allerdings stimmte, das Gebräu wärmte ungemein. Für die Unversehrtheit eventuell vorhandener Lebensgeister würde er aber nicht unbedingt die Hand ins Feuer legen.

Er zog seine Jacke aus, als sich ein weißhaariger Zausel neben ihn an die Theke drängte und mit schiefsitzendem Zahnersatz einen Fisherman's Fellow bestellte. Offenbar war der Trank nicht nur kreiert worden, um ahnungslosen Fremden das Geld aus der Tasche zu ziehen. Ronan trollte sich in die Küche, und Fin nutzte die Gelegenheit, nach der Dame des Hauses Ausschau zu halten, um endlich von flüssiger auf feste Nahrung umzusteigen. Isobel, so hatte Ronan sie wohl gerufen, verteilte einen gut gefüllten Teller nach dem anderen unter ihren Gästen und das auf Absätzen, die einen vom bloßen Hinsehen schon schwindlig machten. Sie schien um einiges jünger als ihr Mann, mindestens zwanzig Jahre – wenn die beiden überhaupt verheiratet waren. Sie war höchstens Anfang dreißig, dunkelhaarig und ausgesprochen wohlproportioniert. Der Rock war gefährlich kurz, das T-Shirt eine Spur zu eng, und das, was für Fins Geschmack an einer Stelle zu wenig war, war an anderer Stelle zu viel. Zu viel Make-up, zu viel Haarspray, zu viel auffälliger Schmuck.

»Neu in der Gegend?«

Die Stimme kam aus einem ganzen Stockwerk tiefer. Fin blickte nach unten und bemerkte den Alten, der neben ihm auf dem Barhocker saß und im Stehen wahrscheinlich auch nicht größer war als im Sitzen.

»Meinen Sie mich?«

»Türlich. Alle anderen hier kenn ich ja.«

Bei genauem Hinsehen entpuppte sich der Alte allerdings als zottelige Oma, körperlich wohl irgendwo in den Achtzigern, geistig allerdings eher in den Sechzigern angesiedelt. Die abgewetzte Fransenjacke aus braunem Wildleder hätte Jimi Hendrix alle Ehre gemacht, das Sammelsurium an Halsketten, von denen das Peace-Zeichen noch das unauffälligste war, hätte den Neid jedes Beatniks erregt, und das schneeweiße, spröde Gekringel auf ihrem Haupt, Zeugnis einer missglückten

Dauerwelle, hätte ihr einen Ehrenplatz in jeder Hippiekommune beschert. Und wenn ihn seine Nase nicht völlig im Stich ließ, umwehte die alte Dame eine sanfte Brise von Marihuana. So etwa stellte er sich die Mutter von Keith Richards vor.

»Ich mache Urlaub hier.«

»Ha! Das sagen sie alle.« Und nahm einen großzügigen Schluck von ihrem dampfenden Fisherman's Fellow. Fin wartete darauf, dass winzige Rauchwölkchen aus ihren Nasenlöchern stiegen.

»Wer sagt das?«

»Na, die anderen eben.« Mit Todesverachtung leerte sie ihren Krug und schob ihn in Ronans Reichweite, der ihn im Vorbeigehen schnappte und schon in die Küche entwischt war, ehe Fin etwas zu essen ordern konnte.

»Welche anderen?«

»Die Kerle, die Shergar suchen.«

Fin stutzte. »Die suchen wen?«

»Shergar.«

Ohrenbetäubender Lärm setzte ein, als plötzlich jemand den Fernseher lauter drehte. Ein Rugbyspiel, vielleicht auch *Gaelic football* – die Begeisterung erwachsener Männer für Raufen mit Ball war Fin schon immer suspekt gewesen. Er hatte gar nicht gemerkt, wie sich das Pub allmählich gefüllt hatte. An der Theke standen die Leute bereits in Zweierreihen. Zigarettenqualm vernebelte die Sicht. Das landesweite Rauchverbot war nicht bis hierher gedrungen, was nicht weiter verwunderte, waren doch die Einwohner von Foley seit jeher Opportunisten. Schon aus Tradition.

»Aber die haben schon damals hier jeden Stein einzeln umgedreht und nix gefunden.«

»Wer?«

»Die Polizei natürlich.«

»Was hätte sie denn finden sollen?«

Die Alte sah ihn verständnislos an. »Na Shergar, wen denn sonst?«

Ein frischgezapfter Krug knallte vor ihr auf den Tresen. »Nora Nichols, bitte, fang nicht wieder mit dieser alten Leier an«, schimpfte Ronan gutmütig und an Fin gewandt, »glauben Sie ihr kein Wort.«

»Äh, Ronan ...«

»Ronnie.«

»Schön, Ronnie. Könnte ich vielleicht –«

»Klar doch. Ist unterwegs.« Ronan war schon wieder in der Küche verschwunden, aber Fin bezweifelte, dass das, was da unterwegs war, dazu geeignet sein würde, seinen Hunger zu stillen.

»Alle haben sie geglaubt, dass die IRA ihre Finger im Spiel hätte«, murmelte die Alte vor sich hin, »aber die hatten ja keine Ahnung. Was sollten die denn mit dem Gaul anfangen ...«

Langsam dämmerte es an seinem geistigen Horizont.

Shergar.

War da nicht mal was mit einem entführten Rennpferd? Das musste mehr als zwanzig Jahre her sein. Der Klepper hatte irgend so einem schwerreichen Scheich gehört, aber seltsamerweise war kein Lösegeld bezahlt worden. Soweit Fin sich erinnern konnte, war Shergar einfach von der Bildfläche verschwunden und nie wieder aufgetaucht.

»Ich hätt denen damals gleich sagen können, was mit dem Gaul passiert ist, aber mich hat ja keiner gefragt«, meinte die alte Nora, und der beleidigte Unterton ließ ahnen, dass sie auch nach mehr als zwanzig Jahren noch eingeschnappt war.

»Was ist denn damals passiert?« Fin fragte mehr aus Höflichkeit als aus echtem Interesse.

»Die Gomballs haben Shergar geklaut. Die sind immer scharf auf schnelle Pferde.«

»Soso, die Gomballs ...« In Foley herrschte ganz offensichtlich kein Mangel an kriminellen Talenten. »Und wer sind die Gomballs?«

»Feen.« Ronan schob ihm einen frischen Fisherman's Fellow vor die Nase, dabei hatte er den ersten noch nicht ausgetrunken. »Freunde von Nora.« Er zuckte mit den Achseln, als wolle er sich für die Alte entschuldigen.

»Du bist ein ... ein Inogrant, Ronan O'Shea. Ich weiß, dass du mir nicht glaubst. Solltest du aber. Ist alles wahr. Habs mit eigenen Augen gesehen«, entgegnete Nora pikiert.

»Was genau haben Sie denn gesehen?«

Sie nahm einen langen Zug aus ihrem Krug und sah Fin mit todernster Miene an. Ihre Stimme war heiser von zu vielen Fisherman's Fellows. »Sie haben ihn mit einem Lkw hergebracht. Um Mitternacht wars. Und es war Vollmond, ich war nämlich unterwegs, weil ich ein paar Freunde treffen wollte. Und da ist der Lkw durchs Dorf gerollt. Ganz leise und ohne Licht ... Am Strand haben sie Shergar ausgeladen und sind auf ihm davongeritten. Drei Gomballs hab ich gesehen ... drei ...« Zur Bekräftigung klopfte sie dreimal mit dem Finger auf die Theke.

»Und der Lkw?«, erkundigte sich Ronan scheinbar interessiert.

»Das weißt du ganz genau. Hab ich dir schon hundertmal erzählt.«

»Dann erzähls mir noch mal.«

»Den haben sie im Meer versenkt.«

»Und da liegt er heute noch.«

»Natürlich nicht, du Dummkopf. Den haben die Meerjungfrauen auseinandergenommen. Die können alles gebrauchen, vor allem wenns schön glänzt.« Sie hielt Ronan ihren leeren Krug hin.

»Hätt ich auch selber drauf kommen können.« Er eilte davon, als ob irgendwo Bier anbrannte.

»Super Geschichte«, meinte Fin.

So wie die Alte dem Alkohol zusprach, hätte sie vermutlich auch geschworen, dass in der fraglichen Nacht Marilyn Monroe auf einem steppenden Dinosaurier durchs Dorf geritten war. Er nahm einen vorsichtigen Schluck von dem Höllentrank. Andererseits – vielleicht war ja was dran an der Geschichte. Was immer die Alte auch zu sehen geglaubt hatte, in Foley hatten sich schon die merkwürdigsten Dinge zugetragen.

Sein Magen knurrte aufdringlich. Um ihn wenigstens vorübergehend zu beruhigen, griff sich Fin eine Tüte Chips aus einem Ständer auf der Theke.

»Aber du glaubst mir doch, nicht wahr?«, rempelte ihn Nora von der Seite an.

Fin verschluckte sich und hustete Krümel. »Sicher. Klar doch. Feen. Warum nicht?«

Offenbar war er hier an den Dorfdeppen von Foley geraten.

»Ronan, noch einen Whisky für meinen neuen Freund hier!«

Der Abend nahm nicht ganz den erwünschten Verlauf. Er musste aufpassen, dass er nicht unter die Räder kam. Was er brauchte, war ein klarer Kopf, keine zugedröhnte Birne vom Saufen. Schließlich hatte jeder hier im Lokal es faustdick hinter den Ohren. Allesamt Nachfahren von Piraten …

Wie von Zauberhand hatte sich ein Glas Whisky vor seinen Augen materialisiert, Fin hatte es gar nicht bemerkt.

»Auf dein Wohl, Junge!« Die alte Nora hob ihren Fisherman's und sah ihn erwartungsvoll an. »Und darauf, dass *Tirfotoin* nie untergehen wird!«

»Tifo–was?«

»Das Feenreich«, murmelte Ronan im Vorbeigehen.

»Ah.« Fin nippte an seinem Glas, während Nora ihren Krug in einem Zug leerte. So wie die Alte soff, konnte sie unmöglich von dieser Welt sein. Entweder war sie höchstpersönlich im Feenreich zu Hause oder sie zog hier eine verdammt gute

Show ab. Irgendwie musste er sie loswerden, je eher desto besser. Er versuchte es mit einem Themenwechsel.

»Ich dachte, in unseren irischen Pubs herrscht Rauchverbot«, sagte er, als Ronan wieder in Hörweite war.

»Bei mir hat sich noch keiner beschwert.«

»Kontrolliert das niemand?«

Ronan zuckte vielsagend seine muskulösen Schultern und schob den Schaum von zwei Pintgläsern.

Hätte er sich eigentlich denken können. Foley war schon immer ein rechtsfreier Raum gewesen, daran hatte sich über all die Jahre nichts geändert. Kein Polizist würde auf die Schnapsidee kommen und sich hierhertrauen, um so etwas Banales wie ein Rauchverbot durchzusetzen.

Apropos Schnaps.

Er merkte, dass er den Überblick verlor. Er hätte schwören können, dass dieses Whiskyglas vor seiner Nase eben noch halbleer war – und nicht randvoll. Misstrauisch starrte er Ronan an, der ihm seinerseits aufmunternd zunickte.

»Kommt ausm Norden.« Ein kantiges Kinn deutete auf sein Glas und dessen Inhalt. »Zwanzig Jahre alt, kleine uralte Destillerie. Mein Bruder arbeitet dort. Macht mir immer einen guten Preis.«

Fin wollte gar nicht wissen, von welchem Lieferwagen die Kiste runtergefallen war, aber in einem Punkt musste er Ronan recht geben, der Stoff streichelte wie Samt durch seine Kehle.

»Und dann haben sie ihn einfach abgeknallt!«

Fin zuckte zusammen. »Wie?«

»Na, was man eben mit jedem Gaul macht, der sichs Bein gebrochen hat.« Nora war wieder in ihrer Spur. »Kannte halt bisher nur die flache Rennbahn. Die Gomballs haben ihn über Stock und Stein gejagt, und es kam, wies kommen musste. Der Gaul is in 'n Erdloch getreten und das wars. Zack!« Ihre flache Rechte fiel auf die Theke, als verdiente das Geräusch eines knackenden Knochens eine besondere Betonung. »Die haben nicht viel Federlesens gemacht. Bo Gomball wars, der hat sich ne Knarre geschnappt und aus wars mit Shergar.«

»Und da waren Sie natürlich auch dabei.« Fin leerte sein Glas.

»Nicht nur das ...« Nora machte eine bedeutungsschwangere Pause und rückte ein Stück näher an Fin heran. Ihre nächste Aussage mochte sie nur hinter vorgehaltener Hand machen. »Ich weiß sogar, wo sie ihn begraben haben«, wisperte sie verschwörerisch.

Fin bemerkte im Augenwinkel eben noch, wie Ronan mit der Whiskyflasche nahte und schob rechtzeitig die Hand über sein Glas.

»Soll ich's dir zeigen?«

»Nein, Nora, ein andermal vielleicht.« Den Gedanken an Abendessen hatte er schon lange aufgegeben. Müde zerrte er seine Jacke hervor. »Ich muss jetzt wirklich ...«

»Noch einen für den Heimweg?« Ronan hielt die Flasche hoch.

»Danke, Ron... Ronnie. Ich muss irgendwie noch nach Hause fin–«

»Zur Tür raus, einmal links, an der Kreuzung rechts und dann immer geradeaus.«

»Danke.«

Natürlich wussten sie Bescheid. Alle.

Er musste jetzt nur noch rausfinden, wie viel sie wirklich wussten.

# 3. Foley

Er hatte keinerlei Erinnerung daran, wie er in sein Bett gefunden hatte. Zwar war Ronans Wegbeschreibung korrekt gewesen, aber begünstigt durch die Tatsache, dass in ganz Foley trotz Nacht und Nebel nur zwei Straßenlaternen brannten – eine am Ortseingang bei der Tankstelle, die andere am Ende einer Sackgasse, die zum Hafen führte – musste Fin feststellen, dass das Dorf im Dunkeln verdammt anders wirkte als bei Tageslicht. Es war nicht mal Mitternacht gewesen, trotzdem schienen alle Bürgersteige, so es denn welche gab, hochgeklappt und alle braven Bürger, davon gab es wahrscheinlich weitaus weniger, in ihren Betten. Die anderen waren alle im Pub.

Vor der Toreinfahrt hatte er dann noch den Schlüssel fallen lassen, und er war eine ganze Weile fluchend zu Füßen der Muttergottes herumgekrochen, um das verflixte Ding schließlich im schwachen Schein des Ewigen Lichts wiederzufinden.

Sein Zimmer lag – Gott sei Dank – direkt neben der Haustür. Keine Gefahr, auf der kurzen Strecke dem tadelnden Blick der Witwe MacCormack zu begegnen. Seine Augen hatten sich mittlerweile so an die Dunkelheit gewöhnt, dass er nicht einmal den Lichtschalter bemühte, um das Bett zu finden. Obwohl er für seine Verhältnisse nicht wirklich viel getrunken hatte, schlief er in der Sekunde ein, als sein Kopf das Kissen berührte.

Und genauso wachte er am nächsten Morgen auf. In zerknautschten Kleidern, die malträtierten Schuhe noch an den

Füßen, auf der linken Gesichtshälfte das Rüschenmuster der Polyestertagesdecke. Sein Magenknurren hatte ihn geweckt. Durch die offenen Vorhänge fiel Tageslicht ins Zimmer; wenn er den Kopf hob, konnte er über den Rasen bis zur Straße sehen. Dahinter nichts als Nebel. Das Wetter konnte bei labilen Menschen Selbstmordgedanken hervorrufen.

Er verließ das Bett und versuchte dabei unnötige Bewegungen zu vermeiden, um seinen Kopf langsam und vorsichtig von der Horizontalen an die Vertikale zu gewöhnen. Nein, einen Kater hatte er eigentlich nicht, aber er war sich ziemlich sicher, dass der ein oder andere Fisherman's Fellow für das Vakuum in seinem Schädel verantwortlich war. Im Spiegel über dem Waschbecken starrte ihn jemand an, der ihm vage bekannt vorkam. Er wusch ihn trotzdem. Nach einer ausgiebigen Dusche und sorgfältiger Rasur war er mit dem Ergebnis durchaus zufrieden.

Susan hatte in den letzten Monaten gemäkelt, er ließe sich gehen, was Fin wiederum gar nicht nachvollziehen konnte. Was erwartete sie von ihm? Dass er mit Mitte vierzig anfing und sich die Haare färbte, damit die grauen Stellen nicht so auffielen? Haareschneiden, okay, darüber konnte man reden, aber Färben? Im Leben nicht. Außerdem kamen Männer mit grauen Schläfen bei manchen Frauen durchaus an. Aber das war eine andere Geschichte, die er jetzt lieber nicht verfolgen wollte. Nicht so früh am Morgen.

Er zog ein paar bequeme Jeans und ein frisches Hemd aus seiner Reisetasche, stellte die neuen Schuhe und den ebenso neuen Rucksack bereit und verkleidete sich als Tourist, den nur noch ein Frühstück daran hinderte, dem Lockruf der Natur zu folgen.

Draußen vor seiner Zimmertür roch es nach Kaffee. Nicht einfach nur nach Kaffee, nein, es roch wie ein ganzer Starbucks Coffee Shop. Fin war einigermaßen überrascht. Aber warum sollte eine Frau, die ein derart grässlich großgeblümtes Kleid ihr Eigen nannte, nicht trotzdem wunderbaren Kaffee kochen können?

»Guten Morgen, Mrs. MacCormack.«

»Guten Morgen, Mr. O'Malley. Haben Sie gut geschlafen?« Die obligatorische Frage schien ohne Vorbehalte ernst gemeint zu sein.

»Danke. Wunderbar«, murmelte Fin und setzte sich an den Platz, den die Dame des Hauses für ihn eingedeckt hatte.

»Kaffee? Oder lieber Tee?«

»Kaffee wäre fantastisch, Mrs. MacCormack.«

Sie goss ein und stellte eine Thermoskanne vor seine Nase. »Wie mögen Sie Ihre Eier?«

»Ähm, Spiegeleier, wenns keine Umstände macht.«

»Kein Problem, Mr. O'Malley. Dazu Speck? Tomaten? Würstchen? Black Pudding?«

Sein Magen grummelte aufdringlich. »Gern, Mrs. MacCormack.«

Sie entschwand in Richtung Küche und ließ ihn mit dem Kaffee und einer großzügigen Auswahl an Frühstückscerealien zurück und mit der Frage, was wohl den Sinneswandel seiner Gastgeberin herbeigeführt hatte. Der Kaffee war der beste, den er seit Monaten getrunken hatte, und er war gerade mit seinen Cornflakes fertig, als sie zurückkam, umweht von einem köstlichen Duft nach knusprigem Speck und geschmorten Tomaten, in der Hand einen riesigen Teller, auf dem sich alles häufte, was seinen Magen nach der unfreiwilligen Fastenzeit glücklich machte.

»Das sieht wunderbar aus.« Er meinte es ehrlich.

»Lassen Sie sich's schmecken, Mr. O'Malley.« Sie stellte frischen Toast auf den Tisch und überließ ihn ihren Gaben.

Fin putzte alles weg, sogar die obskuren Würstchen, die er zu Hause stets verweigerte. Nein, er wollte nicht wissen, woraus sie gemacht waren. Nicht so früh am Morgen. Nachdem er den Rest Eigelb mit Toast aufgewischt, das verbliebene Brot mit Marmelade bestrichen und niedergemacht und die Kaffeekanne bis auf den letzten Tropfen geleert hatte, fühlte er sich satt und zufrieden.

Trotzdem traute er der ganzen Sache nicht. Führte die gute Frau etwas im Schilde?

Was Fin nicht wissen konnte, war, dass der Witwe MacCormack seine nächtliche Heimkehr natürlich nicht entgangen war. Durch den Spalt zwischen ihren Schlafzimmervorhängen hatte sie seinen Kniefall vor ihrer Marienstatue allerdings völlig falsch interpretiert, und als gläubige Katholikin war sie zur Nächstenliebe verpflichtet, besonders wenn man hier in der Diaspora einem anderen gläubigen Christenmenschen begegnete. Selbst wenn Fin dies gewusst hätte, er hätte den Teufel getan, diesen Irrtum aufzuklären – dazu war der Kaffee einfach zu gut.

Es war kurz nach elf, als er sich auf den Weg machte. Die frische Luft konnte Tote aufwecken. Schon nach wenigen Minuten begann sich der Nebel zu lichten. Wenigstens der in seinem Kopf.

Er hatte die wetterfeste Jacke übergeworfen, den Rucksack geschultert und marschierte mit forschen Schritten in seinen neuen Schuhen in Richtung Dorf. Er wollte das tun, was alle Touristen an seiner Stelle taten, das Terrain sondieren und dessen Möglichkeiten erkunden. In einem Ferienort hätte er sich unters Volk gemischt, in Foley konnte das ein sehr einsames Unterfangen werden.

»Schöner Tag heute.«

Fin hob den Blick.

Der alte Mann tippte grüßend zwei Finger an seine Schirmmütze und ging unbeirrt seines Weges.

Fin nickte unsicher zurück. Schöner Tag? Gut, es regnete

nicht, vielleicht war es schon deshalb ein schöner Tag. Er versuchte sich die Ekstase der Menschen vorzustellen, wenn erst mal die Sonne durch die Wolken brach.

Graue Steinmauern begleiteten die Straße zu beiden Seiten. Dahinter Wiesen und hier und da ein nasser, trostloser Garten. Ein Traktor überholte ihn, der Anhänger rumpelte hinterdrein. Auf der Ladefläche reckte ein Hund seine Nase in den feuchten Wind. Je weiter er ins Dorf kam, desto näher rückten die Häuser. Der Geruch von Torffeuern hing in der Luft. Aus einer Toreinfahrt kam ein kleiner gefleckter Terrier geschossen, knurrte und kläffte ihn an und versuchte ihn in seine Schuhe zu zwicken.

»Verpiss dich!«, zischte Fin ihn an, aber der kleine Kerl ließ nicht von ihm ab. Fin dachte ernsthaft daran, ihm einen gezielten Tritt zu verpassen, überlegte es sich aber anders. Er konnte unmöglich einen dreibeinigen Hund treten. Damit würde er sich garantiert keine Freunde machen. Er bemühte sich, den Kläffer zu ignorieren, und tatsächlich verlor der Hund nach einigen Metern das Interesse an ihm und trollte sich.

Was tat man als Tourist in Foley?

Es gab bestimmt hunderte solcher Dörfer in ganz Irland, und alle lebten sie vom Tourismus. Man hatte Naturschutzgebiete ausgewiesen und mit Wanderwegen versehen und gemütliche Hotels gebaut. Hausfrauen töpferten, was der Ofen hergab, oder boten Selbstgestricktes feil, während ehemalige Fischer ihre Boote an Delfinbeobachter vermieteten.

In den achtziger und neunziger Jahren des vergangenen Jahrhunderts hatte die irische Regierung versucht, die Halbinsel Day's Foreland touristisch zu erschließen. Angeblich, um den Menschen dort Einkommensmöglichkeiten zu bieten. Leider hatte man versäumt, die Betroffenen zu fragen, ob sie dies auch wollten. Der Bau einer Ferienanlage wurde letztendlich aufgegeben, weil immer wieder Baumaschinen und Material abhandenkamen, und die Anbindung ans regionale Buslinienennetz konnte man als weitgehend gescheitert ansehen, da es laut Auskunft der Dorfbewohner keinen Bedarf gab. Das Experiment, das berüchtigte Piratennest durch Ströme von unschuldigen Touristen zu infiltrieren, war gründlich in die Hose gegangen.

In der Tat fragte Fin sich, wovon die Menschen hier lebten. Zwar hatte Foley einen Hafen, aber hier wurde schon lange kein Fisch mehr angelandet. Seit die EU vor einigen Jahren die Fischfangquoten neu geregelt hatte, lohnte sich die Arbeit nicht mehr. Ein großer Fischereihafen mit Konservenfabrik einige Meilen südlich von Foley hatte dichtgemacht. Schifffahrtsrouten waren verlegt worden, und im Zeitalter von GPS und Satellitennavigation hatte man schließlich auch den alten Leuchtturm am Cape Cloud außer Betrieb gesetzt. Jetzt dümpelten noch zwei schrottreife Kutter im brackigen Wasser des Hafenbeckens, einer hatte bedenkliche Schlagseite. Unter der abblätternden Farbe waren ihre gälischen Namen kaum noch zu entziffern. Eine einsame Möwe hockte wie eine stumme Anklage auf einem Berg verrotteter Netze, die schon seit Jahren keinen Fisch mehr aufgescheucht hatten. Auf dem Pier stapelten sich ramponierte Hummerkörbe neben einem ausgebauten Schiffsmotor, der zugegebenermaßen sehr dekorativ vor sich hin rostete.

Ganz anders das Bild auf der gegenüberliegenden Seite der Mole. Bunt hoben sich die Fassaden der Hafenfront gegen den Nebel ab. Maisgelb, Fuchsiarot, Himmelblau, dazwischen seriöses Weiß oder dezentes Grau, aber alles in allem ein hübsches Ensemble an Individualität, das sich fotogen im stillen Wasser des Hafenbeckens spiegelte. Pittoresk, würde in einem Reiseführer stehen, sollte Foley jemals in einem solchen Erwähnung finden.

Pittoresk.

Fin schnaubte verächtlich. Er wusste es besser. Hinter jedem blankgeputzten Fenster wohnte die Habgier, hinter jeder rotlackierten Tür lauerte Bosheit, selbst in den Hundehütten war die Falschheit zu Hause. Da konnte dieses Nest noch so verschlafen tun, ihm konnten sie nichts vormachen.

Tatsächlich traf er kaum eine Menschenseele. Eine junge Frau verschwand mit ihren Einkaufstüten unterm Arm in einem Hauseingang, und dort überquerten drei Teenager die Straße, trotz winterlicher Temperaturen nur mit kurzen Jacken und noch kürzeren Miniröcken bekleidet. Fin gönnte sich einen flüchtigen Blick, aber die Mädchen waren eindeutig zu jung für ihn. Drüben vor dem Laden standen zwei Männer beisammen, ganz in eine Zeitung vertieft, und diskutierten wahrscheinlich die aktuellen Sportergebnisse.

Aber Fin machte sich keine Illusionen, er wusste, dass man jeden seiner Schritte ganz genau beobachtete. Am besten gab er sich ganz offen und unbefangen, schließlich war ja nicht er es, der etwas zu verbergen hatte.

Fin nickte den beiden Männern beiläufig zu und betrat den Laden.

Er hatte keine besondere Vorstellung, was ihn im Inneren erwartete, aber ganz sicher nicht das. Er hätte schwören mögen, dass dies der eigenartigste Laden auf Gottes weiter Welt war, in den er je einen Fuß gesetzt hatte.

Im ersten Moment glaubte er, sich in eine Verkaufsagentur von eBay verirrt zu haben. Regale bis unter die Decke, die in den eher spärlich beleuchteten Tiefen des Raums verschwanden, vollgestopft mit einem unüberschaubaren Sammelsurium an Dingen, die man brauchte oder nicht brauchte. Da stapelten sich DVD-Player neben Duschgel, Turnschuhe neben Tupperware, Autopolitur neben Angelhaken. Es gab eine breite Auswahl an Sonnenbrillen, Spielzeugautos, Kerzen und

Krawatten, Motorradhelme, Espressomaschinen und Glühbirnen. Auf dem Boden standen Rasenmäher zwischen Torfbriketts und Tapetenkleister.

Fin kam sich vor wie in Ali Babas Schatzhöhle. Hier gab es einfach alles – und er war sich sicher, dass der Ladenbesitzer das, was er gerade nicht auf Lager hatte, innerhalb von zwei Tagen würde besorgen können.

Er ging eine Weile zwischen den Regalen auf und ab, entdeckte hier eine Kollektion Handys, dort ein Sortiment Designer-T-Shirts und fragte sich, wer in aller Welt in diesem Labyrinth etwas fand.

Der einzige Kunde außer ihm war ein Junge im Teenageralter mit verwaschenen blauen Haaren und viel zu weiten Hosen, der ihn jedoch nicht bemerkte, weil seine Ohren unter einem überdimensionalen Kopfhörer steckten. Sein Kopf zuckte spastisch hin und her, provoziert von heftigen Beats, die aus einem iPod quäkten. Er stand vor einem Regal und schien sich für Blumendünger zu interessieren. Vielleicht rauchte man so was hier …

Auch der Lebensmittelbereich war gut sortiert, die Kühltheke offenbar nagelneu und das Angebot an frischem Obst und Gemüse durchaus akzeptabel.

Fin blieb vor dem Spirituosenregal stehen, und sofort fiel ihm sein leerer Flachmann ein. Die Auswahl an Whisky war beachtlich, die Preise überraschend moderat. Er gönnte sich einen dreißig Jahre alten Talisker und hatte nicht die Spur eines schlechten Gewissens, als er damit zur Kasse ging.

Um zu wissen, dass alle diese Waren ihren Weg in diesen Laden nicht auf legale Weise gefunden hatten, dazu brauchte es nicht mal einen Schulabschluss.

Hinter der Ladentheke stand Ciarán O'Connor – wenn denn das Schild draußen stimmte. Er räumte gerade Zigaretten in ein Regal, und während Fin wartete, fiel sein Blick auf den

Zeitungsständer. Alle Ausgaben waren von vorgestern. Offenbar legte hier niemand gesteigerten Wert auf die allerneusten Neuigkeiten. Daneben tatsächlich ein paar Ansichtskarten. Fin fragte sich, ob er den Jungs im Büro eine schicken sollte. Oder Susan. Nein, eher eine an Lily. Die Auswahl an Motiven war bescheiden. Zwei Schafe auf der Landstraße, drei Schafe vor einer Mauer und eine ganze Menge Schafe mit einem Berg im Hintergrund.

»Darfs noch was sein außer dem Whisky?«

Die Post musste warten.

»Haben Sie eine Karte von der Gegend hier?«, fragte Fin.

»Eine Karte?«

»Eine Landkarte.«

Sofort hatte er Ciaráns ungeteilte Aufmerksamkeit. »Eine Landkarte?« Seinen Blick konnte man getrost als misstrauisch bezeichnen. Misstrauisch gegenüber Fremden, die immer alles genau wissen wollten und genau hinschauten. Denn in Foley lagen die Leichen nicht nur in Kellern, nein, hier ruhten sie an Weggabelungen, in Bachbetten, an Stränden, hinter Steinmauern und unter Schafweiden, und keiner war erpicht darauf, dass irgendwer nach ihnen suchte, oder schlimmer noch, sie auch fand.

»Naja, so eine Wanderkarte halt.«

»Ach so...« Ciarán atmete hörbar auf und entspannte sich wieder. »Nee, so was haben wir hier nicht.«

»Na dann ...«

Fin bezahlte, ließ die Whiskyflasche in seinem ansonsten ziemlich leeren Rucksack verschwinden und trat hinaus auf die Straße.

Foley war ein typisches Durchgangsdorf – eine Tankstelle, ein Laden, ein Pub und schon war man durch. Nur dass es hinter Foley nirgendwohin ging. Der größte Teil des Dorfes lag an der Hauptstraße, von der nur einige wenige Wege abzweigten. Eine Gasse hinunter zum Hafen, die Gasse direkt gegenüber, die zum Pub führte, und ein schmaler Weg, der sich einen Hügel hinaufwand und bei Kirche und Friedhof endete. So waren alle Säulen des irischen Dorflebens miteinander verbunden und leicht erreichbar. Im Allgemeinen hießen solche Straßen Main Road oder High Street.

In Foley hieß die Hauptstraße *Robin Hood Road*. Allerdings nur inoffiziell.

Der Ursprung dieser Bezeichnung lag weit zurück in der Vergangenheit und hatte mit dem edlen englischen Volkshelden eigentlich wenig zu tun. Die Einwohner von Foley hielten seit jeher sehr viel auf Traditionen. Und ein uralter Brauch seit dem frühesten Mittelalter, wahrscheinlich aber schon seit der Entdeckung der Navigation, war es nun mal, mit falschen Signalen ahnungslose Seefahrer in die Irre zu leiten, vorzugsweise auf die schroffen Klippen von *Horse's Neck*, einem Riff etwa fünf Meilen nördlich von Foley. Die Schiffswracks wurden gnadenlos geplündert, die Mannschaft der rauen See überlassen oder, wenn sie Glück hatte, einfach davongejagt. Erst gegen Ende des neunzehnten Jahrhunderts konnte man dem Treiben Einhalt gebieten, und mit Inbetriebnahme des Leuchtturms, der 1890 gegen den heftigen Widerstand der Einheimischen eingeweiht wurde, war die Küste einigermaßen sicher. Damit nicht genug, setzte man den Dorfbewohnern zehn Jahre später noch eine Kirche vor die Nase und glaubte allen Ernstes, damit die gottlosen und subversiven Elemente besiegt zu haben. Aber sie hatten die Rechnung ohne die Sturheit der Dörfler gemacht und ihren hoffnungslosen Hang zu liebgewonnenen Traditionen. Über all die Jahrhunderte hatten sie es einfach nicht gelernt, ihren Lebensunterhalt mit ehrlicher Arbeit zu bestreiten. Sie waren daran gewöhnt, auf Kosten anderer zu leben und jeden zu bekämpfen, der sie daran hindern wollte. Irgendwie waren sie aus Prinzip gegen alles. Aus Tradition.

Während des Osteraufstandes 1916 ließen sie demonstrativ den englischen König George V. hochleben und hissten den *Union Jack*, was sie aber nicht daran hinderte, wenig später Waffen für die IRA ins Land zu schmuggeln, um die Engländer zu bekämpfen. Stets waren sie auf den eigenen Vorteil und Profit bedacht. Entlang der unüberschaubaren, schwer zugänglichen Küste begann das Schmugglerhandwerk zu blühen. Nahezu alles, was man tragen konnte und für irgendjemanden von Wert war, wurde verschoben. Und jeder, der laufen konnte, machte mit. Nein, man ging sogar noch einen Schritt weiter. Angeblich wurden Diamanten in vollen Babywindeln geschmuggelt – ob die Qualität der Steine gelitten hatte, war allerdings nicht überliefert. Meistens wurden Waffen und Alkohol geschmuggelt, Druckplatten für Geldscheine und hin und wieder auch Menschen, die außer Landes wollten, ohne dass die Polizei Wind davon bekam.

Diese Tradition hatte man in Foley bis in die jüngere Zeit gepflegt, die Waren hatten sich der internationalen Nachfrage angepasst – Computer, Medikamente, Devisen – was unter anderem das breite Warenangebot in Ciarán O'Connors Laden erklärte. Genaueres war nicht bekannt, denn bisher hatte man keinen der Täter geschnappt, geschweige denn irgendjemandem irgendetwas nachweisen können. Dies war einer der Gründe, weshalb Touristen nicht gern gesehen waren. Die Einwohner von Foley blieben lieber unter sich, hielten zusammen wie Pech und Schwefel, und wie in einer großen Familie wurde alles gerecht untereinander verteilt. *Robin Hood* ließ grüßen.

Warum sollte in einer solch unwirtlichen Gegend nicht auch ein Rennpferd verschwinden?

Noras Phantastereien gingen Fin nicht aus dem Kopf. Je länger er darüber nachdachte, desto plausibler erschien ihm ihre Geschichte. Nicht der Teil mit den Feen, nein, aber die Sache mit dem Lkw mitten in der Nacht.

Seine persönliche Erinnerung an die Geschichte war mehr als lückenhaft. Er war damals wohl noch zur Schule gegangen oder hatte gerade seine Ausbildung begonnen. Er rechnete zurück. Die berüchtigten Keane-Brüder konnten damals bestenfalls zwölf und fünfzehn Jahre alt gewesen sein. Was aber nichts heißen sollte – so manche kriminelle Laufbahn hatte bereits in den Kinderschuhen begonnen.

Fin hatte das Ende der Dorfstraße erreicht. Vor ihm stand nur noch die Tankstelle mit ihrem Kiosk und den beiden Zapfsäulen. Er drehte sich um.

Foley lag auf einem schmalen Streifen zwischen dem Meer und einem kahlen, graubraunen Hügel, dessen Kuppe höchstens zweihundert Meter maß und gerade im alles verschlingenden Nebel verschwunden war. Eine bunte planlose Ansammlung von Häusern, Cottages, Ställen und Scheunen, deren einzige Orientierung die Küstenstraße schien, die mittendurch führte. Irgendwie wurde man den Eindruck nicht los, das ganze Dorf sei eines Tages vom Hügel herabgerutscht und hatte auf seinem Weg bergab auf halber Höhe Kirche und Friedhof verloren.

Fin warf einen Blick auf seine Uhr. Für ein Mittagessen im Pub war es eindeutig zu früh, davon abgesehen war er sich sicher, dass er nach dem opulenten Frühstück bis zum Abendessen keinen Bissen herunterbekam. Also fasste er einen Entschluss.

Er suchte einen Toten. Und wo fand man Tote im Allgemeinen? Auf Friedhöfen. Kein schlechter Ansatz …

Eine schmale, schlecht befestigte Straße schlängelte sich den Hügel hinauf, voller Schlaglöcher und gerade breit genug für ein einziges Fahrzeug. Mehr oder weniger intakte Mauern zu beiden Seiten verhinderten ein Ausweichen. Wer zu Gott wollte, musste schon auf ihn vertrauen oder im Falle eines Falles verdammt gut rückwärts fahren können. Ein paar Cottages verloren sich in der Landschaft, grau und von Brennnesseln umwuchert. Die meisten sahen verlassen aus, auch wenn hier und da Stromkabel die Straße kreuzten und zu den Gebäuden führten. Die alten hölzernen Masten hatten sich dem Wind gebeugt und sahen wenig vertrauenerweckend aus. An einem lehnte ein Fahrrad ohne Reifen und gammelte still vor sich hin.

Fin kam gehörig ins Schwitzen, auch wenn der Weg an sich gar nicht so steil war. Er war es nicht gewohnt, mehr als fünfhundert Meter zu Fuß zu gehen. Außerdem taten ihm die Füße weh. Der Verkäufer im Sportgeschäft hatte ihm geraten, die Schuhe vor der ersten größeren Tour richtig einzulaufen. Woher hätte er wissen sollen, dass der Mann recht hatte?

Susan hatte natürlich ihre eigene Erklärung für seine miserable Kondition. Ihrer Ansicht nach lungerte er zu viel vor dem Fernseher herum, trank zu viel und stopfte zu viel Fastfood in sich hinein. Ständig hatte sie an ihm rumzumäkeln. Dabei war er der Meinung, dass er sich für sein Alter noch ziemlich gut gehalten hatte. Okay, vielleicht kam er nicht ganz auf sein Idealgewicht, aber bei einer Größe von einsfünfundachtzig verteilte sich das bisschen Zuviel ganz anständig. Sicher, etwas mehr Bewegung als den Müll runterzutragen und die Getränke hochzuschleppen konnte nicht schaden, aber man sollte es auch nicht gleich übertreiben.

Er blieb stehen und holte tief Luft. Wäre er weiter keuchend über den Schotter geschlurft, hätte er den Motor nicht gehört. Wie ein Raubtier schoss ein Wagen um die Kurve auf ihn zu, ein Geländewagen, dunkel, blankpoliert, ziemlich neu – mehr konnte Fin nicht erkennen, dann war er vorbei und in einer Wolke aus Kies und Erdbrocken verschwunden.

»Arschloch!«, brüllte er ihm hinterher. Er hatte sich geistesgegenwärtig gegen eine halbverfallenen Steinmauer gedrückt und klopfte sich nun demonstrativ den imaginären Staub von der Jacke, auch wenn es sonst keiner sah.

Sein Herz klopfte ungesund heftig. Vorsichtig spähte er voraus um die Kurve und beruhigte sich langsam wieder. Er nahm nicht an, dass er gerade dem Pfarrer auf dem Weg zur letzten Ölung begegnet war. Aber man konnte nie wissen.

Bald ließ er die kümmerlichen Mauerreste hinter sich. Eine Weile zeigten ihm verwitterte Holzpfosten mit rostigem Draht, wo früher mal Vieh geweidet hatte, dann hörte auch das auf.

Die Luft wurde zunehmend feuchter. Obwohl er nur wenige Meter über dem Meeresspiegel war, hatte Fin das Gefühl, die Wolken greifen zu können, so tief klebten sie am Hügelkamm.

Er blieb stehen. An einem klaren Tag hätte er weit übers Meer schauen können. Vielleicht hätte er in der Ferne sogar die Küste der benachbarten Halbinsel erspäht, irgendwo zwischen unzähligen Riffen und schroffen Vogelfelsen. Seine Augen wären der Küstenlinie gefolgt, nach Norden bis zum Cape Cloud mit dem alten Leuchtturm, nach Süden vielleicht sogar bis zur Brücke, die Foley mit dem Festland verband. Denn genau genommen war die Landzunge, auf der das Dorf lag, eine Insel. Eine schmale Rinne Meerwasser, gerade einen Steinwurf breit, trennte sie von der eigentlichen Halbinsel ab.

Böse Zungen behaupteten, Gott habe den sündigen Teil des Mittelfingers von seiner Hand abgeschlagen, aber der Teufel hatte ihn wieder angenäht, indem er eine Brücke baute. Die Einwohner von Foley hatten da allerdings ihre eigene Interpretation. Sie sahen es genau anders herum und wurden darin noch bestärkt durch die Tatsache, dass vor einigen Jahren ein ehrbarer Bürger aus dem Nachbarort versucht hatte, die Brücke zu sprengen, um die lästige Schmugglerbande loszuwerden oder ihnen wenigstens das Geschäft zu vermiesen. Der Sprengsatz war zu früh hochgegangen und der Bombenleger hatte dabei seine Hand verloren. Gab es jemals einen schlagkräftigeren Beweis für göttliche Gerechtigkeit?

Fin hatte nicht mehr weit bis zum Friedhof. Der steilste Teil des Weges lag hinter ihm. Ihm war warm geworden durch den Aufstieg. Er atmete auf und zog den Reißverschluss seiner Jacke auf, bereute es aber sofort. Wind kam auf, ein kalter Wind aus dem Norden, der die Wolkenknäuel wie Schafe über den Hügel trieb. Ab und an blinzelte sogar die Sonne für einen kurzen Moment durch den grauen Dunst. Doch eigentlich sah es eher aus, als ob es gleich schneien wollte. Der Novemberhimmel schob düstere Wolkengebilde über die karge Landschaft, als wolle er alles mit einem Leichentuch zudecken.

Fin hatte schon ewig keinen richtigen Schnee mehr erlebt. In Dublin gab es im Winter manchmal ein paar Flocken, aber die waren selten wirklich weiß, und was auf den Straßen liegenblieb, war in Minutenschnelle zu Matsch zusammengefahren.

Ob es hier Schnee gab?

Als Antwort fegte der Wind ihm eisige Graupel übers Gesicht. Er schlug den Kragen seiner Jacke hoch und verfluchte sich, weil sein schöner warmer Schal im Auto lag. Doch so plötzlich wie der Schauer aufgekommen war, war er auch schon wieder vorbei. Die Sonne brach wieder durch die Wolken und strich über die Landschaft, ließ in der Ferne verstreut grasende Schafe aufleuchten, tauchte für einen Moment die kleine Kirche in warmes Licht und wanderte weiter über die Wiesen und die weißen Steine, die zwischen den Gräsern wuchsen, als habe jemand sie gesät.

Fin hielt inne. Die Hände tief in den Taschen seiner Jacke, den Kopf zwischen die Schultern gezogen, betrachtete er fröstelnd die Steine. Sie lagen nicht zufällig so da. Es war ein alter Kinderfriedhof. Die letzte Ruhestätte für jene, die Gott zu sich gerufen hatte, ehe sie getauft werden konnten und denen die Kirche ein christliches Begrabnis in geweihter Erde verweigert hatte. Die weißen Steine waren alles, was den Müttern und Vätern zur Erinnerung geblieben war. Halbversunkene Inseln in einem Meer aus Gras.

Die Sonne war weitergezogen und endgültig hinter Wolkentürmen untergegangen. Die Steine verschwanden wieder in der tiefen Finsternis einer düsteren Vergangenheit. Fin hatte das Gefühl, irgendetwas sagen zu müssen, ein stummes Gebet zu sprechen, aber es fiel ihm nichts Passendes ein.

Eine Mauer aus lose aufgeschichteten Steinen umgab den Dorffriedhof. Am Eingang hing ein schmiedeeisernes Tor zwischen zwei Pfosten, rostzerfressen und völlig verkantet diente es seinem Zweck schon lange nicht mehr. Es abzuschließen hätte keinen Sinn gemacht, an vielen Stellen war die Einfriedung zu kleinen, von Moos überwucherten Schutthalden zusammengesunken. Man konnte bequem darüber hinwegsteigen. Haselnusssträucher hatten die Mauer ersetzt. Die kahlen Äste rieben im kalten Seewind aneinander, es klang, als ob sie mit den Zähnen klapperten.

Die meisten Grabsteine waren uralt. Die Witterung hatte ihre Spuren hinterlassen, hatte Risse in den Stein gegraben, Linien, wo der Steinmetz sie nicht geplant hatte. Graue und gelbe Flechten überwucherten die Namen. Die Natur schrieb mit ihrer ganz eigenen Handschrift das Leben nach dem Tod einfach weiter.

Das Gras zwischen den Gräbern war kniehoch. Obwohl kein Zaun die Schafe fernhielt, schienen sie den Ort zu meiden. Zwischen Klee und Unkraut lagen Plastikblumen in Folie verpackt wie in durchsichtigen Plastiksärgen, verblichene Gaben von Angehörigen, die immer seltener den Weg hierherauf fanden.

Fin mochte keine Friedhöfe, und dieser hier war besonders trostlos. Man konnte die Vergänglichkeit förmlich riechen, erahnen wie die Würmer in der nassen Erde ihrer Arbeit nachgingen. Und über allem diese Totenstille, nur durchbrochen vom melancholischen Krächzen einer einsamen Krähe. Wäre er ein Filmregisseur gewesen, er hätte es nicht besser inszenieren können.

Er schlenderte zwischen Grabreihen und Kreuzen hindurch und suchte nach einem Namen.

Thomas Keane.

Das Grab war nicht zu übersehen. Eine Engelsfigur aus weißem Marmor wachte über der letzten Ruhestätte, bestimmt eineinhalb Meter hoch, ohne den Sockel gemessen, und auf der Schattenseite von einem moosgrünen Schimmer überzogen.

Fin geriet ins Grübeln. Konnten Engel eine Schattenseite haben?

Die Statue hatte den rechten Arm erhoben, doch was immer ihre Hand einst umklammerte, war verschwunden, gestohlen, abgebrochen. Ein Schwert, eine Lanze oder ein Kreuz, keine Spur mehr davon. Statt dessen sah es nun aus, als ob sie mit der geballten Faust drohte, als wolle sie die Hinterbliebenen verdammen oder gar zerschmettern oder wenigstens den Toten davon abhalten, wiederaufzustehen.

Die massive Grabplatte alleine hätte da allerdings schon genügt.

*Ich schlafe nicht, ich wache* Hiob

stand in großen Lettern über dem Namen und den Lebensdaten. Fin fand die Inschrift irgendwie passend, hegte er doch berechtigte Zweifel daran, dass Thomas Keane tatsächlich unter dieser Grabplatte ruhte. Abgesehen von dem Engel, der gewiss nicht billig gewesen war, war das Grab nüchtern und schmucklos, keine Blumen, wenn man die zwei Gänseblümchen ignorierte, die zwischen den Spalten der Steinplatte hartnäckig dem November trotzten. Keine Spur davon, dass in jüngster Zeit ein Besucher dagewesen war.

Plötzlich flatterte etwas über ihm. Er spürte einen Luftzug und duckte sich instinktiv. Ein Schatten strich über ihn hinweg, breitete seine schwarzen Flügel aus und landete zu Füßen des Engels.

Eine Krähe.

Fin rührte sich nicht. Er hatte noch nie einen dieser Rabenvögel so nahe erlebt. Die Krähen in den Dubliner Parks, die sich vorzugsweise um die Hinterlassenschaften der Touristen kümmerten, räumten zwar gerne Mülleimer aus oder stahlen auch mal was von einer unbewachten Picknickdecke, aber sobald sich ein Mensch näherte, waren sie auf und davon. Diese hier schien seine Anwesenheit überhaupt nicht zu stören. Im Gegenteil, mit schiefem Kopf und blanken Knopfaugen musterte sie ihn von oben bis unten. Schließlich schüttelte sie ihr blauschwarzes Gefieder, breitete die Schwingen aus und hob wieder ab, gerade so dicht an seinem Kopf vorbei, dass sie ihn nicht berührte.

Er drehte sich um. Die Krähe glitt tief übers Gras und verschwand im Dunst. Der ganze Friedhof schien mit einem Mal in undurchdringlichem Nebel zu versinken. Dicke Wolken kamen wie eine Lawine den Hügel herabgerollt und begruben alles unter sich. Geisterhaft ragten Grabsteine und Kreuze aus dem Nichts, die kleine Kirche war nur noch ein undeutlicher Schemen.

Fin hielt den Atem an. Ein gespenstisches Wesen kam direkt auf ihn zu, ein langer schwarzer Umhang, der bis zum Boden reichte, ließ es fast schweben. Und auf seiner Schulter saß ein großer schwarzer Vogel. Die Krähe.

Fin traute seinen Augen nicht. Dabei hatte er heute noch keinen einzigen Tropfen angerührt …

»Ich hoffe, Bran hat Sie nicht erschreckt. Er ist sehr neugierig, besonders Fremden gegenüber.« Die Stimme klang ausgesprochen real. Keine krächzende Hexe, kein Gesandter aus dem Totenreich.

Fin räusperte sich. »Er scheint keine Angst vor Menschen zu haben.«

Der Vogel hatte ihn weniger erschreckt als die Gestalt, die da auf ihn zukam.

»Bran ist zahm. Ich habe ihn gefunden, als er aus dem Nest gefallen war. Fast hätte ihn die Katze erwischt.« Ein älterer Mann in einem langen dunklen Gewand baute sich vor ihm auf und streckte ihm die Hand entgegen. »Dermot Keelan. Ich bin der Pfarrer hier.«

Fin schüttelte seine Hand. »Fin O'Malley.«

»Sie interessieren sich für Thomas Keane? Kannten Sie ihn?«

Neugierige Krähen waren eine Sache, aber einen neugierigen Pfarrer konnte er gerade gar nicht gebrauchen. Foley hatte seine Spione überall. »Nur aus der Zeitung«, antwortete er zurückhaltend, »ich bin eher zufällig auf das Grab gestoßen.«

»Naja, eigentlich ist es ja noch nicht mal ein Grab.«

»Ach ja? Liegt er etwa nicht dort begraben?«

Vater Keelan streichelte die Krähe auf seiner Schulter und lächelte. »Hören Sie, jedes Kind im Dorf weiß, dass es keine Leiche gibt. Es war ein Unglück auf See. Ein Feuer an Bord des Fischkutters. Thomas ging über Bord, seine Leiche wurde nie gefunden.«

Verdammt, das hatte er ganz vergessen. Aber es ersparte ihm immerhin das Öffnen des Grabes und die mögliche Exhumierung der Leiche. »Man hat ihn aber für tot erklärt, oder?«

Der Pfarrer zuckte mit den Achseln. »Es ist fast zehn Jahre her. Thomas Keane ist seitdem nicht wieder aufgetaucht. Also kann man getrost davon ausgehen, dass seine Seele bei Gott ist.«

Eher beim Teufel. »Waren Sie damals auch schon Pfarrer hier?«

»Ja und nein.« Er seufzte, als sei die Erinnerung Schwerstarbeit. »Ich war zwar damals schon hier, aber nicht als Pfarrer.

Ich bin der letzte Leuchtturmwärter von Cape Cloud. Als die Anlage stillgelegt wurde, war ich meinen Job los. Mein Chef wollte mich in den Innendienst versetzen, aber ich wollte nicht fort von hier, ich mag das Dorf und die Leute. Etwa zur gleichen Zeit hatte man in Foley den letzten Pfarrer davongejagt und die Kirche konnte die Stelle nicht neu besetzen – keiner wollte in dieses gottlose Nest ...« Er lächelte vor sich hin. »Foley hat in Kirchenkreisen nicht gerade den besten Ruf, wie Sie vielleicht wissen.« Seine Hand fuhr durch seine angegrauten Haare. Die Krähe verfolgte aufmerksam jede seiner Bewegungen.

»Und da haben Sie den Job übernommen?«

»Naja, sie brauchten jemanden für Taufen, Hochzeiten und Beerdigungen. Und eine Handvoll treuer Seelen kommt sogar jeden Sonntag zur Messe.«

Fin betrachtete argwöhnisch den großgewachsenen Mann im Pfarrersrock mit dem Vogel auf der Schulter. Als alter Seebär mit einem Papagei hätte er eine glaubwürdigere Figur abgegeben. »Kann man denn so einfach Seelsorger werden?«

»Nun, wenn auch nicht die Kirche mir dieses Amt übertragen hat, so denke ich doch, dass Gott mich trotzdem unterstützt. Und außerdem sind sich der Beruf des Leuchtturmwärters und der eines Pfarrers durchaus ähnlich. Ich versuche ein Licht in der Finsternis zu sein und die Seelen auf den rechten Weg zu leiten.«

»Für einen Laien predigen Sie aber ganz anständig.«

Vater Keelan lachte auf. »Man lernt dazu. Aber im Ernst, viel zu tun hat man nicht in einer Gemeinde wie Foley. Wenn jemand im Dorf Sorgen hat oder das Bedürfnis zu beichten, dann geht er nicht zum Pfarrer, sondern ins Pub. So einfach ist das.«

»Kannten Sie die Keanes?«

»Sind Sie von der Polizei?«

Er hatte sich einen Schritt zu weit vorgewagt. »Nein.« Er musste schnellstens zurückrudern. »Ich bin Journalist. Aber nur auf Urlaub. Eigentlich bin ich auf der Suche nach meinen Vorfahren. Das ist der Grund, weshalb es mich auf diesen Friedhof verschlagen hat.«

»Ist eher selten, dass es jemanden auf der Suche nach seinen Ahnen nach Foley verschlägt. Wir haben wenig Fremde oder gar Touristen hier«, reagierte der Pfarrer zugeknöpft.

»Es ist ja auch nicht gerade eine einladende Gegend. Die Straße ist miserabel und schlecht ausgeschildert, der Hafen nicht der Rede wert, hierher fährt kein Zug, nicht mal 'n Bus ...«

»Oh, eine Buslinie gab es mal.«

»Das ist aber schon ne Weile her.«

»Ja, sie wurde eingestellt. Die Fahrer weigerten sich herzufahren, nachdem einem bei einer Pause ein Reifen geklaut worden war.«

»Geklaut.«

»Naja, einfach abmontiert. Danach haben sie in den Bus ne Alarmanlage eingebaut.«

»Und? Hats funktioniert?«

»Die Reifen waren noch dran, aber die Alarmanlage war geklaut.«

»Und da wundern Sie sich, dass keine Fremden kommen?«

»Ich glaube, die Leute in Foley mögen einfach keine Fremden«, erwiderte Vater Keelan vorsichtig, »wie, sagten Sie, war noch Ihr Name? Fin O'Malley?«

Fin nickte.

»Fingal? Finbar? Finian?«

»Einfach Fin.«

»O'Malley ...« Der Pfarrer schien ernsthaft nachzudenken und im Geiste sämtliche Namen der Schäfchen durchzugehen, deren Seelen auf seinem Gottesacker ruhten. Allzu viele konnten es nicht sein. Er ging ein paar Schritte zwischen die

Grabreihen, Fin folgte ihm aufmerksam. »Ich fürchte, wir haben keinen einzigen O'Malley auf unserem Friedhof.«

Hatte Fin auch nicht ernsthaft erwartet. »Sind Sie sicher?«

»So sicher wie Sie Journalist sind.« Dermot Keelan war stehengeblieben und sah sein Gegenüber herausfordernd an.

Fin sah nur einen Weg, das Misstrauen des Pfarrers zu zerstreuen – er beschloss einen Köder auszuwerfen und abzuwarten, was passierte.

»Shergar.«

Es funktionierte. Das Stichwort zauberte so etwas wie Entwarnung auf Dermot Keelans Gesicht. »Shergar …« Er schob das Wort in seinem Mund hin und her wie ein Lutschbonbon. »Hab ich lange niemanden mehr drüber reden gehört.«

»Ich bitte Sie, Sie haben eine selbsternannte Expertin unten im Dorf.«

»Ah, Nora Nichols, richtig. Sie haben sie kennengelernt?«

»Aber hallo …« Jetzt war das Lächeln auf Fins Seite. »Glauben Sie, an ihrem Gerede ist was dran? Ich meine, wenn man die Feen und Elfen weglässt?«

Sie hatten den Friedhof durchquert und steuerten auf die kleine Kirche zu, die sich in der äußersten Ecke der Einfriedung an den Hügel schmiegte. Kirche war vielleicht übertrieben, Kapelle traf es eher. Es war ein einfacher, neoromanischer Bau aus grauem Granit, rund hundert Jahre alt, in seiner massiven Gestalt nicht eben eine Schönheit, aber zweckmäßig und trotz rauen Seeklimas und überwiegend heidnischer Nachbarschaft in bemerkenswert gutem Zustand.

»Sie meinen, ob die Keanes etwas damit zu tun hatten?«, fragte Vater Keelan. »Wenn ich mich recht entsinne, liegt die Geschichte mehr als zwanzig Jahre zurück. Wahrscheinlich noch länger. Thomas und Jack waren damals noch Kinder.«

»Mag ja sein. Aber Foley ist nicht erst durch die Keane-Brüder berühmt, um nicht zu sagen berüchtigt geworden.«

Die Krähe startete durch. Mit wenigen Flügelschlägen hatte sie das Dach der Kirche erreicht und ließ sich auf dem Giebel nieder. Nach der grauweiß gesprenkelten Fassade zu urteilen offenbar ihr Lieblingsplatz.

»Man hat den Menschen in Foley in der Vergangenheit eine Menge nachgesagt ...«

»Nicht nur nachgesagt, Herr Pfarrer.«

»Sie sind gewiss keine Unschuldslämmer«, räumte Vater Keelan ein, »aber mit Shergar hatten sie nichts zu tun. Falls es Sie beruhigt, die Polizei hat natürlich auch in Foley nach dem Pferd gesucht, aber nichts gefunden.«

»Es wäre nicht das erste Mal, dass sie in eine Sache verwickelt waren und man es ihnen nicht beweisen konnte.«

»Sie sehen Gespenster.«

Fin blieb hartnäckig. »Foley scheint mir nicht gerade ein armes Dorf zu sein. Aber wovon leben die Menschen hier? Hier gibt es nichts.« Er machte eine weit ausholende Handbewegung, die die gesamte Halbinsel einschloss. »Nichts außer Meer und Landschaft und ein paar Schafen. Nichts wovon man leben kann. Keine nennenswerte Landwirtschaft, kein Fischfang, keine Industrie, nicht mal eine Andeutung von Tourismus. Trotzdem gehts den Leuten offensichtlich gut. Alle scheinen sie Geld zu haben, ihre Häuser sind renoviert, sie fahren teure Autos ...« Er dachte da im Besonderen an einen großen schwarzen Geländewagen. »Woher stammt das Geld? Reiche Verwandte in Amerika?«

»Ach wissen Sie, das sind alles alte Geschichten«, wich Vater Keelan aus, »das war alles vor meiner Zeit.«

Fin war vor der Kirche stehengeblieben und blickte an der Fassade hoch. »Das Dach sieht verdammt neu aus. Die Renovierung kann noch nicht allzu lange her sein. Ich kann mir nicht vorstellen, dass Ihnen die heilige römisch-katholische Kirche Irlands auch nur einen Cent dafür zu Verfügung gestellt hat.

»Alles durch Spenden finanziert.«

»Dazu müssen die Leute aber erst mal Geld haben, das sie spenden können.«

Durch die offene Tür des Kirchenportals drang Orgelmusik nach draußen. Fin hatte keine Ahnung von Kirchenmusik, aber es klang nicht gerade nach *Näher mein Gott zu Dir*. Immerhin, eine Orgel hatten sie also auch.

»Ist das etwa Ihr Motorrad?« Er deutete auf die schwarze Geländemaschine, die standesgemäß verdreckt neben dem Portal an der Wand lehnte.

»Gott bewahre!« Dermot Keelan winkte ab. »Nein, die gehört dem Restaurator.«

»Was gibt es denn hier zu restaurieren?«

»Ein Wandbild. Man nennt es Fresko, glaube ich.«

Ein Fresko in einer solch schlichten, zudem noch ziemlich jungen Kirche, das eine Restaurierung lohnte? Fins Neugier war geweckt. »Die Arbeit wird doch gewiss auch durch Spenden finanziert, oder?«

Ehe Vater Keelan etwas erwidern konnte, war Fin im Inneren der Kirche verschwunden. Die Orgelmusik füllte den kleinen Andachtsraum. Die Klangqualität war bescheiden, und es dauerte einen Augenblick, bis er das virtuose Tastenspiel von Ray Manzarek erkannte, der in den Sechziger- und Siebzigerjahren die Auftritte der *Doors* mit seinen Soli auf geradezu exzessive Weise in die Länge ziehen konnte. Er hatte das Stück schon mal gehört, wusste es aber nicht einzuordnen. Die Musik kam aus einem Kassettenrecorder, der zwischen Eimern und Werkzeug auf einem Gerüst im Altarraum stand. Ein Scheinwerfer beleuchtete die Wand der Apsis, in seinem Licht die sparsamen Bewegungen eines Schattens. Ein Mensch, der auf dem Gerüst hockte und mit feinem Werkzeug an einem Bild unterhalb der Decke arbeitete, ein Gemälde, das direkt auf den Putz der Wand aufgetragen war. Er war ganz in Arbeit und Musik vertieft und bemerkte seinen Besucher nicht.

Fin betrachtete das Fresko. Irgendwie erschien es ihm vertraut. Die Darstellung erinnerte ihn an die Mönche am Strand, eine Reihe von Figuren, die in einer langen Prozession über die Wand zogen. Alles in gedeckten Erdfarben, nur der Himmel erstrahlte in nahezu göttlichem Blau. Wahrscheinlich durch die Hand des Restaurators.

»Moses teilt das Rote Meer«, flüsterte es hinter ihm. Er hatte Vater Keelan gar nicht kommen gehört. »Die salzige Seeluft hat ihm arg zugesetzt.«

»Na, da kann er aber froh sein, dass es nicht das Tote Meer war«, entgegnete Fin trocken.

»Wie?«

»Sollte 'n Scherz sein. Vergessen Sies.«

Der Schatten hatte innegehalten, als er die Stimmen gehört hatte. »Lass dich nicht stören, Charlie, wir sind gleich wieder weg«, beschwichtigte der Pfarrer und schob Fin vor sich her Richtung Ausgang. Er hatte es verdächtig eilig.

»Und das da?« Fin deutete auf ein paar Holztafeln, die gegen den Altarstein lehnten, nachlässig mit Decken gegen den Staub geschützt. Ein Stück Stoff war heruntergerutscht und gab die Ecke eines überraschend farbenfrohen Bildes frei. Fin schob den Rest der Decke zur Seite und erblickte die typischen biblischen Motive. Kreuzigung, Paradies und Hölle, das letzte Abendmahl, alles in einem expressiven Stil mit großzügigem Pinselstrich und Sinn für Lokalkolorit gemalt. Unterm Kreuz lungerten ein paar Schafe, die Jünger sahen aus wie Bauern oder Torfstecher und Maria glich eher einem irischen Fischweib als einer Gottesmutter.

»Das berühmte Yeats-Triptychon.«

»William Butler Yeats? Wusste gar nicht, dass der Knabe auch gemalt hat.«

»Sein Bruder. Jack.« Vater Keelan zauberte von irgendwoher ein Faltblatt und drückte es ihm in die Hand. »Hier. Hat uns die Yeats-Stiftung zu Verfügung gestellt. Steht alles drin.«

Irgendwie wurde Fin das Gefühl nicht los, die Geduld des Pfarrers schon arg überstrapaziert zu haben. Die Kostbarkeit verschwand wieder unter der Decke, und Vater Keelan komplimentierte ihn endgültig hinaus. »Ich würde mich gerne länger mit Ihnen unterhalten, Mr. O'Malley, aber der Kommunionsunterricht wartet. Wenn es Ihnen recht ist, schlage ich mal in den Kirchenbüchern nach, ob ich irgendwo einen O'Malley finde.«

»Das wäre ausgesprochen freundlich, Herr Pfarrer.«

Sie verabschiedeten sich, und der Gottesmann strebte mit wehendem Rock Richtung Dorf. Ein lauter Flügelschlag und die Krähe flog mit heiserem Krächzen hinterher.

Fin sah den beiden nach. Gut möglich, dass er schlafende Hunde geweckt hatte, aber er war nicht so blöd, jetzt auch noch mit dem Knochen abzuhauen.

# 4. Maighdean mhara

Es war keine schlechte Idee, Shergar ins Spiel zu bringen. Sollten die Leute in Foley doch glauben, er sei hinter einer Story her. Es war die perfekte Tarnung.

»Na, haben Sie sich die Gegend ein bisschen angeschaut?« Ronans Frage klang unverfänglich, aber Fin ließ sich nicht täuschen. Ihm war klar, dass der Wirt wie alle anderen längst wusste, dass er auf dem Friedhof gewesen war. Wahrscheinlich wurde der Kommunionsunterricht genau wie die Beichtstunde im Pub abgehalten.

Er saß an der Theke des Fisherman und nippte an seinem Pint Smithwick's. Er hatte wohlweislich auf einen Whisky oder die Spezialität des Hauses verzichtet, noch einen Totalausfall wollte er nicht riskieren. Heute war er zeitiger dran als gestern, und in weiser Voraussicht hatte er sein Abendessen in Auftrag gegeben in dem Augenblick als Isobel den Herd anwarf.

»Es ist sehr schön hier. Nur schade, dass das Wetter nicht mitspielt.« Das Wetter war immer eine gute Basis für Smalltalk. »Aber zu dieser Jahreszeit sollte man wohl nicht zu viel erwarten.«

»Ich fürchte, für heute Nacht ist sogar Sturm angesagt«, erwiderte Ronan und knipste mit der Fernbedienung den Fernseher an, wo ein Nachrichtensprecher tonlos über die neusten Entwicklungen in Nahost berichtete.

»Sie gehen wandern?« Es war mehr eine Feststellung als eine Frage. Sie kam von der Frau neben ihm, einem burschikosen

Typ Anfang vierzig mit kurzen blonden Haaren und wetterverwöhntem Gesicht. Nach den weißen Flusen auf ihrem navyblauen Armanipullover zu urteilen machte sie in Schafen.

»Meine große Leidenschaft.« O'Connors unerschöpfliches Warensortiment umfasste glücklicherweise auch Blasenpflaster. »Ich bin ein Stadtmensch und sitze den ganzen Tag am Schreibtisch. Wenn man dann mal rauskommt, sitzt man meistens im Auto. Obwohl ich ganz gerne durch die Gegend fahre.«

»Meiner fährt überhaupt nicht gerne Auto«, entgegnete sie gedankenverloren und nahm einen Schluck von ihrem Shandy, »ständig beschwert er sich über meinen Fahrstil und heult mir die Ohren voll. Neulich in der Kurve bei *Gleann Geis* hat er mir doch glatt den Wagen vollgekotzt.«

Fin fragte sich schon, ob die Lady einen großen schwarzen Geländewagen fuhr.

»George ist eben sehr sensibel, Moira«, meinte Ronan mitfühlend.

»Das kannst du laut sagen. Hättest ihn mal sehen sollen, als ich ihm gestern Abend sein Essen vorgesetzt hab. Ich hatte noch 'n halbes Karnickel vom Wochenende übrig, da hat er mich angeglotzt wie drei Tage Regenwetter. Aber damit kommt er bei mir nicht durch. Entweder das Karnickel oder gar nichts, was anderes gibts nicht.«

»George?« fragte Fin.

»Mein Hund.«

Fin spürte einen Luftzug im Nacken. Nora Nichols schob gerade ihre weiße Wallemähne zur Tür herein. Der Rettungsanker nahte in Form eines dampfenden Tellers, den Isobel im selben Moment über die Theke reichte. Fin schnappte sich sein Pint und den Teller und verzog sich in eine freie Nische am Fenster, ehe Nora ihn entdeckte.

Er stellte keine allzu großen Ansprüche an die heimische Küche, aber die Seafood Platte sah gut aus. Fisch, Garnelen und allerlei anderes Meeresgetier, dazu knusprige Kartoffeln und ein knackiger Salat, alles garniert mit frischen Kräutern. Fin war angenehm überrascht. Das Essen war ausgesprochen lecker, das Bier schmeckte gut, und der Fensterplatz bescherte ihm einen fast ungehinderten Blick die Straße hinunter auf den Hafen. In der Abenddämmerung sah der Pier nicht mehr ganz so desolat aus. Weit draußen über dem spiegelblanken Meer, dort wo das Tageslicht verschwunden war, leuchtete ein schmaler goldener Streifen über dem Horizont. Die Ruhe vor dem Sturm.

»Feenlicht.«

Das Aroma eines kochend heißen Fisherman's Fellow wehte über den Tisch. Fin seufzte. Dabei hatte der Abend gerade so vielversprechend begonnen.

»Die Feen geben heute Nacht ein großes Fest.« Nora stand neben ihm, den Krug in der Hand, und starrte zum Fenster hinaus, als sähe sie die geladenen Gäste schon über den roten Teppich schweben.

»Sicher. Und alle Kobolde und Meerjungfrauen sind eingeladen.«

»Blödsinn«, blaffte sie.

»Wieso nicht?«, wollte Fin zwischen zwei Garnelen wissen.

»Weil die Feen niemals die Meerjungfrauen einladen würden.« Wenigstens machte sie keinerlei Anstalten, sich zu ihm an den Tisch zu setzen. »Nicht seit der Geschichte zwischen Maolmadhog MacGuire und –«

»Mad Dog MacGuire?«

»Maolmadhog MacGuire und Hugh Gomball.«

Schon wieder die Gomballs.

»Hugh Gomball hat sich nämlich bei den Meerjungfrauen ein Boot ausgeliehen und nicht wieder zurückgebracht«, erklärte Nora ungerührt, »so was sollte man tunlichst vermeiden, denn die Meermenschen sind sehr nachtragend. Nach fünfundvierzig Jahren haben sie schließlich Maolmadhog MacGuire losgeschickt, das Boot zurückzustehlen. Aber Maolmadhog MacGuire verliebte sich in Hugh Gomballs Tochter Ismenia, vergaß das Boot und brannte mit dem Mädchen durch. Das rief Hector und Valentine auf den Plan, die Brüder Ismenias, die sich wiederum an Maolmadhogs Stiefschwestern Onora, Vevina und Maelisa schadlos hielten. Stiefschwestern deshalb, weil ihr Vater Eunan O'Kelly mal was mit Morrin aus dem Geschlecht der O'Hallorans hatte, aber das durfte natürlich niemand wissen, weil die O'Hallorans und die O'Kellys seit etwa zweihundert Jahren im Streit lagen wegen der entführten Kuh, die Eunans Urururgroßvater Niall irrtümlich für seine gehalten hat, weil sie nun mal auf der Wiese graste, die seiner Mutter Duvessa gehörte ...«

Fin brummte der Schädel.

»... die Kuh war gestohlen, und weil Duvessas Bruder Sitric sie nicht rausrücken wollte, hat Cormac O'Leary Sitric MacNally eines Nachts an Fanad's Cross aufgelauert und ihn mit dem Spaten erschlagen, mit dem er gerade Torf gestochen hatte. Dummerweise war es eine Vollmondnacht, und Sitrics Tochter Finella hat alles gesehen und sofort den Hund auf den Mörder gehetzt ...«

Der Lärm in seinem Schädel wurde zu einem regelrechten Getöse. Es dauerte einen Augenblick, bis Fin merkte, dass der Lärm nicht von Hunden, Spaten oder irgendwelchen Streitäxten herrührte, sondern ganz real von draußen kam. Eisen auf Stein, Pferdehufe auf Asphalt. Ein Schatten zog an seinem Fenster vorbei. Nein, Schatten sind schwarz, der hier war weiß.

»... und das war der Moment, wo Hugh Gomballs Sohn Aengus die Nase voll hatte und dem Seevolk kurzerhand den Krieg erklärte. Seit diesem Tag gehen sich Feen und Meerjungfrauen verständlicherweise aus dem Weg und es würde keinem von ihnen im Traum einfallen ...«

Fin hörte gar nicht mehr zu. Der Hufschlag war verstummt. Eine Frau hatte das Pub betreten, stand nun an der Theke und wechselte ein paar Worte mit Ronan. Sie war hochgewachsen und trug einen langen schwarzen Wettermantel, der ihr bis über die Stiefel reichte. Das Auffälligste an ihr waren die langen, leuchtend roten Haare.

»Die gehört auch dazu«, raunte Nora.

»Wie? Wer gehört wozu?«

Sie wies mit dem Kinn auf die Frau. »*Maighdean mhara.*«

»Bitte?«

»Zu den Meerjungfrauen.«

»Ach ja? Und woran erkennt man das?« Fin sah sie fragend an. »An den Schuppen in ihren Haaren?«

Nora zuckte mit den Achseln. »Sie hat rote Haare und grüne Augen.«

Na so was, dachte Fin, da stammte also der typische Klischee-Ire in Wahrheit von Meerjungfrauen ab ...

Die Frau hatte ihre Unterhaltung mit Ronan beendet und schob sich durch die Pubgäste zur Tür. Als sie an seinem Tisch vorbeikam, fing er für eine Sekunde ihren Blick auf. Nora hatte recht. Sie hatte tatsächlich grüne Augen. Geradezu sagenhaft grüne Augen.

»Und außerdem wird es Winter«, fügte die Alte hinzu.

»Was, bitte schön, hat das mit roten Haaren und grünen Augen zu tun?« Er sah der Rothaarigen nach, als sie das Pub verließ.

»Meerjungfrauen kommen im Herbst an Land.« Nora kippte den Rest ihres Fisherman's Fellow mit Schwung die Kehle hinunter. »Sie suchen sich ein warmes Plätzchen für den Winter.«

Fin reckte den Hals, um aus dem Fenster auf die Straße zu schauen. Er sah gerade noch, wie die Frau sich in den Sattel eines großen Schimmels schwang und in der Dunkelheit verschwand. Der Hufschlag schepperte hohl durch die Gasse.

»Die meisten Meerjungfrauen haben Probleme mit dem Laufen. Sie kommen ja direkt ausm Wasser, da sind sie's nicht gewöhnt, sich auf zwei Beinen zu bewegen«, erklärte Nora ernsthaft, »da steigen sie dann ganz gern mal auf ein Pferd und lassen sich tragen. Den Schimmel hat sie übrigens von Tully Gomball gekauft, einem Urenkel von Aengus Gomball. Der hat die besten Pferde hier in der Gegend. Der hat vor zwei Jahren einen rabenschwarzen Hengst an Doreen Donoghue verkauft, der Schwester von –«

»Ronan!«, brüllte Fin quer durchs Pub, »einen Fisherman's Fellow für Mrs. Nichols! Geht auf meine Rechnung!«

Die Alte machte auf dem Absatz kehrt und verschwand Richtung Theke.

Fin atmete erleichtert auf. Seine Gabel spießte den letzten Happen Fisch auf, der letzte Schluck Bier spülte ihn hinunter. Er fragte sich, ob er sich noch ein zweites Pint gönnen konnte. Schließlich hatte der Abend noch nicht mal richtig angefangen und großartige Alternativen zum Trinken gab es im Nachtleben von Foley nicht.

Draußen war es stockfinster geworden. Unter der vergilbten Halbgardine spiegelte sich das warme Licht des Pubs in der staubigen Fensterscheibe. Er dachte an die rothaarige Frau. Er glaubte sie zu kennen. Nein, kennen war nicht der richtige Ausdruck. Aber er war sich sicher, dass sie es gewesen war, die ihm tags zuvor am Strand begegnet war. Da war ihm nicht aufgefallen, dass der Reiter eine Frau war, geschweige denn, dass er rote Haare hatte, zu sehr hatte ihn die Erscheinung irritiert.

Er schob das leere Glas auf dem Tisch hin und her, während seine Gedanken weiterwanderten zu Susan. Sie hatte auch grüne Augen, aber eher graugrün, nicht so leuchtend grün wie jene, die eben für den Bruchteil einer Sekunde die seinen getroffen hatten. Und Susan hatte blonde Haare. Etwas dunkler als vor zwanzig Jahren, als sie sich kennengelernt hatten.

Lily hatte Susans Haare und seine Augen. Braun. Lily war mittlerweile fast fünfzehn und das Einzige, was Fin während seiner Ehe zustande gebracht hatte, das Hand und Fuß hatte. Sie war immer Papas Tochter gewesen, auch wenn er in letzter Zeit nicht mehr die Nummer eins in ihrem Leben war. Keiner der Jungs, die sie nach Hause mitbrachte, fand Gnade in seinen Augen, aber das sei völlig normal, hatte er irgendwo gelesen. Väterliche Eifersucht. Aber sollte er wirklich Beifall klatschen, wenn seine Kleine mit einem David-Beckham-für-Arme loszog und in Minirock und Vereinsschal frierend im Regen am Spielfeldrand ausharrte, um ihm bei jedem Ballkontakt zuzujubeln? Okay, der war immerhin noch besser gewesen als der Autoschrauber, der nur Porsche, PS und Tuning im Kopf gehabt hatte. Schade, dass man noch keine Gehirnzellen tunen konnte. All diese Bushaltenstellensteher und Pflasterspucker, die keinen Plan hatten im Leben …

Naja, wenn er ehrlich war, in dem Alter war es ihm ganz ähnlich ergangen. Und wenn er wirklich ehrlich war, dann musste er sich eingestehen, dass sich seitdem in seinem Leben nicht viel daran geändert hatte.

Seinen Job erledigte er mehr schlecht als recht, aber zum Geldverdienen reichte es allemal. Die Ehe mit Susan hatte funktioniert. Nachdem die ersten überschwänglichen Gefühle abgeflaut waren und mit Lily so was wie Alltag in ihr Leben getreten war, hatten sie sich arrangiert. Fin hatte stets geglaubt, eine gute Ehe zu führen. Aber er wusste auch, dass gepflegte Langeweile nicht dazu gehörte. Vielleicht hatte er sich ganz gerne selbst belogen, und vielleicht hatte das ein oder andere Glas dabei geholfen. Vielleicht war er einfach eine Spur zu sehr von sich selbst überzeugt gewesen, und vielleicht – nein, sogar ganz sicher – war er auch nie der Frauenversteher gewesen, für den er sich immer gehalten hatte. Susan hatte er nichts vormachen können. Claire dagegen schon. Claire war die

Aushilfssekretärin seines Chefs gewesen und der Anlass, weshalb Susan ihn nach sechzehn Jahren Ehe aus der gemeinsamen Wohnung geworfen hatte. Und hier musste Fin seiner Noch-Ehefrau – wenn auch zähneknirschend – recht geben: Hätte er an Pauls Geburtstag nicht eine halbe Flasche Whisky gesoffen, wäre er nie mit Claire in der Kiste gelandet. Ein einmaliger Ausrutscher, hatte er sich und Susan damals geschworen und durfte wieder einziehen. Aber ein halbes Jahr später, nach der Geschichte mit Tracy, der Handballtrainerin seiner Tochter, waren seine Beteuerungen zusammen mit einem Strauß Rosen in der Mülltonne und er mit zwei Koffern endgültig auf der Straße gelandet. Seitdem bewohnte er ein Zimmer in einer WG und versuchte sich in Schadensbegrenzung, aber auf Susans Seite herrschte Funkstille. Ihr letztes Wort war »Scheidung« gewesen, aber das wollte Fin auf gar keinen Fall. Schon wegen Lily nicht.

»Tully Gomball wars übrigens. Der hat die Idee gehabt.«

Fin schreckte aus seinen Gedanken hoch. »Idee? Welche Idee? Wozu?«

»Na, Shergar zu klauen.« Noras faltenreiches Gesicht verschwand fast hinter dem Dampf, der aus ihrem Krug aufstieg. »Tully, Bo und Duffy Gomball, die drei, die warens. Aber das wollt ja keiner hören.«

Fin ehrlich gesagt auch nicht, aber was blieb ihm übrig?

»Ich seh schon, du glaubst mir nicht. Genau wie all die anderen.«

Womit sie vollkommen recht hatte.

»Aber ich kanns beweisen. Ich weiß, wo sie ihn eingebuddelt haben. Kann ich dir zeigen. Ist natürlich nich mehr viel übrig, 'n paar Knochen halt.«

»Ich glaube Ihnen, Nora.« Fin versuchte, so überzeugend wie möglich zu sein.

»Morgen?«

»Morgen was?«

»Zeig ich dir das Grab.«

»Morgen ist ganz schlecht, da hab ich schon was anderes vor.«

»Dann übermorgen.«

»Erinnern Sie mich dran.«

Bloß nicht.

Er stand auf und ließ Nora stehen. Was er brauchte, war kein zweites Pint, sondern Ruhe zum Denken. Und die fand er nicht im Fisherman. Es war an der Zeit, etwas Ordnung in sein Leben zu bringen, die ein oder andere unvorhergesehene Kurve geradezubiegen. Hier und jetzt war die Gelegenheit dazu. Für seinen Chef mochte der Auftrag, den er ihm gegeben hatte, vielleicht unwichtig oder gar überflüssig sein. Nicht für Fin. Er wusste, dass mehr in ihm steckte. Er musste es den Leuten nur zeigen. Vor allem Lily.

Wenn er dabei am Ende noch auf ein verschwundenes Rennpferd stoßen würde – und sei es nur auf die Knochen desselbigen – wäre das auch okay.

# 5. Keane

Es gab Zeiten, da war das Wort *Keane* ein anderer Ausdruck für Organisierte Kriminalität. Seit Anfang der Neunzigerjahre hatten Jack und Thomas Keane dafür gesorgt, dass bei der Polizei in Großbritannien und Irland keine Langeweile aufkam.

Zum ersten Mal wurde man auf die damals noch jugendlichen Brüder aufmerksam, als sie zum rätselhaften Verschwinden eines prämierten Westhighland Terriers befragt wurden, seines Zeichens erklärter Liebling einer vermögenden Brauereierbin. Gegen Zahlung eines Lösegeldes in nicht genannter Höhe tauchte der Schoßhund schließlich wieder auf, allerdings ohne das Hundehalsband mit den zehn lupenreinen Diamanten. Jack und Thomas hatten sich zwar verdächtig unauffällig in der Nähe des Tatorts herumgetrieben, eine Beteiligung an der schändlichen Tat hatte man ihnen aber nicht nachweisen können. Es war das erste, aber nicht das letzte Mal, dass man sie unverrichteter Dinge wieder laufen lassen musste.

Fortan gaben sich die Brüder Keane nicht mehr mit Kleinigkeiten ab, die Objekte ihrer Begierde wurden zusehends größer. Computer und Fernseher verschwanden gleich palettenweise, in Liverpool löste sich ein ganzer Container mit Luxuskarossen ebenso in Luft auf wie eine Zwanzig-Meter-Yacht in einem Hafen bei Cork. Als auf der Toilette des Glasgower Flughafens ein Koffer mit einer millionenschweren Schmuckkollektion abhandenkam, standen auf der Passagierliste einer British Airways-Maschine James und Tony King. Man konnte den Keanes zwar nachweisen, dass sie zur fraglichen Zeit am fraglichen Ort gewesen waren, aber das allein genügte nun mal nicht.

Ihr Spezialgebiet allerdings war die Kunst. Egal ob Neue Abstraktion oder Alte Meister, griechische Vasen oder drei Meter hohe Stahlskulpturen – die Brüder bewiesen einen erstaunlich treffsicheren Geschmack, was den gerade angesagten Trend auf dem internationalen Kunstmarkt anging. Ihren spektakulärsten Coup landeten sie in London, wo sie in einem Museum einen Wasserrohrbruch inszenierten, den Personal und Besucher zuerst für den Teil einer Videoinstallation hielten. Im anschließenden Durcheinander bemerkte niemand die beiden Handwerker in blauen Overalls, die vor aller Augen eine vollgekleckste Leinwand abtransportierten. Erst Stunden später stellte der Museumsdirektor fest, dass ein Jackson Pollock im Wert von zehn Millionen Pfund fehlte.

Die Keanes erwiesen sich als äußerst kreativ, nie schlugen sie an einer Stelle zweimal zu, und sie wechselten ihren Modus Operandi wie andere Leute ihre Socken. Die Papierstapel zwischen den Deckeln der Kriminalakte wuchsen. Stets führte die Spur nach Foley und stets endete sie an einer Mauer des Schweigens. Selbsternannte Experten waren sich sicher, die Brüder arbeiteten im Auftrag einer ominösen Unterweltsgröße. Bestellt, geklaut, geliefert. Ein anderes Gerücht hielt sich hartnäckig, das besagte, ihre Aktionen seien von der IRA gedeckt. Aber das war zu einer Zeit, als man die IRA für so ziemlich alles verantwortlich machte außer für das Wetter und die Börsenkurse.

Dagegen war die Polizei, die den Taten der Brüder von Beginn an macht- und ratlos gegenüberstand, überzeugt, dass die Keanes auf eigene Rechnung arbeiteten. Nichts wies auf die Existenz einer Bande hin, und so war es auch nur ein einziges Mal zu einer Anklage gekommen, als nämlich ein mutmaßlicher Komplize die beiden verpfiffen hatte. Der folgende Prozess in London war eine Farce, die Staatsanwaltschaft hilflos; die Alibis der zwei Brüder waren so unerschütterlich wie die Bank von England, die Entlastungszeugen zahlreicher als das Publikum im Gerichtssaal. Zum Leidwesen der Polizei feierte die Boulevardpresse Jack und Thomas wie Helden, sorgten sie doch für Auflagenzahlen, die sonst eher königlichen Skandalen vorbehalten waren.

Die Brüder Keane schienen unantastbar.

Bis vor zehn Jahren.

Es war nur eine kleine Notiz in der Lokalzeitung. Eine Meldung, die niemandem besonders ins Auge fiel. Ein Unfall, wie er sich fast täglich irgendwo auf dieser Welt ereignete. Ein Feuer auf einem Schiff vor der irischen Westküste. Zwei Seeleute gerettet. Einer vermisst. Erst später stellte sich heraus, der Vermisste war kein geringerer als Thomas Keane. Jüngerer Bruder von Jack Keane. Sechsundzwanzig Jahre alt. Sohn des *Fine Gael*-Abgeordneten Malcolm Keane. Gesuchter Verbrecher.

Zum Zeitpunkt dieser Erkenntnis war Jack Keane bereits wieder untergetaucht und niemand erfuhr, was auf dem alten Fischkutter geschehen war, mit dem die Brüder hin und wieder ihren Geschäften außerhalb der Landesgrenzen nachgingen. Thomas wurde schließlich für tot erklärt; Jack, dem der Tod des Bruders offensichtlich sehr nahegegangen war, blieb verschwunden. Die Akte Keane wurde mit hörbarem Aufatmen geschlossen und ins Regal gestellt, wenn auch nicht zu den aufgeklärten Fällen, so doch irgendwo ganz weit nach hinten.

Und dort wäre sie auch allmählich zugestaubt, wenn nicht vor zwei Wochen ein aufsehenerregender Kunstdiebstahl sämtliche Abteilungen von Scotland Yard erschüttert hätte.

Aus einer Galerie in Londons Nobelstadtteil Kensington war ein Van Gogh gestohlen worden. Nicht irgendein Van Gogh.

Ein bis dahin unbekannter Van Gogh, ein halbes Jahr zuvor bei einer Entrümplungsaktion auf einem französischen Dachboden entdeckt. Zweifel waren angebracht ob der Echtheit des Ölbildes, hatte sich der gute Vincent doch bis auf ein paar Fingerübungen nie mit biblischen Motiven beschäftigt und jetzt das – eine Anbetung des Kindes durch die Heiligen Drei Könige. Aber die Experten gaben grünes Licht. Die Sensation war perfekt. Die Kunstwelt geriet in Aufruhr, Sammler spielten verrückt, Museen kratzten ihre Ersparnisse zusammen, alle rissen sich um das Werk, und wie so oft sollte auch hier der Hammer entscheiden, wer letztendlich den Zuschlag erhalten sollte. Sotheby's nahm sich der Sache an und setzte die Versteigerung für den 19. Oktober fest. An welchem Ort das Bild den Besitzer wechseln sollte, hielt man bis kurz vor der Auktion geheim. Die Sicherheitsvorkehrungen waren eines Kronschatzes würdig. Erst einen Tag vor dem genannten Termin wurde das Gemälde nach London gebracht und bis zum Mega-Event an einem sicheren Ort aufbewahrt.

Nicht sicher genug.

Jedenfalls war das gute Stück, dessen Verkaufswert auf mindestens fünfzig Millionen Pfund geschätzt wurde, allen Alarmanlagen zum Trotz am nächsten Morgen nicht mehr da. Der zugegeben ziemlich hässliche Rahmen fand sich nach kurzer Suche in einem Müllcontainer im Hinterhof – die Diebe reisten wohl nicht gerne mit großem Gepäck. Dennoch war eine Leinwand mit einem Van Gogh drauf nichts, was man eben im Handschuhfach über die Grenze schmuggelte. Eine sofort eingeleitete großangelegte Suchaktion blieb jedoch erfolglos. Eine Sonderkommission Vincent wurde ins Leben gerufen, man verhaftete die üblichen Verdächtigen und wertete die Spuren aus, die man am Tatort gefunden hatte. Letzteres war schnell getan, hatte man doch vor Ort nur einen einzigen verwertbaren Fingerabdruck entdeckt. Beim routinemäßigen Abgleich mit der Verbrecherkartei spuckte der Computer auch prompt die Daten zu dessen Besitzer aus.

Keane.

Keiner hatte die Keanes auf der Liste gehabt. Zu vieles passte nicht ins Bild. Zuallererst widersprach es ihrer Arbeitsweise, ein und denselben Ort ein zweites Mal heimzusuchen. Nachdem die Keanes bereits Ende der Neunziger Jahre in der Galerie aktiv gewesen waren, um einen Miro mitgehen zu lassen, wähnte man sich diesbezüglich auf der sicheren Seite. Aber noch etwas ganz Entscheidendes sprach vehement gegen eine Beteiligung von Jack Keane: Es hatte einen Toten gegeben.

Während der ganzen fragwürdigen Karriere der Brüder Keane war nie ein Opfer zu beklagen gewesen, kein einziger Schuss war gefallen, und die Geschädigten waren schlimmstenfalls mit einem blauen Auge davongekommen. Dieser Umstand hatte dem Wachmann wenig genutzt, der am Morgen tot in der Galerie gelegen hatte. Dabei spielte es keine Rolle, dass der Mann, wie die Autopsie letztlich feststellte, einem Herzinfarkt erlegen war, vermutlich durch die Aufregung. Eine Leiche war und blieb eine Leiche.

Das, was allerdings für die eigentliche Verwirrung sorgte, war die Tatsache, dass der gefundene Fingerabdruck gar nicht wie sofort vermutet von Jack Keane stammte, sondern von Thomas Keane. Und der war seit zehn Jahren tot …

Genau hier war der Punkt, an dem er, Fin O'Malley, ins Spiel kam.

Fin hockte in seinem Zimmer im Haus der Witwe MacCormack und hatte alles, was er brauchte um sich herum ausgebreitet. Das Bett war vollgehäuft mit Unterlagen, Protokollen und Fotos, dazwischen sein Laptop, ein elektronisches Wunderwerk, das Fin nach wie vor faszinierte, beherbergte es in seinem Speicher doch all die Dinge, für die er sonst zwei Koffer voller Aktenordner gebraucht hätte. Statt Whisky stand frisch aufgebrühter Kaffee auf dem Nachttisch, Wasserkocher und Instantpulver in Reichweite.

Draußen spielte sich der Sturm schon mal warm. Ronan hatte mit seiner Wettervorhersage recht behalten. Als Ouvertüre fegte ein pfeifender Wind um die Hausecken, rüttelte an der Dachrinne und klatschte die ersten Regenböen gegen die Fensterscheiben. Im Garten drehte ein rotweißgestreiftes Badetuch seine Runden an der Wäschespinne. Das Ewige Licht flackerte nervös und verwandelte Marias zartes Antlitz in eine Fratze. Fin zog die Vorhänge zu.

Im Rahmen der Ermittlungen hatte New Scotland Yard die irische *Gardai* offiziell um Amtshilfe gebeten, aber Fins Chef, Superintendent Ramsay, glaubte nicht an die Keanes als Urheber dieses Coups. Seiner Meinung nach war Jack nach zehn Jahren nicht plötzlich aus der Versenkung aufgetaucht; von der Auferstehung eines Toten wollte er schon gar nichts hören. Wahrscheinlich war der rätselhafte Fingerabdruck auf dem Sicherungskasten noch vom ersten Besuch der Brüder vor zwölf Jahren zurückgeblieben, der Besitzer der Galerie war wohl zu geizig, anständiges Reinigungspersonal anzustellen, oder die englische Polizei hatte eben keine Ahnung von professioneller Spurensicherung. Trotzdem konnte er die Bitte aus London schlecht ignorieren, aber er maß ihr nicht allzu viel Bedeutung zu. Das merkte man daran, dass er Fin den Auftrag erteilt hatte, sich in Foley umzuschauen.

Als die Frage aufkam, wer nach Donegal fahren sollte, hatte Fin sich diskret hinter Petersens breitem Rücken versteckt, aber es war just in diesem Moment, als die Ratte Donovan laut bemerkte »Kommt Finbars Familie nicht aus dem Norden?«

Fin war völlig neu, dass seine Herkunft ihn für diese Aufgabe besonders qualifizieren sollte, aber ehe er sich versah, war die Sache entschieden. Zwar protestierte er noch, warf ein, dass seine Eltern nie auch nur einen Fuß nach Donegal gesetzt hatten, dass sie eigentlich aus Nordirland stammten und schon vor fast vierzig Jahren in die Republik übergesiedelt waren und er zum letzten Mal vor mehr als fünfzehn Jahren zur Beerdigung seiner Großmutter im Norden gewesen war. Außerdem redeten die in Donegal doch eh nur Gälisch und er würde kein Wort verstehen. Aber es nützte nichts. Ramsay lächelte jovial und meinte nur, der Auftrag sei doch eine wunderbare Gelegenheit, einen Abstecher in die alte Heimat zu machen und verwandtschaftliche Bande wieder aufzufrischen.

Fin war durchaus in der Lage, einen Tritt in den Arsch zu erkennen, wenn er einen bekam.

Die Wahrheit war nämliche eine andere: Sie wollten ihn los sein. Sie hatten ihn in den hintersten Winkel des Landes abgeschoben, damit er aus dem Weg war, wenn sich innerhalb der Abteilung mal wieder das Personalkarussell drehte. Im Dezember gab es einen neuen Posten zu besetzen, und Fin rechnete sich durchaus Chancen aus. Schließlich war er seit über zwanzig Jahren bei dem Haufen und bei der letzten Beförderung erst übergangen worden. Aber es war schwer, gegen die internen Seilschaften anzukämpfen, besonders wenn man hier in der Einöde auf dem Abstellgleis hockte und einen Auftrag am Hals hatte, der eigentlich keiner war.

Fin spülte den aufkommenden Ärger mit einem Schluck Kaffee hinunter. Seine Augen schielten zu seinem Rucksack hinüber, der am Stuhl unter dem Fenster lehnte und eine jungfräuliche Flasche Whisky beherbergte, aber sein Wille war ausnahmsweise stärker. Später vielleicht.

Er nahm eine Handvoll Fotos und warf sie einzeln vor sich auf die Bettdecke.

Jack und Thomas Keane.

Die Aufnahmen waren zehn Jahre alt, die meisten sogar noch älter. Wie sahen die beiden wohl heute aus – vorausgesetzt, Thomas war damals tatsächlich nicht als Fischfutter im

Atlantik geendet. Was hatten sie all die Jahre getrieben? Hatten sie sich sehr verändert?

Fin starrte fast beschwörend auf eine Schwarzweißfotografie jüngeren Datums, als könne allein sein Blick eine Metamorphose bewirken und ihm das Bild zweier Menschen offenbaren, denen das Leben zehn Jahre draufgepackt hatte. Aber er sah nur zwei junge Männer, Anfang zwanzig, einander durchaus ähnlich. Beide hatten sie helle Haare, die fast bis zur Schulter reichten. Thomas war eine Spur blonder als sein Bruder; der Pony, der ihm mit verwegenem Schwung in die Augen fiel, ließ seine Gesichtszüge weicher erscheinen. Jack dagegen, drei Jahre älter, mit streng nach hinten gekämmtem Haar und Vollbart, war eher der harte, kantige Typ.

Fin zog den Laptop zu sich heran und rief sein Videoarchiv auf. Ein Nachrichtenfilm flimmerte auf, die Gebrüder Keane beim Verlassen des Gerichtsgebäudes, nachdem der Richter sie von allen Anklagepunkten freigesprochen hatte. Ein Reporter hielt Jack ein Mikrophon unter die Nase, aber Fin drehte den Ton ab. Er hatte den Film schon oft genug gesehen, er kannte Jacks arroganten Antworten auswendig. Er schaltete auf Zeitlupe, um die beiden Brüder eingehender zu studieren.

Jack, der Wortführer, stand wie immer im Vordergrund, sein jüngerer Bruder schweigsam in seinem Schatten. Für den Prozess hatte sich Thomas an einem Dreitagebart versucht, um erwachsener zu wirken – mit wenig überzeugendem Ergebnis. Selbst der finstere Blick täuschte nicht darüber hinweg, dass Thomas der Attraktivere der beiden war. Die lässige Geste, mit der er sich die blonden Strähnen aus der Stirn strich, die hellen, durchaus sanften Augen, das gutgeschnittene, sonnengebräunte Gesicht – er hätte das Zeug zu einem Popstar gehabt. Die Mädchen wären ihm scharenweise hinterhergelaufen.

Auch wenn Thomas nicht so *tough* wirkte wie sein großer Bruder, so war doch angeblich er es gewesen, der all die Coups ausgeheckt hatte. Wenn Jack der Macher war, war Thomas der Denker. Und ein ziemlich cleverer dazu.

Fin erinnerte sich mit einem leisen Lächeln an einen Vorfall, der als Kartoffelacker-Episode einen wenig ruhmreichen Platz in der Polizeigeschichte gefunden hatte.

Kurz nachdem die Keanes bei einer Geldwäsche die nicht unerhebliche Summe von umgerechnet einer Million Euro erwirtschaftet hatten, ließ die irische *Gardai* zum wiederholten Male ganz Foley mitsamt der dazugehörigen Halbinsel abriegeln und überwachen. Abriegeln war einfach – man musste nur einen Einsatzwagen mitten auf der einzigen Brücke parken. Eine Überwachung dagegen war schon aufwendiger. Jedes einzelne Telefon im Dorf wurde angezapft, um einen Hinweis auf den Aufenthaltsort der Brüder oder wenigstens den Verbleib der Beute zu erhalten.

Nun hatten es sich Jack und Thomas zur lieben Gewohnheit gemacht, all die Jahre jeden Herbst den kleinen Kartoffelacker hinter dem Haus ihrer Großmutter umzugraben, seit die alte Dame dazu selbst nicht mehr in der Lage war. Das Wetter war ideal für Gartenarbeit, die Zeit drängte, aber es schien, als ob Oma Agnes im nächsten Jahr wohl auf ihre Kartoffeln würde verzichten müssen, als frühmorgens im kleinen Cottage das Telefon klingelte. Die noch schlaftrunkene Großmutter vernahm eine geheimnisvolle Stimme, die ihr riet, sie möge das Geld bloß im Garten liegenlassen und auf keinen Fall anrühren. Ein einziger Satz, mehr nicht, dann legte der unbekannte Anrufer auf.

Oma Agnes konnte mit dieser Information wenig anfangen, wohl aber die Detectives, die ihr Telefon abhörten. Innerhalb einer Stunde wimmelte es in ihrem Garten nur so von uniformierten Einsatzkräften, die bewaffnet mit Hacken und Schaufeln das Gelände umpflügten. Bis zum Abend hatten sie den Garten in ein Schlachtfeld verwandelt. Gefunden hatten die

Beamten nichts, aber das Land war bestellt und Oma Agnes konnte ihre Kartoffeln legen ...

Die Keanes hatten nie vergessen, woher sie kamen, und das erklärte auch die große Popularität, die sie in weiten Teilen der Bevölkerung genossen hatten. Viele soziale Einrichtungen hatte über Nacht ein rätselhafter Geldsegen ereilt, Naturschutzprojekte fanden unerwartet hohe Geldbeträge auf ihrem Spendenkonto, hier wurde ein längst geschlossenes Kino wieder eröffnet, dort ein marodes Fischerboot wieder hergerichtet. Überall wo Not am Mann war, tauchte aus unergründlichen Quellen ein kleiner Koffer mit Bargeld auf. Nicht nur in Foley.

Foley.

Fin seufzte.

Wenn Jack und Thomas Keane irgendwo untertauchen konnten, dann hier. Aber war es wirklich so einfach? Konnte jemand wirklich jahrelang unentdeckt in einem Dorf am Ende der Welt vor sich hin leben, als sei nichts gewesen? Als gesuchter Verbrecher? Gar als Toter?

Thomas Keane war der Schlüssel zu allem. Fin musste herausfinden, was vor zehn Jahren an Bord des Kutters wirklich geschehen war. Er öffnete die Datei M.S.Mairona und scrawlte durch die Protokolle von damals. War da nicht von einer zweiten Person die Rede gewesen, die die herbeigeeilte Küstenwache außer Jack gerettet hatte? Richtig, da war der Name. Joseph »Joey« MacGann. Fischer. Zweiundsechzig Jahre alt. Gestorben 2008. Mist, verdammter!

Fin überflog die angelegte Akte und blieb bei MacGanns Sohn hängen. Vielleicht wusste der ja was? Billy »Blue Boy« MacGann. Klang eher nach einem von Nora Nichols' Kobolden. Was er dann aber las, war weniger märchenhaft. Billy war schon mit vierzehn straffällig geworden, mit siebzehn wanderte er zum ersten Mal in den Knast, mit zweiundzwanzig wurde er im Zusammenhang mit einem Bombenanschlag der IRA gesucht. In den späten Neunzigern verlor sich seine Spur irgendwo im Bermudadreieck zwischen Belfast, Dublin und Foley.

Gegen Ende des Protokolls stieß Fin auf einen unerwarteten Eintrag. Tatsächlich hatte man Billy »Blue Boy« MacGann 1983 zum Verschwinden von Shergar befragt. Damals war er gerade neunzehn und seit einem Monat wieder auf freiem Fuß. Aber er hatte ein Alibi. Zur fraglichen Zeit hatte er seine Tante zu ihrer Schwester chauffiert, die in einem Pflegeheim bei Galway lebte. Die Tante hatte seine Aussage bestätigt, sogar die Schwester, die an Alzheimer im fortgeschrittenen Stadium litt, hatte sich genau erinnert.

Fin schnaubte verächtlich. Ein Neunzehnjähriger, der seine Tante über hundert Kilometer zum Kaffeeklatsch in die Klapse kutschierte …

Wahrscheinlich hockte auch Billy »Blue Boy« MacGann hinter irgendeinem warmen Ofen hier in Foley.

Fin musste aufpassen, wohin er bei seinen Nachforschungen trat. Das ganze Dorf war ein Minenfeld, gespickt mit Fußangeln. Am Ende hatte er noch die IRA am Hals. Vielleicht hatte sein Boss ja recht gehabt und der Fingerabdruck führte tatsächlich nirgendwohin, vielleicht war es wirklich eine Schnapsidee gewesen, hierherzukommen.

Apropos Schnaps.

Er stand auf, schnappte sich seinen Rucksack und zog die Whiskyflasche hervor. Jetzt hatte er sich einen großen Schluck verdient.

Draußen tobte der Sturm in *Allegro furioso*, rüttelte an den Fensterscheiben und jagte einen unvorsichtigen Blecheimer die Straße hinunter. Fin glaubte von fern das Donnern der Brandung zu hören, aber es war nur der Regen, der sich zu einem Wolkenbruch aufplusterte und die Dachrinne überschwemmte.

Er krabbelte zurück aufs Bett und nippte an seinem Zahnputzbecher.

Ein Rennpferd konnte vielleicht einfach so von der Bildfläche verschwinden. Aber ein Thomas Keane?

# 6. Malcom Keane

Der nächste Morgen überraschte mit strahlend blauem Himmel. Nur ein kalter kräftiger Wind erinnerte an die stürmische Nacht. In der klaren Luft sah die Landschaft aus wie frisch geduscht.

Fin war wieder versöhnt mit der Welt. Gestärkt mit einem ausgiebigen Frühstück trat er vor die Tür und sog gierig den Sauerstoff in seine Lungen. Die Sonne war eben über den Hügelkamm gekrochen und badete das Dorf samt Kirche und Friedhof in ihrem warmen herbstlichen Licht. Der Blick ging weit aufs Meer hinaus. Wäre die Erde eine Scheibe, man hätte die Freiheitsstatue von New York gesehen.

Im Gedenken an die Blasen an seinen Füßen verzichtete Fin auf einen weiteren Fußmarsch und nahm das Auto. Auch weil er Malcolm Keane aufsuchen wollte, den Vater von Jack und Thomas. Der ehemalige Abgeordnete wohnte auf dem Festland, einige Meilen von der Küste entfernt und damit weit außerhalb des kriminellen Dunstkreises von Foley. Malcolm Keane hatte sich stets entschieden von den Taten seiner Söhne distanziert und sie angeblich schon enterbt, als die beiden noch keine zwanzig waren. Es war nicht anzunehmen, dass die beiden irgendwelchen Schaden dadurch genommen hatten noch dass sie reumütig in den Schoß der Familie zurückgekehrt waren. Fin hatte eigentlich keine Ahnung, was er sich von diesem Besuch erhoffte, außer vielleicht einigen intimen Details aus dem Leben der Brüder. Aber manchmal waren familiäre Bande durchaus für die eine oder andere Überraschung gut. Man sagte nicht ohne Grund, Blut sei dicker als Wasser.

Foley bot ein Bild immerwährenden Friedens. In der Sonne leuchteten die bunten Fassaden mit den letzten Überbleibseln sommerlichen Blumenschmucks um die Wette. Ein paar Möwen zogen keifend ihre Kreise über dem Hafenbecken, als wollten sie die Fischer ermuntern, endlich rauszufahren. An einer Ecke spielte eine Handvoll Jungens Fußball. Hier wurde ein Stück Straße gefegt, dort ein Auto poliert. Mitten auf der einzigen Kreuzung lag ein kleiner Hund und genoss schläfrig den warmen Asphalt. Fin kurvte vorsichtig um ihn herum. Er erkannte den dreibeinigen Terrier. Wenn er weiter so leichtsinnig war, wäre er bald ein zweibeiniger Terrier.

Die Idylle schien geradewegs einem Bilderbuch entliehen, aber Foley war kein Dorf wie jedes andere. Das wurde Fin wieder bewusst, als er an der Tankstelle vorbeifuhr. Direkt gegenüber lag eine kleine Druckerei, einer der wenigen Betriebe am Ort neben einer Schreinerei und einer Autowerkstatt. Fin fragte sich, was man in diesem Nest wohl drucken konnte, um davon leben zu können. Briefbögen? Werbeplakate? Glückwunschkarten oder vielleicht drei verschiedene Sorten Ansichtskarten mit Schafen drauf? Handzettel für die Sonderangebote in O'Connors Laden? Nein. Pässe. Amtliche Formulare. Getürkte Versicherungspolicen. Und bei Bedarf auch einen falschen Stammbaum für ein echtes Rennpferd. Fin war sich da ganz sicher. Und sicher fühlten sich auch die Einwohner von Foley, sonst würden sie nicht so offen ihren kleinen Betrügereien nachgehen. Wer sollte sie daran hindern?

Die Straße führte an der Küste entlang und präsentierte hinter jeder der zahlreichen Kurven ein neues, spektakuläres Panorama. Düstere Berge reichten bis ans Meer, fielen über schroffe Klippen ins Wasser hinab und stellten sich blaugrünen Wogen in den Weg, die vor Wut schäumend dagegen anbrandeten.

Dazwischen immer wieder winzige, unzugängliche Buchten, deren weißer Sand eine Karibikinsel neidisch gemacht hätte. Sanft gewellte Heideflächen, auf denen die letzten rosa Blüten im Wind zitterten, wechselten sich ab mit Wiesen, deren Grün auch im November noch in der Sonne leuchtete, dass einem die Augen brannten.

Fin drosselte die Geschwindigkeit, bis er nur noch im Schritttempo durch die Landschaft zockelte, so sehr beeindruckte ihn die Aussicht. Außer ihm und einer Handvoll Schafen war eh niemand unterwegs, den er hätte behindern können.

So reagierte er sofort, als plötzlich der Motor anfing zu stottern. Sein erster Blick galt dem Armaturenbrett, aber die Anzeige signalisierte ihm, dass der Tank noch halbvoll war. Langsam lenkte er den Wagen an den Straßenrand. Die Reifen hatten den Seitenstreifen kaum berührt, da war der Motor auch schon abgesoffen.

Fin drehte den Zündschlüssel, aber außer einem müden Klick tat sich nichts. Er wiederholte es noch ein paar Mal, doch ohne Erfolg, und hieb schließlich wütend mit der flachen Hand aufs Lenkrad.

»Scheißkarre!«

Er stieg aus und öffnete die Motorhaube. Was man eben so tat, wenn man mit einer Panne liegenblieb. Ein Motor war für Fin ein Buch mit sieben Siegeln, egal ob es der Motor seines eigenen Wagens war oder, wie in diesem Fall, der eines Dienstwagens. Er verstand von Autos gerade so viel, dass er wusste, wo das Benzin reinkam und wo das Öl. Alles andere überließ er lieber dem Mechaniker, aber gerade der war in diesem Augenblick meilenweit entfernt. Genauso weit entfernt wie jede andere Form von Hilfe, denn auf dieser Straße war ihm das letzte Auto vor etwa zwanzig Minuten begegnet.

Fin erinnerte sich an einen Stapel Unterlagen, den der Mitarbeiter des polizeieigenen Fuhrparks ihm in die Hand gedrückt hatte und den er irgendwo im Seitenfach der Beifahrertür versenkt hatte. Mit etwas Glück war die Servicekarte eines Pannendienstes dabei.

Er blätterte durch die Broschüren, das Handy in der Hand, als er von fern einen Motor hörte. Er wollte es kaum glauben, vielleicht hatte das Schicksal ja Mitleid mit ihm. Er trat einen Schritt auf die Straße, bereit anzuhalten, was immer da um die Ecke kam.

Es war ein Motorrad. Der Fahrer in schwarzer Ledermontur, das getönte Helmvisier geschlossen.

Fin zögerte.

Das Motorrad bremste ab, wich aus und kam etwa zwanzig Meter hinter dem Wagen zum Stehen.

Fin hatte plötzlich ein ganz und gar ungutes Gefühl.

Der Fahrer stieg ab und stellte die Maschine auf ihren Ständer.

Vielleicht wussten sie längst Bescheid über ihn. Hatten sein Auto manipuliert. Dann einen Handlanger losgeschickt, der nun den Rest, sprich ihn, erledigen sollte.

Der finstere Kerl kam mit großen Schritten auf ihn zu. Die harten Absätze der schweren Motorradstiefel knallten auf den Asphalt.

Am Ende war er doch der IRA in die Quere gekommen.

Der Kerl zog seine Handschuhe aus und begann am Kinnriemen seines Helms zu nesteln.

Fin wich einen Schritt zurück. Sie würden ihm einen Denkzettel verpassen. Er sah sich schon mit zerschossenen Kniescheiben im Straßengraben liegen.

Der Kerl zog seinen Helm ab.

Was wenn –

Eine Flutwelle leuchtend roter Haare ergoss sich über schwarzes Leder. »Wo liegt das Problem?« Sagenhaft grüne Augen blickten ihn fragend an.

»Problem? Wie-wieso Pro-Problem?«, stotterte Fin.

Die Frau wies auf die hochgeklappte Motorhaube. »Sieht nicht so aus, als würden Sie hier Ihren Motor lüften.«

Fin schluckte. »Ist ... ähm, ist einfach ausgegangen ... und ... und jetzt tut er's nicht mehr.« Was faselte er da für einen Blödsinn zusammen!

Sie trat an den Wagen und warf einen Blick auf den Motor. »Hier, halten Sie mal.« Sie hielt ihm ihren Helm und die Motorradhandschuhe hin. Fin nahm sie artig entgegen.

Der rote Haarschopf verschwand unter der Haube, schmale flinke Finger tasteten über den Motorblock. Rüttelten hier, drehten dort. Schraubten irgendwas ab, schraubten es wieder an.

»Starten Sie mal.«

Fin sprang auf den Fahrersitz und drehte den Zündschlüssel. Der Motor sprang tatsächlich an. Er war sprachlos.

»Sie sollten in der nächsten Werkstatt das Zündkabel überprüfen lassen.« Sie knallte die Motorhaube zu. »Vielleicht sollten sie sich sicherheitshalber nen Satz neue Zündkerzen einbauen lassen.«

»Der Wagen gehört mir aber gar nicht«, entgegnete Fin und trat sich im Geiste in den Hintern für eine weitere unqualifizierte Äußerung.

»Wenn Sie weiterhin mit diesem Auto fahren wollen, sollten Sie's trotzdem tun«, meinte sie ernüchternd.

»Okay. Danke.«

»Keine Ursache.«

Sie nahm Helm und Handschuhe und ging zurück zu ihrem Motorrad. Fin starrte ihr hinterher, sah zu, wie sie die langen Haare zusammenraffte und unter dem Helm verstaute, sich in den Sattel schwang und die Maschine vom Ständer schob.

Er konnte es nicht einfach bei einem schnöden »Danke« belassen. Die Frau hatte ihn immerhin gerettet.

»Wirklich vielen Dank, Sie haben mir sehr geholfen!«, rief er, aber seine Ansprache ging im aufheulenden Motor unter. Sekunden später war das Motorrad hinter der nächsten Kurve verschwunden.

Fin schüttelte den Kopf, als müsse er ein Trugbild loswerden. Normalerweise war er nicht auf den Mund gefallen, aber irgendetwas an dieser Frau war seltsam. Vielleicht hatte die alte Nora recht und sie war tatsächlich eine Meerjungfrau. Eine Meerjungfrau mit 50 PS, die Autos reparierte ...

Er legte den Gang ein und brachte den Wagen wieder auf die Straße zurück.

Wenig später passierte er die schmale Brücke zum Festland. Ein mulmiges Gefühl begleitete ihn, wenn er daran dachte, dass man vor gar nicht allzu langer Zeit versucht hatte, genau diese Brücke in die Luft zu sprengen.

Er ließ die raue Schönheit der Küste hinter sich. Die Landschaft wurde sanfter und grüner, wenn letzteres überhaupt möglich war. Statt Schafen sah man öfter Rinder auf den Weiden, hier und da bestellte Kartoffeläcker und Getreidefelder und die dazugehörigen Farmen.

Fin schaltete das Radio ein. Jemand quasselte ohne Punkt und Komma, und es dauerte eine Weile, bis er merkte, dass er kein Wort verstand. Es war gar nicht so einfach, in dieser Gegend einen Sender zu finden, wo nicht Gälisch geredet wurde oder wo überhaupt nicht geredet wurde. Entweder geriet er in eine staubtrockene Wirtschaftsreportage oder in endlose *Call-ins* zu so interessanten Themen wie »Läuft mein Traktor besser mit rechts- oder linksdrehendem Motorenöl?« oder »Kann ich meinen Stier auch mit homöopathischen Mitteln kastrieren?« Unterbrochen wurde das Ganze nur von Werbung für Dünger oder Hundefutter. Wenn er doch unverhofft auf Musik stieß, dann ging ihm das Geflöte und Gefiedel schon nach kurzer Zeit auf die Nerven. Er konnte Ronan durchaus verstehen, wenn er diese Musik nur für die zahlungskräftigen Touristen spielen ließ, die nie kamen.

Nein, in seinen Adern floss nun mal nur zur Hälfte irisches Blut, und er war froh, dass er nicht hier lebte, sondern in Dublin. Da konnte die Landschaft noch so atemberaubend sein.

Mit Hilfe der Straßenkarte fand er schließlich sein Ziel. *Dowlin House* war ein alter Landsitz aus dem neunzehnten Jahrhundert, ein beeindruckendes Anwesen, besonders, was Grund und Boden anging, das Haus selbst hatte entschieden bessere Tage gesehen. Der Wagen rappelte über ein Viehgitter, das das Grundstück von der Straße trennte. Von Rindern oder Schafen war weit und breit nichts zu sehen. Ein düsteres, efeuumranktes Tor präsentierte standesgemäß ein altes Familienwappen mit den üblichen Ingredienzien. Löwe, Einhorn, Fisch, allerlei Kleinvieh und irgendwelches Grünzeug, das auf dem verwitterten Stein nicht mehr zu erkennen war. In der Mitte ein christliches Kreuz. Die Vorfahren der Keanes waren nicht wählerisch gewesen.

Der Familiensitz selbst bestand aus einem langgestreckten grauen Kasten. Drei Etagen mit imposanten Fenstern, eine Säule hier, ein Rundbogen dort, aber alles in allem eher schmucklos. An einigen Stellen bröckelte bereits der Putz. Malcolm Keane war Witwer, die Kinder längst aus dem Haus. Fin wunderte sich, wer all die Zimmer und Säle bevölkerte.

Der Kies knirschte vornehm unter den Autoreifen, was nicht darüber hinwegtäuschte, dass sich an den Rändern der Auffahrt das Unkraut breitmachte.

Fin erwartete ein Dienstmädchen oder einen Butler, aber es war der Hausherr selbst, der ihm öffnete.

»Mr. Keane?« Fin fischte seinen Ausweis aus seiner Gesäßtasche und hielt ihn dem Mann vor die Nase. »Detective Sergeant O'Malley.«

Malcolm Keane musste trotz Brille blinzeln, um das Kleingedruckte lesen zu können. »Aus Dublin?« Er musterte Fin über den Goldrand hinweg. »Kommen Sie rein«, knurrte er, »dieses Haus hat all die Jahre so viele Uniformen gesehen, da kommt es auf einen Polizeibeamten mehr auch nicht an.«

Der Empfang war erwartungsgemäß kühl. Fin betrat die Eingangshalle.

»Möchten Sie ablegen?«

»Ich werde Sie nicht lange aufhalten.«

»Junger Mann, wenn man eines in meinem Alter hat, dann Zeit.« Keane wies mit der Hand auf eine angelehnte Tür und ging voraus. Er war auf einen Gehstock angewiesen, sein rechtes Bein zog er nach. Er trug die Lieblingsfarbe der über Siebzigjährigen. Beige von Kopf bis Fuß. Aber die Hose war gut geschnitten, die Bügelfalte messerscharf und der Pullover wahrscheinlich aus Kaschmirwolle. Er führte Fin in sein Arbeitszimmer, in gehobenen Kreisen gerne auch als Bibliothek bezeichnet. Ein Feuer brannte im Kamin, auf dem Schreibtisch schimmerte der Monitor eines Computers. Von irgendwoher erklang leise klassische Musik.

Fin sah sich neugierig um, während Malcolm Keane ihn zu einer gemütlichen Sitzgruppe aus dunklem, abgewetzten Leder dirigierte. Die Fenster führten auf eine Terrasse und darüber hinaus auf einen gepflegten Rasen. Die Wände beherrschten ohne Ausnahme Regale bis unter die Decke, bis zum Bersten vollgestopft mit Büchern. Fin fragte sich, wer die alle abstaubte.

Keane schien seine Gedanken lesen zu können. »Ich lebe alleine hier. Eine Putzfrau kommt einmal die Woche, ab und an der Gärtner. Bitte.« Er bot ihm einen Sessel am Kamin an.

»Ein bisschen einsam, oder?« Fin ließ sich in das wuchtige Polster sinken.

Der alte Herr setzte sich ihm gegenüber. »Ich bin aus dem Alter raus, wo man jede Woche Partys braucht. Irgendwann genügt man sich selbst«, erklärte er, »aber ich nehme nicht an, dass Sie gekommen sind, um sich mit mir über meine Befindlichkeit auszutauschen.«

»Ihre Söhne.«

Malcolm Keane schnaubte kurz. »Sehen Sie es mir bitte nach, wenn ich nicht allzu überrascht bin. Gibt es Neuigkeiten von Jack? ... Nicht, dass es mich wirklich interessierte.«

»Ich dachte, Sie hätten vielleicht welche.«

»Detective O'Malley, ich habe Jack das letzte Mal gesehen, als er seine Sachen geholt hat. Damals war er einundzwanzig. Danach habe ich nur noch in der Zeitung über ihn gelesen. Es war wenig Erfreuliches dabei.«

»Und Thomas?«

»Thomas ist tot. Das sollten Sie eigentlich wissen.«

»Er wurde vermisst und schließlich für tot erklärt. Es hat nie eine Leiche gegeben.«

»Ich war nicht auf der Trauerfeier.« Malcolm Keane stand auf und öffnete die Tür zu einem kleinen Kabinett. Fin vernahm das dezente Klirren von Glas. »Sie wollen wissen, ob ich glaube, dass mein Sohn wirklich tot ist? Thomas ist für mich schon vor Jahren gestorben. Genau wie sein Bruder Jack. Nehmen Sie einen Whisky oder gehören Sie auch zu denen, die offiziell im Dienst nicht trinken?«

»Danke. Wenn es der Geselligkeit dient ...«

»Tun Sie mir den Gefallen, Detective. Nehmen Sie Eis?«

»Nein, danke.«

Er reichte Fin einen teuren Kristalltumbler, großzügig eingeschenkt, und ließ sich mit einem unterdrückten Seufzer ins knarrende Leder sinken. Fins fragender Blick entging ihm nicht. »Ein Unfall vor zwei Jahren. Ein Pferd hat mich abgeworfen. Tja, es gibt Dinge, die sollte man ab einem gewissen Alter nicht mehr tun.«

Fin roch das durchdringende Aroma von Laphroaig, noch

ehe er einen Schluck probiert hatte. Es erinnerte ihn immer an einen Zahnarztbesuch, aber er hatte schon schlechteres getrunken. »Ich verstehe ja Ihre harte Haltung, Mr. Keane, aber es geht immerhin um Ihre Söhne.«

»Ja. Manchmal kann ich es selbst kaum glauben.« Er betrachtete die bernsteinfarbene Flüssigkeit in seinem Glas und nahm einen kleinen Schluck. »Ich verstehe bis heute nicht, was passiert ist. Jack, der Ältere, war als kleiner Junge ein richtiger Raufbold. Ging in der Schule keiner Prügelei aus dem Weg. Aber das ist doch nicht weiter ungewöhnlich, oder? Tommy dagegen, der war das komplette Gegenteil. Der hockte am liebsten zu Hause, las in irgendeinem Buch oder zeichnete. Er mochte Tiere. Das Foto da, sehen Sie.« Er wies mit dem Stock auf den Kaminsims. »Da war er elf Jahre alt. Der kleine Hund auf seinem Arm hieß Snoopy. Wie bei diesen amerikanischen Trickfiguren. Wie hießen die noch gleich?«

»*Peanuts*«, half Fin aus.

»Richtig. *Die Peanuts*. Tommy zeichnete selber kleine Cartoons. Er war ziemlich gut darin.« Er schüttelte den Kopf. »Ich hätte nie gedacht, dass ausgerechnet er …«

Fin betrachtete die kleine Fotogalerie auf dem Kaminsims. Es fiel auf, dass von Jack und Thomas nur Kinderfotos dastanden, keine einzige Aufnahme, die sie als Erwachsene zeigte.

»Die beiden haben sich sehr nahe gestanden.«

»Tommy hat Jack vergöttert. Und Jack hat seinen kleinen Bruder immer und überall beschützt. Hat sich für ihn geprügelt, wenn es sein musste. Aber er hatte einen schlechten Einfluss auf ihn.«

»Ihre Frau ist früh gestorben, wenn ich mich recht erinnere.«

»Maggie starb, als Jack zwölf war und Thomas neun. Krebs«, gab Keane bereitwillig Auskunft, »mag sein, vielleicht war ich ein schlechter Vater. Ich war viel unterwegs, die Woche über

**84**

fast nur in Dublin. Ich war Abgeordneter, wie Sie vielleicht wissen.«

Fin nickte. »Aber das macht Kinder nicht automatisch zu Gangstern«, wandte er ein, »oder hatten am Ende Ihre Söhne einfach nur andere politische Ansichten als Sie? Ich meine, was zum Beispiel die Verteilung von Hab und Gut angeht.«

»Detective O'Malley, ich war zwar zu meiner aktiven Zeit sogar innerhalb meiner Partei als Hardliner verschrien, das gebe ich offen zu«, sagte Malcolm Keane, »und an meiner Haltung hat sich bis heute nichts geändert. Wir können uns keinen Wohlfahrtsstaat leisten, der jeden Faulpelz durchschleppt. Aber meine politische Meinung für die Entwicklung meiner Söhne verantwortlich zu machen, wäre wohl zu einfach.«

»Nun, eine unglückliche Kindheit kann es nicht gewesen sein, wenn ich mich hier so umschaue.«

Der Alte zuckte mit den Achseln. »Sie hatten alles, was sie brauchten, und sogar noch mehr. Aber ich hätte es wissen müssen. Mein Vater hatte mich gewarnt.«

»Gewarnt?«

»Ihre Mutter stammte aus Foley. Diesem Piratennest«, spuckte er verächtlich aus, »verstehen Sie mich nicht falsch, Detective, Maggie war eine wunderbare Frau und herzensgute Mutter. Aber vielleicht lag es an den Genen …«

Fin leerte sein Glas. Wenn alles immer so einfach wäre.

»Darf ich fragen, woher dieses plötzliche Interesse an meinen Söhnen rührt? Nach zehn Jahren?«

Fin erzählte ihm von dem Kunstraub in London.

Der alte Mann nickte zustimmend. »Ja, passen würde es zu den beiden. Aber wenn Sie glauben, sie hier unter diesem Dach zu finden, sind Sie an der falschen Adresse.«

»Sie würden Ihre Söhne der Polizei ausliefern?«

»Nein.« Es war ihm anzusehen, dass er die Verbitterung über

sein eigen Fleisch und Blut schon vor langer Zeit zu Grabe getragen hatte. »Ich würde sie erschießen.«

Fin glaubte es ihm sogar.

# 7. Cape Cloud

Während der Rückfahrt fragte sich Fin, wie zwei Jungs aus einer gutsituierten Familie derart auf die schiefe Bahn geraten konnten. Vielleicht hatte Malcolm Keane ja recht, vielleicht steckte es wirklich in den Genen.

Die Kindheit der Brüder war völlig normal verlaufen, abgesehen vom frühen Verlust der Mutter. Die Gründe für Jacks und Thomas' Rebellion gegen den Vater und den Rest der Welt mussten wohl in der Pubertät liegen. Oder aber sie waren später, während des Studiums an der Universität von Galway in schlechte Gesellschaft geraten. An Universitäten hingen doch genug subversive Elemente herum, Alkohol und Drogen waren an der Tagesordnung.

Fin merkte, dass er entschieden zu viele Vorurteile mit sich herumschleppte.

Vielleicht lohnte ein Abstecher nach Galway, vielleicht konnte er ein paar ehemalige Kumpel der Keane Brüder auftreiben, Kommilitonen oder verflossene Freundinnen, zu denen sie noch Kontakt hatten. Irgendwo musste es doch einen Haken geben, an dem er seine Nachforschungen aufhängen konnte.

Hinter der Brücke gabelte sich die Straße, was Fin zuvor gar nicht aufgefallen war. Zwei verwitterte Schilder zeigten in die jeweils entgegengesetzte Richtung, auf dem einen stand Foley, auf dem anderen eine scheinbar willkürliche Reihe von Buchstaben, die er für die gälische Übersetzung desselben Namens hielt, da es sonst auf der Insel keine weiteren Ansiedlungen gab. Fin erinnerte sich an die Tradition, Menschen in die Irre zu führen, und schaute lieber auf seine Straßenkarte. Die besagte, dass die eine Straße, die er kannte, ihn direkt nach Foley brachte, während die andere in einem Bogen um die Halbinsel herumführte und dann das Dorf von Norden erreichte.

Fin entschied sich für die unbekannte Strecke. Das Wetter war schön, und bis zum Abendessen hatte er genug Zeit zum Totschlagen. Außerdem bot Autofahren die perfekte Möglichkeit zum Nachdenken.

Die Ostküste der Halbinsel machte einen sanfteren Eindruck, die Berge waren nicht ganz so hoch, die sandigen Buchten dafür umso breiter. Auch dieses Terrain hatten Schafe für sich erobert. Sie grasten am Straßenrand oder hatten ihr Domizil gleich auf dem Asphalt aufgeschlagen, wo sie wiederkäuend im Weg lagen und ihn gelangweilt bis entrüstet anglotzten, wenn er den Wagen vorsichtig an ihnen vorbeimanövrierte. Wahrscheinlich kam auf dieser Straße nicht jeden Tag ein Auto vorbei. Wobei ihm der Begriff Straße für diesen geteerten Feldweg eher wie ein Kosewort erschien.

Keine Menschenseele begegnete ihm. Zweimal stieß er auf eine Kreuzung, die in der Karte gar nicht eingezeichnet war, und prompt bog er zweimal falsch ab und landete auf einer Weide im Nirgendwo.

Irgendwann endlich kam ihm die Gegend bekannt vor. Er hatte Cape Cloud erreicht, die Nordspitze der Halbinsel. Hier war er an seinem ersten Tag gewesen, hier hatte er die versteinerten Mönche bewundert, und dort drüben war der alte Leuchtturm. Bei schlechtem Wetter rollten hier die Wolken die Berge hinab und rotteten sich vor der Küste zu schier unüberwindlichen Barrieren zusammen. Unterschiedliche Meeresströmungen, die sich vor der Landspitze trafen, verhinderten, dass sie in die eine oder andere Richtung abziehen konnten. So hatte die für die Schifffahrt gefährliche Konstellation dem Kap zu seinem eher poetischen Namen verholfen.

Fin bog von der Straße ab und parkte den Wagen kurz vor dem gemauerten Damm, der das Festland mit einer kleinen vorgelagerten Felseninsel verband, auf deren Mitte der Leuchtturm thronte. Es war kein Leuchtturm, wie man ihn sich als Kind meistens vorstellte, ein großer schlanker Turm, weiß mit roten oder schwarzen Streifen. Es war vielmehr ein massives Haus, an dessen Stirnseite man einen runden Turm geklebt hatte, der in einer Laterne für das Leuchtfeuer endete. Er war nicht mal besonders hoch, überragte den Giebel des Hauses kaum, aber durch die exponierte Lage mitten auf dem Felsbrocken reichte sein Signal einige Meilen aufs Meer hinaus. Jetzt bei Tageslicht war er durch seinen strahlend weißen Verputz schon von weitem gut zu erkennen.

Fin schaltete den Motor aus. Es sprach nichts gegen einen kleinen Spaziergang, um sich Appetit fürs Abendessen zu holen. Nur einmal kurz hinüber zum Leuchtturm, die Wanderschuhe konnte er getrost im Auto lassen.

Der Wind blies scharf und zauste seine Haare, als er ausstieg. Dieses Mal dachte er an seinen Schal. Er überlegte, den Rucksack im Auto zu lassen, schwang ihn sich aber dann doch über die Schulter. Vielleicht fand sich irgendwo ein windgeschütztes Plätzchen mit Blick aufs Meer, wo er in aller Ruhe einen guten Schluck genießen konnte. Er sollte nur endlich mal den Whisky in seinen Flachmann umfüllen, sonst würde er bis zum Ende aller Tage mit der Flasche im Rucksack rumlaufen.

Der schnurgerade Damm war etwa hundert Meter lang und breit genug, dass ein Wagen drüberfahren konnte. An seinem Ende kletterte ein unbefestigter Weg vom Ufer hinauf in Richtung Leuchtturm. Der Boden war feucht und aufgewühlt von Reifenspuren und Hufabdrücken, wahrscheinlich hielten die

Schafe auch dieses Eiland okkupiert. Es ging kurz und steil bergauf, dann verlor sich der Weg in einer windzerzausten Wiese. Eine Linie niedergetretenen Grases führte direkt zum Leuchtturm, aber Fin ging weiter geradeaus zum Ende der Insel. Der ganze Felsen mochte vielleicht einen halben Kilometer breit sein, und er brauchte nicht lange, bis er am Rande der Klippen stand und den ungehinderten Blick auf den Atlantik genoss. Der Wind wehte kalt und heftig, aber die Aussicht entschädigte für alles. Der Felsen fiel steil ins Meer hinab, als hätte ihn jemand mit der Axt bearbeitet. Tief unter ihm lagen scharfkantige Brocken am Ufer, umspült von weißschäumender Gischt. Möwen schossen wie Pfeile über den Himmel, ihre Schreie waren im Tosen der Brandung kaum zu hören. Im Frühling, wenn Tausende die Felswände mit ihren Nestern überzogen, würde das anders sein.

Die Sonne stand schon tief im Westen, an den Rändern des makellos blauen Himmels begann bereits das Abendrot zu nagen. Es war Zeit für einen *Sundowner*.

Fin fand eine einigermaßen windgeschützte Ecke hinter einem Felsen und ließ sich nieder. Normalerweise war er nicht der Typ, der sich eine Dreiviertelliterflasche an den Hals hängte, aber da er nun mal kein Glas hatte, musste es auch so gehen.

Eine ganze Weile hockte er so da und schaute den Wellen zu. Es hatte etwas ungemein Beruhigendes. Je länger er aufs Meer starrte, desto mehr Einzelheiten fielen ihm auf. Er entdeckte, dass außer den schnöden weißen Möwen noch andere Seevögel unterwegs waren. Kormorane, die auf Felsen hockten und mit ausgebreiteten Schwingen ihr Gefieder trockneten. Und er hätte wetten mögen, dass die kleine Bewegung dort unten auf der Klippe ein Seehund war. Er beobachtete zwei Flugzeuge auf ihrem Weg nach Amerika, ihre Kondensstreifen leuchteten rosa im satten Blau des frühen Abendhimmels. Ihre scharfen Linien kreuzten die ausgefransten Bahnen vorangeflogener

Flugzeuge, bis auch sie sich irgendwann im endlosen Nichts auflösen würden.

Er fand, dass das ganze Firmament aussah wie ein himmlischer Schnittmusterbogen, eine geheime Anleitung zum Glücklichsein aus Gottes eigener Werkstatt. Man musste sie nur noch übersetzen und verstehen. Aber wie so oft, wenn man Gebrauchsanleitungen aus einer fremden Sprache übersetzte, kam am Ende nur Kauderwelsch heraus. Er fragte sich, wann er selbst wohl seine ultimative Übersetzung finden würde.

Er nahm noch einen Schluck und lehnte sich gegen den Felsen, den die Sonne den ganzen Tag über gewärmt hatte. Er dachte an die Meerjungfrau. Er nannte sie so, weil er keinen anderen Namen für sie hatte, und es außerdem so schön geheimnisvoll klang. Was war das für eine Frau, die am einen Tag wie eine mystische Märchengestalt auf einem Pferd daherkam und anderntags auf einem Motorrad durch die Gegend bretterte? Er war sich sicher, dass sie in Foley lebte, dort herrschte beileibe kein Mangel an skurrilen Gestalten. Er musste an einen uralten schwarzweißen Science-Fiction-Film denken, in dem eine Schar merkwürdiger Kinder aus einem Dorf gefangen gehalten wurde, weil sie verseucht waren. Entweder durch Radioaktivität oder weil Außerirdische ihre Hände im Spiel hatten, Fin war sich nicht mehr ganz sicher. Aber er konnte sich die Bewohner von Foley gut als Außerirdische vorstellen.

Nein, jetzt ging doch die Phantasie mit ihm durch.

Er pfropfte den Korken auf die Whiskyflasche und ließ sie im Rucksack verschwinden. Es wurde doch schneller dunkel als er gedacht hatte. Die Sonne verschwand hinter den aufziehenden Wolken, es wurde Zeit, dass er wieder ins Warme kam. Außerdem hatte er Hunger.

Er schulterte den Rucksack und machte sich auf den Rückweg. Als er über die Felskuppe trat, sah er schon sein Auto auf der anderen Seite des Damms stehen. Und er sah noch etwas anderes. Jede Menge Wasser zwischen sich und seinem Auto.

Er blieb stehen und traute seinen Augen nicht. Dort wo vor kurzem noch ein Fahrweg zur Leuchtturminsel geführt hatte, war nichts als Wasser. Der Damm war verschwunden, von der Flut überspült.

Fin ließ seinen Rucksack zu Boden gleiten.

»Scheiße! …«

Das konnte nicht wahr sein! Bitte, lieber Gott, lass es nicht wahr sein!

Aber alles Beten und Fluchen half nichts. Er saß fest. Er musste warten, bis die Flut zurückging. Aber wie lange dauerte so was? Er war ein Stadtmensch – woher sollte er das wissen? Er sah auf die Uhr, als ob er dort die Antwort finden könnte. Leichte Panik überkam ihn. Er konnte unmöglich die ganze Nacht auf diesem Felsen verbringen. Dazu war es viel zu kalt.

Vorsichtig stapfte er in der aufkommenden Dämmerung hinunter bis zu der Stelle, wo der Damm begann. Vielleicht stand das Wasser ja noch gar nicht so hoch, wie es von oben aussah. Vielleicht konnte er noch hinüber waten, auch auf die Gefahr hin, seine Schuhe endgültig zu ruinieren. Mutig wagte er einen ersten Schritt. Das Meerwasser war wie erwartet eiskalt. Er überlegte noch, ob es klüger gewesen wäre, die Schuhe auszuziehen und barfuß zu laufen, als ihn eine Welle fast von den Beinen riss. Hastig sprang er an Land zurück. Auch den aberwitzigen Gedanken, hinüberzuschwimmen, ließ er rasch fallen. Die Strömung war viel zu stark.

Er fluchte. Seine Hose war nass bis zu den Knien, an seine Schuhe mochte er gar nicht erst denken.

Er tastete nach dem Handy in seiner Jackentasche. Aber wen sollte er anrufen? Die Polizei? Den Hubschrauber der Küstenwache? Auf dem Display las er: Kein Netz. Schön, diese Frage hatte sich hiermit erübrigt.

Zähneknirschend betrachtete er sein Auto auf der gegenüberliegenden Seite. Es war kaum anzunehmen, dass zufällig jemand vorbeikam, es bemerkte und ihm zu Hilfe eilen würde. Er musste sich damit abfinden, dass er auf sich allein gestellt war.

Halt! So ganz alleine war er ja gar nicht!

Er schöpfte Hoffnung und machte kehrt. Der Leuchtturm. Dort gab es bestimmt Funk. Und wenn nicht, dann wenigstens einen heißen Kaffee oder ein Paar trockene Socken.

Wieder erklomm er die Anhöhe. Das Wasser in seinen Schuhen hatte mittlerweile immerhin Körpertemperatur. Völlig außer Atem kam er oben an.

Die Silhouette des Leuchtturms ragte in den Abendhimmel. Alles war dunkel.

Fin blieb verwundert stehen.

Verdammt noch mal, ein Leuchtturm, der nicht leuchtete, war doch kein Leuchtturm!

Siedend heiß fiel ihm ein, dass der letzte Leuchtturmwärter mittlerweile umgeschult hatte auf Pfarrer und er ihn erst gestern kennengelernt hatte. Dieser Leuchtturm hier war außer Betrieb. Abgeschaltet.

»Verdammte Scheiße!« Er hätte heulen können, so wütend war er. Wütend auf den Leuchtturmwärter, auf die Flut, auf seinen Boss, der ihn hier hergeschickt hatte. Wütend auf sich selbst. Was musste er sich auch den blöden Sonnenuntergang angucken!

Aber vielleicht wohnte ja trotzdem noch jemand in dem Gebäude. So ganz aufgeben wollte er die Hoffnung noch nicht. Immerhin hatte er Reifenspuren gefunden, also wurde der Damm auch benutzt. Dass hinter keinem der Fenster Licht brannte, musste ja nicht zwangsläufig bedeuten, dass das Haus verlassen war.

Er stieg die paar Stufen zur Eingangstür hinauf und klopfte.

»Hallo? Jemand zu Hause?«

Er wartete einen Moment, klopfte dann erneut. Drinnen blieb es still. Angestrengt spähte er durch die Glasscheibe in der Tür, aber nichts regte sich. Zögernd drückte er die Klinke runter, die Tür war verschlossen. Er versuchte, durch eines der Fenster hineinzuschauen, aber alle lagen zu weit vom Boden entfernt.

Aufmerksam ging er um den Leuchtturm herum, doch nirgends fand sich ein Lebenszeichen. Der Wind rappelte an den Fenstern, irgendwo klapperte ein Stück Blechverkleidung.

Das Einzige, was er bemerkte, war ein Motorrad, das unter einem Vordach an der Wand lehnte. Eine schwarze Geländemaschine.

Fin stutzte.

Er hatte dieses Motorrad schon mal gesehen. Oben auf dem Friedhof vor der kleinen Kirche. Es gehörte dem Restaurator, hatte der Pfarrer gesagt. Aber Fin war sich ziemlich sicher, dass ihm genau dieses Motorrad auch heute begegnet war.

Die Meerjungfrau.

Wer auch immer damit herumfuhr, der musste doch verdammt noch mal zu Hause sein!

»Hallo?« Fin brüllte so laut er konnte.

Vergeblich.

Er versuchte sein Glück an einem Schuppen, rüttelte an der Tür, aber auch die war verschlossen.

Mittlerweile war es dunkel geworden. Hinter seinem Rücken lag die Küste als unförmiger schwarzer Klumpen, vor ihm das Meer, das man nur durch die schaumgekrönten Wellen vom Nachthimmel unterscheiden konnte. Auf einem Felsen draußen im Meer blinkte ein Signalfeuer, noch weiter draußen antwortete ein anderes Licht, vermutlich eine Boje.

Fin seufzte.

Vielleicht war es besser, zum Damm zurückzugehen. Dort

konnte er eher Hilfe erwarten als hier. Und vielleicht ging das Wasser ja schneller zurück als er dachte.

Er lief ein paar Schritte und stolperte über die bucklige Wiese. Nie hätte er geglaubt, dass es nachts in freier Natur so finster sein konnte. In Dublin gab es praktisch keine Nacht.

Der Wind wehte böig und brachte ihn fast aus dem Gleichgewicht. Er machte einen Schritt, hielt inne und nahm ihn wieder zurück. Er ahnte den Abgrund mehr als dass er ihn sah, er hörte das Rauschen der Brandung tief unter sich und trat zurück. Er atmete tief durch, merkte, dass er zitterte.

Das war knapp gewesen …

Er schaute sich um. Wo ging es denn verdammt noch mal zu diesem blöden Damm?

Den Leuchtturm hatte die Nacht verschluckt, von allen Seiten brandete das Meer, donnerte und gurgelte die Flut. Er hatte völlig die Orientierung verloren.

Resigniert stellte er seinen Rucksack ab und hockte sich ins Gras. Dann blieb er eben hier. Er zog die Whiskyflasche hervor und gönnte sich einen großen Schluck. Fin wusste, dass Alkohol auf nüchternen Magen keine so gute Idee war, aber das war ihm jetzt egal. Er wusste auch, dass Alkohol auf Dauer nicht wärmte, aber die Illusion war einfach zu schön. Er trank noch einen Schluck.

Der Wind fegte über die Inselkuppe, raschelte im trockenen Herbstgras und fing sich in den schroffen Felsen. Sein langgezogenes Heulen tönte wie Sirenengesang.

Meerjungfrauen.

Pah!

Fin nahm noch einen tiefen Zug aus der Flasche und wartete, dass die Wirkung endlich einsetzte. Ja, er wollte sich besaufen. Anders würde er diese bescheuerte Situation nicht ertragen können. Diesen ganzen bescheuerten Auftrag.

Er würde eh nichts rausfinden. Thomas Keane war tot,

basta. Und Jack Keane lebte wahrscheinlich seit zehn Jahren auf irgendeiner Karibikinsel mit einer kaffeebraunen Schönheit an seiner Seite und verjubelte die Beute. Er, Fin, würde mit leeren Händen zurückkommen und dieses Arschloch Ramsay konnte triumphieren, hatte er doch immer schon gewusst, dass dieser O'Malley unfähig war. Zu nix zu gebrauchen.

Andererseits, hatte Ramsay nicht selbst gesagt, er schließe die Keanes als Täter aus? Eigentlich erwartete er gar kein Ergebnis.

Also war eigentlich alles egal.

Fin hatte bereits die halbe Flasche geleert. Er spürte seine nassen Füße kaum noch.

Keiner hatte zu ihm gesagt, »Das ist deine letzte Chance, O'Malley, nutze sie.« Auch wenn es vielleicht so war. Er musste diesen Fall nicht lösen, das konnten andere ebenso gut tun. Er war keiner dieser Bluthunde, die sich an einem Fall festbissen und nicht eher ruhten, bis der Schuldige geschnappt und verurteilt war. Solche Helden gab es eh nur in Büchern oder Filmen.

Eigentlich schade, sich diesen guten Stoff so verschwenderisch durch die Kehle zu jagen. Er versuchte, im Dunkeln abzuschätzen, wie viel noch in der Flasche drin war. Egal. Er lehnte sich zurück und betrachtete den Nachthimmel. Waren dort oben Sterne oder bildete er sich die nur ein?

Richtige Helden nutzten eine solche Situation immer für eine innere Läuterung. Sie suchten nach Auswegen aus Lebenskrisen oder waren auf den Spuren ihrer Vergangenheit, meistens der Kindheit. Fin suchte nur nach gewöhnlichen Verbrechern oder nach der richtigen Abzweigung. Falsch abbiegen würde diesen Menschen nie passieren. Die brauchten auch keine Straßenkarte. Die kamen an eine Kreuzung und wussten stets intuitiv, wo es langging. Und sie kamen auch immer an, wo sie hinwollten. Wenn er seiner Intuition folgte, landete er in einer

Sackgasse. Nein, er hatte sich noch nie auf sein Gefühl verlassen können, in der Vergangenheit nicht und in Zukunft sollte er erst gar nicht damit anfangen ...

Es war gar nicht so einfach, im Liegen zu trinken. Der erste Schluck ging daneben. Er musste besser zielen. Vielleicht sollte er auch einen Augenblick warten, bis dieses Wackeln aufhörte.

»Starrst du Löcher in den Himmel?«

Fin blinzelte und entdeckte etwas Helles über sich. Ein langgezogenes Gesicht. Weiße verfilzte Haare. Dunkle Knopfaugen. Eine gewaltige Nase.

Meine Fresse, wenn ich so hässlich wäre, würde ich nicht unter Menschen gehen ...

Das Gesicht kam näher. »Schätze, du hast ein Problem.«

Einer von Nora Nichols' Kobolden.

Mad Dog MacGuire.

Halt, das war gar kein Gesicht. Das war nicht mal ein Mensch. Das war ein Schaf. Nee, ein Gaul ...

»Hörma, du ...« Entweder war seine Zunge zu groß für seinen Mund oder sein Mund zu klein für seine Zunge. »Eins weissich genau ... Ferde könnich sprechen ...«

Der Kopf verschwand. Wie alles andere um ihn herum.

# 8. Charlie

Ein Knurren weckte ihn.

Vielleicht war es auch ein Summen. Oder ein Surren.

Nein, es war doch eher ein Brummen. Ein Dieselmotor, der in monotonem Leerlauf vor sich hin nagelte. Ein Auto, das direkt über ihm parkte. Das genau genommen auf ihm drauf parkte. Mit jedem Heben und Senken seines Brustkorbs spürte er das Gewicht, spürte er die Wärme der tuckernden Maschine. Sein ganzer Körper vibrierte. Das Atmen fiel ihm schwer.

Vorsichtig öffnete er ein Auge. Ein verschwommenes Bild tauchte auf. Ein orangefarbenes Auto. Mit grünen Scheinwerfern.

Er öffnete beide Augen.

Sofort hörte das Brummen auf.

Es war kein Auto. Es war eine Katze.

Eigentlich sollte ihn das beruhigen.

Tat es aber nicht.

Er zuckte zusammen.

Für den Bruchteil einer Sekunde spürte er spitze Krallen auf seiner Brust, als die Katze mit allen Vieren zugleich hochfuhr und mit einem Satz davonschoss. Eine Wolke roter Haare rieselte auf ihn nieder.

Er nieste.

»Normalerweise schläft sie auf dem Sofa.«

Die Stimme kam ihm bekannt vor. Ein neues Geräusch drängelte sich in sein Bewusstsein. Etwas zischte direkt über seinem Kopf.

Er schaute auf. Eine Hand war aus dem Nichts aufgetaucht und hielt ihm ein großes Glas hin, dessen Inhalt munter vor sich hin sprudelte. Darüber feuerrote Haare und ein Blick aus sagenhaft grünen Augen.

Die Meerjungfrau.

Fin schloss die Augen. Er musste das jetzt nicht verstehen. Nicht so früh am Morgen. Wenn es überhaupt Morgen war. Vorsichtig hob er den Kopf und schaute sich um. Er lag eingepackt in eine Wolldecke auf einem Sofa, das normalerweise von einer Katze beansprucht wurde, in einem Haus, das von dieser merkwürdigen Frau bewohnt wurde.

Egal.

Er griff nach dem Glas. Was auch immer sie ihm zu trinken gab, es konnte nur helfen, diese Situation zu klären. Er merkte, wie trocken seine Kehle war. Gierig schluckte er das Zeug hinunter. Noch nie hatte Alka-Seltzer so gut geschmeckt.

Die Meerjungfrau beobachtete ihn, auf die Rückenlehne des Sofas gestützt. Die langen, roten Haare umrahmten ihr Gesicht wie der Vorhang eine Theaterbühne.

Allmählich kehrte seine Fähigkeit zurück, einfache Gedanken zu formulieren.

»Wo bin ich?«

»Im Leuchtturm.«

Aha. »Und wie bin ich hierhergekommen?«

»Auf einem Pferd.«

»Auf einem Pferd?«

»Quer überm Sattel, wenn du's genau wissen willst.«

Fin verschluckte sich. Nein, so genau hatte er es nun doch nicht wissen wollen, aber er versuchte tapfer, es sich vorzustellen, ohne dass ihm dabei schlecht wurde.

Sie schien seine Gedanken zu ahnen. »Keine Sorge, du hattest schon vorher alles rausgekotzt.«

Daher der schale Geschmack in seinem Mund. Er leerte das Glas.

Sie nahm es ihm aus der Hand und wandte sich ab. »Falls du aufnahmefähig bist für Kaffee oder feste Nahrung ...« Der Rest des Satzes blieb in der Luft hängen, während ihre Schritte auf dem knarrenden Holzboden das Zimmer verließen.

Fin schob die dicke Wolldecke von sich und setzte sich zögernd auf, bereit, es mit dem Gewitter in seinem Kopf mit all seinem Blitz und Donner aufzunehmen.

Das Sofa stand mitten im Zimmer. Es war alt und ausgeleiert, aber gemütlich. So wie der Rest der Einrichtung. Zwei gewaltige Sessel, ein niedriger Tisch der Marke Eigenbau. Für Bücher ein paar Bretter an der Wand. Auf dem blankgescheuerten Dielenboden ein fadenscheiniger Teppich, der in seinen besten Jahren als teurer Orientale Bewunderer gefunden hatte. Die paar Bilder an der Wand schienen wahllos zusammengewürfelt, naturalistische Landschaften mit typisch irischen Motiven, ein alter Segler an der Küste, ein Cottage im Moor, überzogen von vergilbtem Firnis. Dazwischen ein abstraktes Gemälde, die verschmierten Farbflächen in Grün und Gelb erinnerten an Kermit im Mixer. Über allem lag ein Hauch von Flohmarkt. Nichts gehörte zusammen, aber alles passte irgendwie zueinander.

Ein antik anmutender Kohleofen wummerte in einer Ecke leise vor sich hin. Daneben hockte die rote Katze und warf ihm aus grünen Augen jenen herablassenden Blick zu, den eben nur Katzen drauf hatten.

Fin fuhr sich mit der Hand über die Stelle, die ihre Krallen markiert hatten. Durch die Decke und den dicken Pullover war er glimpflich davongekommen. Seine Jeans starrten vor Dreck, aber wenigstens hatte er sie noch an. Ein rascher Griff in seine Gesäßtasche – sein Dienstausweis war noch da. Er wusste schon, weshalb er das Ding lieber in der Hose stecken hatte. Eine Jacke hängte man schon mal achtlos irgendwohin, seine Hose behielt er normalerweise an. Aber das wollte nichts heißen, sie konnte den Ausweis gefunden und wieder zurückgesteckt haben, ohne dass er es gemerkt hatte. Er musste vorsichtig sein.

Wie in Zeitlupe stand er auf. Er schwankte. Jemand hämmerte in seinem Kopf, modellierte eine Skulptur aus seiner Gehirnmasse und schlug alle überflüssigen Teile weg, bis nur noch das Wesentliche übrig blieb. Ein Idiot.

Auf Socken wagte er ein paar Schritte und gelangte ans Fenster, ohne das Gleichgewicht zu verlieren. Es war heller Tag. Der Himmel war nicht mehr ganz so blau wie gestern, ein kräftiger Westwind wehte Wolkenfetzen vom Meer her über die Küste. Die Brandung schäumte und wusch die kantigen Klippen blank. Dunkle Felsen tauchten auf und verschwanden wieder in der Gischt.

Das musste Horse's Neck sein, der Ort, wo einst die Piraten ihren ahnungslosen Opfern aufgelauert hatten.

Direkt unterhalb des Fensters klapperte ein Vordach aus Wellblech im Wind, vom Rost ebenso angenagt wie das wackelige Fallrohr der Regenrinne daneben. Darunter führten Treppenstufen zur Haustür, an der er am Vorabend vergebens gerüttelt hatte. Gegenüber der Schuppen, der nun bei Tageslicht betrachtet vermutlich als Pferdestall diente.

Stück für Stück kehrte die Erinnerung zurück. Die Flut, die ihn vom Festland abgeschnitten hatte. Die plötzlich hereinbrechende Nacht. Die Kälte. Und eine fast volle Flasche Whisky.

Wie hatte sie ihn bloß hierhergeschafft? Erst auf den Gaul gehievt. Dann die Treppen heraufgeschleppt. Bis aufs Sofa. Sicher, sie war kräftig, sie konnte ganz offensichtlich mit Pferdestärken umgehen, egal ob auf vier Beinen oder auf zwei Rädern.

Trotzdem. So ganz ohne Hilfe …

Er drehte sich um. Die Katze hatte seinen noch warmen Platz auf dem Sofa eingenommen und sich auf der Decke zusammengerollt. Ihr arroganter Blick folgte jeder seiner Bewegungen.

Fin beugte sich über sie. »Weißt du, Mieze, ich hab zwar einen Kater, aber …« Sie betrachtete ihn ungerührt. Er hielt inne und winkte ab. »Vergiss es, sollte 'n Scherz werden, aber vergiss es. Streich einfach die letzte Bemerkung.«

Er seufzte, umrundete vorsichtig das Sofa und machte sich auf die Suche nach der Küche. Der Duft von frisch aufgebrühtem Kaffee zeigte ihm den Weg.

Die Küche war klein. Keine moderne Einbauküche aus Kunststoff mit Mikrowelle und Geschirrspüler. Hatte er auch nicht erwartet. Stattdessen klobige Holzschränke, an denen die Farbe abblätterte, und schiefhängende Schubladen, denen die Griffe fehlten. Fin kannte Leute, die viel Geld dafür ausgaben, dass ihre Küche zu Hause mindestens ebenso authentisch aussah. Diese Schränke hier waren wirklich alt. Das gesprungene Glas einer Vitrinentür stammte wahrscheinlich noch aus der Erstausstattung des Leuchtturms aus dem neunzehnten Jahrhundert.

Den meisten Platz nahm der Herd ein, ein uraltes eisernes Monstrum, noch mit Torf befeuert, verbreitete mollige Wärme.

Die Meerjungfrau stand vor der Anrichte und beobachtete aufmerksam den Kaffeefilter. Sie war barfuß, trug verblichene Bluejeans und einen ausgeleierten Strickpullover, dessen Farbe Fin an einen verregneten Herbstnachmittag erinnerte. Aber er betonte das leuchtende Rot ihrer Haare.

Sie schaute auf, als sie ihn bemerkte.

Der Blick war ihm unangenehm, er fühlte sich genötigt, irgendetwas zu sagen. »Filmriss.« Er zuckte mit den Achseln.

»Sieht ganz so aus.« Sie widmete sich wieder der Betrachtung des Kaffees. Sie hatte die Arme verschränkt und dicht an den Körper gepresst, als ob ihr trotz des Herdfeuers kalt war.

Fin spürte seine wackligen Knie, zog sich einen Stuhl heran und ließ sich unaufgefordert draufplumpsen. Er konnte sich nicht daran erinnern, wann er das letzte Mal so besoffen gewesen war. Normalerweise hatte er seinen Pegel ganz gut im Griff. »Hab ich mich daneben benommen? Irgendeinen Scheiß gebaut letzte Nacht?«

»Nö«, antwortete sie ohne aufzuschauen, »als ich dich gefunden habe, dachte ich erst, du seist tot. Aber du hast nur geschlafen wie 'n Toter.«

Sein Blick ging über den gedeckten Tisch. Brot, Käse, Marmelade, Milch. Kein üppiges Frühstück wie bei Mrs. MacCormack. Aber er war froh darum; allein der Gedanke daran rief einen leichten Brechreiz hervor.

»Was wolltest du hier auf der Insel?«

Da war es wieder. Dieses Misstrauen, das jeder hier in Foley mit der Muttermilch aufsog.

»Den Sonnenuntergang betrachten.«

»Mit einer Flasche Whisky?«

Fin zog eine Grimasse.

Sie erlöste den Kaffeefilter und warf ihn in den Ausguss. »Machst du das öfter?«

»Also, wenn du damit andeuten willst, dass ich ein Alkoholproblem habe ...«

»Hast du?«

Sie goss Kaffee in seine Tasse. Er bemerkte die eingetrockneten Farbspritzer an ihrem Pulloverärmel. »Hör mal, das ist jetzt vielleicht nicht gerade der richtige Zeitpunkt –«

»Zucker?«

»Ja, bitte.«

Sie holte eine angestoßene Porzellandose aus dem Küchenschrank, stellte sie ihm vor die Nase und setzte sich an den Tisch.

Fin goss reichlich Milch in seinen Kaffee und begann Zucker hineinzuschaufeln. Beim siebten Löffel hielt er inne, als er merkte, dass sie ihn beobachtete. »Naja, du darfst halt nicht so doll umrühren, weißt du …«

Rasch verschanzte er sich hinter seiner Tasse, während sie sich eine Scheibe Brot mit Marmelade bestrich. »Der Toaster ist leider kaputt.«

»Ist schon okay, ich krieg sowieso nichts runter.« Er nippte an seinem Kaffee.

Eine Windböe ließ das Küchenfenster erzittern. Auch von hier hatte man einen ungehinderten Meerblick. Der Herd knackte leise vor sich hin. Von irgendwoher tönte kaum hörbar Musik. Eine Orgel. Diesmal erkannte Fin es auf Anhieb.

»Du restaurierst die Kirche in Foley, nicht wahr?«

Sie nickte. »Die Fresken, um genau zu sein.«

Fin erinnerte sich. »Charlie …«

»Charlotte.«

Wieder ein Blick aus diesen grünen Augen, der ihm ein unheimliches Kribbeln über den Rücken jagte. Das Grün eines schattigen Teiches in einem verwunschenen Wald, jenes unergründliche Grün, das wahrscheinlich so manchen Märchenprinzen in die Tiefe gezogen hatte.

Er schätzte sie auf Mitte oder Ende dreißig. Sie war nicht das, was man allgemein als hübsch bezeichnete, aber auf eine spröde Art irgendwie schön. Sie trug kein Make-up, nicht mal Schmuck. Nicht sein Typ, wenn er ehrlich war, und doch ertappte er sich dabei, wie er sie immer wieder verstohlen anstarrte. Ihre Gesichtszüge schienen ihm merkwürdig vertraut. So als ob er sie von früher irgendwoher kannte. Vielleicht aus einem anderen Leben. Vielleicht aus einem Märchen, das ihm seine Großmutter abends am Bett vorgelesen hatte.

Naja, er war ihr ja schon oft genug über den Weg gelaufen, seit er hier war. Und für die geheimnisvolle Aura hatte schon Nora Nichols mit ihren Meerjungfrauengeschichten gesorgt. Nicht dass er auch nur ein einziges Wort davon glaubte.

»Bist du hier aus Foley?«

Sie nickte, ließ sich aber zu keinen näheren Erläuterungen herab.

»Und wie wird man hier Restaurator?«

»Indem man in Galway Kunst studiert und später nach Dublin geht und ne Weiterbildung macht«, kam die knappe Antwort.

Er war am klebrigen Bodensatz seiner Tasse angekommen und ließ die siruppartige Masse langsam in seinen Mund rinnen. »Gibts hier in der Gegend viel zu restaurieren?«

»Die Arbeit an den Fresken in Foley wird noch etwa ein halbes Jahr dauern. Die Bezahlung stimmt und außerdem kann ich hier umsonst wohnen.«

»Nicht gerade der Nabel der Welt.«

»Mir gefällt es hier.« Sie leerte ihre Tasse. »Noch Kaffee?«

Er nickte und hielt seine Tasse hin. »Hier hast du nicht mal 'n Handynetz. Als ich gestern Abend …«

»Und wenn schon?« Sie goss Kaffee in beide Tassen. »Früher gabs so was gar nicht und da haben die Menschen auch gelebt.«

»So was nennt man Fortschritt.«

»Vor etwa fünf Jahren hat eine Mobilfunkgesellschaft drüben bei *Sliabh Draíochta* einen Mast aufgestellt. Die Leute in Foley wollten das Ding aber nicht vor ihrer Haustür. Strahlung und so, du weißt schon.« Ein kurzes Lächeln, das man durchaus als Zustimmung interpretieren konnte, blitzte über ihr Gesicht. »Jedenfalls haben sie den Mast eines Nachts einfach in die Luft gejagt. Kein Netzbetreiber hat es seitdem noch mal versucht.«

Vielleicht dachten sie ja auch, dass man sie mit dem Funkmast überwachen könnte, vermutete Fin in aller Voreingenommenheit.

Der Kaffee zeigte langsam Wirkung, das Hämmern in seinem Schädel ließ spürbar nach. Eine heiße Dusche wäre jetzt perfekt gewesen, aber er wollte die unverhoffte Gastfreundschaft nicht überstrapazieren. Er fragte sich, ob sie hier alleine lebte. Wieso ging sie das Risiko ein, über Nacht einen völlig fremden Kerl zu beherbergen? Auch wenn jener zum Zeitpunkt des Zusammentreffens eher tot als lebendig war. Hatte sie im Dorf gehört, dass er ein harmloser Tourist war?

»Du bist nicht aus der Gegend, oder?«

Fin versuchte sich auszurechnen, wie weit das Eis ihn tragen würde.

»Ich lebe in Dublin«, räumte er bereitwillig ein, »meine Eltern stammen aus dem Norden.«

»Hier aus Foley?«

Er schüttelte den Kopf und überlegte, ob er ihr die Story mit der Ahnensuche auftischen sollte, entschied sich aber dagegen.

»Und was hat dich in diese Einöde verschlagen, wo es nicht einmal ein Handynetz gibt?«

Sie war mit einem Mal ausgesprochen neugierig. Auch so ein Charakterzug der Menschen aus Foley.

Er ließ einen Versuchsballon aufsteigen. »Ich bin Journalist.« Wenn sie tatsächlich seinen Ausweis gefunden hatte, ließ sich das vielleicht an ihrer Reaktion feststellen.

Sie schien den Köder zu schlucken. »Das heißt wohl, du recherchierst hier irgendwas.« Wieder hörbares Misstrauen.

»Shergar.«

Man sollte beim Lügen bei ein und derselben Version bleiben, dann musste man sich nicht so viel merken.

»Shergar?« Sie wirkte ehrlich erstaunt.

»Das Rennpferd, das entführt wurde und …«

»Ich kenn die Geschichte«, fiel sie ihm ins Wort und schien plötzlich entspannt, geradezu redselig, »ich war zwar damals noch ein Teenie, aber das halbe Land stand Kopf. Die Polizei war da. Hat das ganze Dorf verhört. Als ob wir in Foley überall unsere Finger im Spiel gehabt hätten.«

»Es soll Leute geben, die sind davon überzeugt.«

Sie schnaubte verächtlich. »Das ist fast dreißig Jahre her. Über die Sache ist längst Gras gewachsen. Warum also gräbt ein Reporter nach so langer Zeit diese alte Geschichte wieder aus?«

»Nun, es sind neue Spuren aufgetaucht, die vielleicht doch nach Foley führen«, deutete er vage an. Er durfte sich nicht zu weit vorwagen. »Briefe.«

»Briefe? Was für Briefe?«

Fin schüttelte abwehrend den Kopf. Ein guter Reporter gab niemals seine Quelle preis. Schon gar nicht, wenn es gar keine Quelle gab. »Außerdem gibt es eine Zeugin.«

»Eine Zeugin?«

Er legte eine bedeutungsschwangere Pause ein, bevor er die Katze aus dem Sack ließ. »Nora Nichols.«

»Nora? Joeys Schwester?«

»Joey?«

»Joe MacGann. Er war Pferdepfleger beim Aga Khan, als es passierte.«

Jetzt war die Reihe an Fin, erstaunt aus der Wäsche zu gucken. »Joey MacGann, der vor zehn Jahren bei dem mysteriösen Bootsunfall dabei war, als Thomas Keane ums Leben kam?«

»Genau der. Damals hatte er noch Glück. Aber vor drei Jahren ist er doch draußen geblieben … Seitdem ist die gute Nora nicht mehr dieselbe.« Sie schob sich den Rest Brot in den Mund. »Du kanntest ihn?«

»Kennen ist zu viel gesagt.« Fin ruderte mit Lichtgeschwindigkeit zurück. Es war gar nicht so einfach, sich mit einem derart dicken Schädel zu konzentrieren. »Ich hab die Leute aus dem Umfeld Shergars unter die Lupe genommen. Natürlich auch die Angestellten auf dem Gestüt. Dabei bin ich auf seinen Namen gestoßen. Ich hätte ihn gerne befragt, aber leider bin ich zu spät gekommen.« Er sollte sich bei Gelegenheit alles aufschreiben, was er zusammenfabulierte, ehe seine Tarnung aufflog. »Was ist eigentlich damals genau passiert?«

»Naja, der Trawler, mit dem Joey rausgefahren ist, ist vor Island in einen Sturm geraten und abgesoffen. Joey war nie ein echter Seemann. Er und zwei seiner –«

»Nein, ich meine, damals bei dem Unfall mit den Keanes«, unterbrach Fin.

»Keine Ahnung.«

Er hatte auch nicht wirklich eine Antwort erwartet. Über gewisse Dinge sprach man in Foley eben nicht und die Keanes waren nun mal ein ganz besonders sensibles Thema. Er versuchte trotzdem sein Glück. »Kanntest du Jack und Thomas Keane?«

Sie zögerte. »Ich bin mit Tommy zur Schule gegangen.«

»Hat er nicht auch in Galway studiert?«

»Ja, aber wir haben uns ziemlich bald aus den Augen verloren.«

»Aber ihr müsst euch doch bestimmt dann und wann übern Weg gelaufen sein. Jack und Tom waren oft genug in Foley, um unterzutauchen.«

»Aber ich nicht«, erwiderte sie mit Nachdruck und begann, das Geschirr zusammenzuräumen, »ich war in Dublin.«

Fin merkte, wenn ihm jemand die Tür vor der Nase zuschlug.

»Das Wasser geht zurück. Der Damm müsste jetzt eigentlich frei sein.«

Und er wusste, was ein Rauswurf war.

Hastig kippte er den Rest des viel zu heißen Kaffees hinunter, ehe sie ihm die Untertasse wegzog. Mit lautem Geklapper verschwand das Geschirr im Ausguss. Da sie ganz offensichtlich keinen Wert darauf legte, dass er sich nützlich machte, ging er auf die Suche nach seinen Schuhen.

Auf dem Sofa döste die rote Katze, als ginge sie das alles

überhaupt nichts an. Ihre Augen jedoch waren einen winzigen Spalt geöffnet, gerade so weit, dass man die Bewegung der Pupillen eben noch ahnte, während die Ohren wie Radarschüsseln jedes Geräusch orteten.

Seine klammen Schuhe boten einen traurigen Anblick. Leicht deformiert und mit einer angetrockneten Salzkruste überzogen schienen sie den Kampf gegen das nasse Element endgültig verloren zu haben. Sie seufzten schicksalsergeben, als er sich mühsam hineinquetschte.

Irgendwo im Haus knarrte eine Holztreppe. Fin schulterte seinen leeren Rucksack, schüttelte ein paar vergessene Grashalme aus seiner Jacke und folgte dem Geräusch.

Das Treppenhaus verband den Wohntrakt mit dem eigentlichen Leuchtturm. Eine enge Stiege führte hinauf in die Laterne, wo bis vor wenigen Jahren ein Leuchtfeuer Schiffen den Weg durch Nacht und Nebel gewiesen hatte. Die Versuchung hinaufzuklettern war groß. Fin hatte noch nie einen Leuchtturm von innen gesehen. Aber er entschied sich für den Weg hinunter. Er folgte der Stimme von Jim Morrison, die gerade mit laszivem Timbre den *Blue Sunday* pries. Die Musik wurde lauter, als sich das Treppenhaus eine Etage tiefer in eine Art Wintergarten öffnete. Eine ehemalige Veranda, nun komplett verglast, hatte den Wohnbereich um ein Zimmer im Grünen erweitert. Eine ausladende Palme in einem massiven Terrakottatopf und eine Hängematte, die zwischen Wand und Fenstern aufgehängt war, verbreiteten eine fast südländische Atmosphäre. Trotzdem war es kalt im Raum.

Die Meerjungfrau stand in einer Ecke vor der Stereoanlage und brachte Jim Morrison zum Schweigen. Die CD flutschte aus dem Schacht.

»Ist bei dem Sturm letzte Woche 'n Vogel dagegen geknallt. Wahrscheinlich ne Möwe.« Sie wies mit einer knappen Kopfbewegung zum Fenster und verstaute die CD in ihrer Hülle.

Erst jetzt bemerkte Fin den gesplitterten Fensterrahmen. Die Plastikfolie, mit der das Loch notdürftig abgeklebt war, stemmte sich gegen den steten Wind. Die Glasscheiben daneben hatten lange Risse.

»Muss ja 'n Riesenvogel gewesen sein.«

»Kann stürmisch werden hier oben an der Küste. Besonders im Winter.«

Sie fischte eine dicke Jacke von der Hängematte und ging zur Haustür. Sie hinkte leicht. Es war ihm bisher gar nicht aufgefallen. Was hatte Nora Nichols gesagt? Meerjungfrauen taten sich mit dem Laufen schwer …

Fin erschrak, als etwas sein Bein berührte. Die rote Katze hatte sich unbemerkt angeschlichen, strich beiläufig um ihn herum, ringelte ihren langen Schwanz einmal um seine Kniescheibe und schätzte mit Kennerblick die Entfernung zur Hängematte ab. In der nächsten Sekunde landete sie auf dem schwankenden Untergrund, suchte eine Weile zwischen Kissen und Decken nach dem perfekten Platz und ließ sich schließlich auf einem sonnengefluteten Fleckchen nieder.

»Ich könnte dir bei der Reparatur helfen.«

Sie stand an der Tür, die Klinke in der Hand. Ihr abschätzender Blick verriet ihm, dass sie ihm nicht mal zutraute, den Unterschied zwischen Schraubenzieher und Zange zu kennen. Womit sie der Wahrheit ziemlich nahe kam. Er hatte zwei linke Hände, was handwerkliche Arbeiten anbetraf. Er wusste selber nicht, welcher Teufel ihn geritten hatte, ihr seine Hilfe anzubieten.

Vielleicht hatte er einfach keine Lust zu gehen. »Hast du Glas? Handwerkszeug?«

Sie zögerte. Aber nicht lange. »Lass gut sein.«

Sie ging nach draußen. Fin folgte ihr. »Ich bin *der* Spezialist, wenns um Fenster geht. Ehrlich.« Wie sie so neben ihm auf der obersten Treppenstufe stand, fiel ihm auf, dass sie fast so groß war wie er selbst.

»Nein, lieber nicht.« Sie zog die Tür zu und schloss ab.

»Hör mal, Charlotte …«

»Charlie ist schon okay.«

»Ich muss mich doch wenigstens revanchieren«, er trottete hinter ihr die Treppe hinunter, »immerhin hast du mir zweimal das Leben gerettet.«

»Aber nicht heute.«

»Nein, heute noch nicht, aber …«

»Es wird Regen geben.«

»Regen?« Er warf den Kopf in den Nacken und betrachtete erstaunt den blauweißen Himmel. Die Wolken waren zugegebenermaßen dick und fett, sahen aber eigentlich ganz friedfertig aus. »Sieht gar nicht nach Regen aus.« Er stolperte über die letzte Stufe.

»Vertrau mir.« Sie nahm etwas vom Treppengeländer, das für Fin wie ein Pferdehalfter aussah.

Sie konnte ihn doch jetzt nicht einfach so stehen lassen. Aber genau das hatte sie ganz offensichtlich vor. Sie wollte ihn loswerden. Er musste seinen Charme spielen lassen. »Tolle Maschine.« Er deutete auf das Geländemotorrad, das neben der Treppe an der Wand lehnte. »Wenn du keine Restauratorin wärst, würdest du nen prima Automechaniker abgeben.«

»Ja. Mag sein«, entgegnete sie kurzangebunden und warf sich die Lederriemen über die Schulter.

Falscher Knopf.

Sie nickte ihm wortlos zu und wandte sich ab, machte sich über die Wiese davon, wahrscheinlich auf die Suche nach ihrem Pferd. Fin war entlassen.

»Vielleicht morgen? Ich könnte dir morgen helfen!«, rief er ihr hinterher.

Sie reagierte nicht.

Er gab es schließlich auf. Ohne Eile schlenderte er in Richtung Festland. Als er sich noch einmal umsah, stand sie oben auf der Kuppe der Insel neben dem großen weißen Pferd. Ihre Haare leuchteten feuerrot in der Sonne. Er hätte gerne gewusst, ob sie ihn beobachtete, aber sie war zu weit weg.

Der Damm war nass, aber frei. Fin schaute auf die Uhr. Es war kurz nach Zwölf. Er hätte nicht mit Sicherheit sagen können, ob das Wasser gerade zurückgegangen war oder ob es schon wieder auflief. Er beeilte sich lieber bei der Überquerung.

Das Fenster auf der Beifahrerseite war eingeschlagen, der Sitz mit Glassplittern übersät. Er wunderte sich, dass sich jemand die Mühe gemacht hatte; er konnte sich gar nicht daran erinnern, überhaupt abgeschlossen zu haben. In dieser gottverlassenen Gegend hatte er nicht mit Autoknackern gerechnet. Wahrscheinlich gehörte auch das zur lokalen Tradition, immer die Fensterscheibe einzuschlagen, selbst wenn das Auto offen war.

Erwartungsgemäß war das Radio geklaut. Der oder die Täter hatten das Handschuhfach durchwühlt, aber nichts von Wert gefunden. Fin war erleichtert, dass seine Dienstwaffe sicher in seinem Dubliner Schreibtisch lag. Er vermisste lediglich seine neuen Schuhe.

Als er sich ins Auto setzte, platschten die ersten Tropfen vom Himmel. Er starrte ungläubig auf die Frontscheibe. Draußen schien die Sonne. Er startete den Motor und stieß zurück auf die Straße. Innerhalb von Minuten war der Beifahrersitz klatschnass. Er hängte seine Regenjacke über die Kopfstütze, um das Schlimmste abzuhalten, aber es nützte nicht viel. Außerdem wurde es kalt im Auto. Er fuhr langsamer und drehte die Heizung auf Anschlag. Er musste irgendwo Folie auftreiben, um das Fenster abzukleben. Das sollte nun wirklich kein Problem sein, schließlich war er doch *der* Spezialist für Fensterscheiben, oder?

Er schnaufte. Er hatte nun weiß Gott was Besseres zu tun als

Fenster zu reparieren. Als Ausrede konnte er lediglich gelten lassen, dass diese Charlie ihm vielleicht bei seinen Nachforschungen nützlich sein konnte. Immerhin hatte sie Thomas Keane gekannt. Und Joe MacGann, der damals bei dessen rätselhaftem Verschwinden dabei gewesen war. Und der obendrein der Bruder von Nora Nichols gewesen war.

Moment mal.

Er machte eine Vollbremsung.

Wenn Nora Nichols die Schwester von Joe MacGann war, dann war sie auch die Tante von Joeys Sohn Billy. Jene Tante, die er nach Galway chauffiert hatte an dem Tag, als Shergar verschwand. Billy »Blue Boy« MacGanns wasserdichtes Alibi.

Fin war der Ansicht, dass es in der Tat einige Gründe gab, sich vielleicht doch mal mit Nora Nichols, geborene MacGann, zu unterhalten.

Nicht nur wegen Shergar.

# 9. Shergar

Als er nach Foley zurückkehrte, nieselte es noch immer. In feinen Schleiern stob der Regen vom Himmel. Der nasse Asphalt glänzte in der Sonne und blendete ihn. Aus dem Hügel über dem Dorf entsprang ein gigantischer Regenbogen und versank irgendwo draußen im Meer zwischen novembergrauen Wellen.

Fin fuhr über die Hauptstraße bis zur Tankstelle. Der Tankwart besah sich das eingeschlagene Seitenfenster, nickte ein paar Mal nachdenklich, rief einmal kurz in Richtung Werkstatt nach »Brian!« und überließ den Schaden dem zuständigen Mechaniker. Brian entpuppte sich als untersetzter Endfünfziger mit stahlgrauem Haarkranz und öligen Händen, die er beflissentlich an seinem Blaumann abwischte. Er begutachtete das Fenster und nickte ebenso vielsagend wie sein Kollege, dann bat er Fin in sein Büro, wo er anfing, mit nicht ganz sauberen Fingern auf der Tastatur seines Computers rumzuhacken.

»Muss ich bestellen. Dauert drei Tage.«

Mehr war nicht zu sagen. Keine neugierige Frage, was passiert war. Wahrscheinlich wusste er es längst und hatte ihn erwartet. Vielleicht gab es sogar Prozente für den Täter. Immerhin, die Folie, mit der Brian das Fenster notdürftig, aber sehr professionell abklebte, war gratis.

»Könnten Sie bei der Gelegenheit mal das Zündkabel überprüfen?«, fragte Fin.

Brian sah ihn etwas verwundert von der Seite an, zuckte aber nur mit den Achseln und tat wortlos, wie ihm geheißen.

Fin lenkte den Wagen zurück ins Dorf. Er sehnte sich nach einer heißen Dusche und frischen Klamotten.

Auf der Höhe des Hafens hielt er an. Ein schmuckes Häuschen stand da auf der Ecke, die Fassade himmelblau getüncht, die Fenster weiß gerahmt und sauber geputzt und regelrecht verbarrikadiert mit Blumenkästen, in denen üppiges rosafarbenes Heidekraut blühte. Auf dem Schild über dem Eingang stand »Post«, darunter etwas kleiner »Internet-Café«. Die Tür stand offen.

Fin fand, dass es an der Zeit war, sich über das zu informieren, weswegen er in den Augen der Einwohner von Foley eigentlich hier war.

Der Laden war nicht größer als ein Wohnzimmer. Auf der linken Seite des Eingangs kam man zu einem Tresen, wo es Briefmarken zu kaufen gab und Päckchen auf die Reise geschickt wurden. Auf der anderen Seite stand ein langer niedriger Tisch mit drei Computerterminals. Auf einer Tür dahinter wies ein Schild den Weg zur Bücherei.

Im hinteren Teil des Raums saß eine muntere Damenrunde bei Tee und Kuchen beisammen und strickte und tratschte. Als Fin eintrat, erhob sich die offenbar älteste der drei, eine weißhaarige Oma von etwa neunzig Jahren, im adretten mausgrauen Twinset und mit doppelreihiger Perlenkette behängt, und kam zur Theke.

»Kann ich Ihnen helfen, junger Mann?«

»Ich müsste mal an einen Ihrer Computer.«

Ein missbilligender Blick durch eine strenge goldgefasste Bifokalbrille streifte seine zerknautschte Jacke, seine schmutzige Hose und blieb an seinen ruinierten Schuhen hängen. Fin fiel ein, dass er sich an diesem Morgen nicht mal rasiert hatte. Er musste aussehen wie ein Penner.

»Ich hatte ein kleines Missgeschick mit meinem Wagen«, beeilte er sich zu sagen, »ich musste den Reifen wechseln. Und bei dem Regen …« Er hoffte, dass er sich nicht weiter erklären musste.

»Das macht fünf Euro die erste Stunde, jede weitere angefangene Stunde drei Euro.« Ihr erwartungsvoller Blick signalisierte ihm, dass sie das Geld im Voraus haben wollte.

Fin legte einen Fünf-Euro-Schein hin, der sofort mit perfekt manikürten Fingernägeln einkassiert wurde. »Sie können die eins benutzen.« Die Oma trollte sich wieder zu ihren Freundinnen.

Außer Fin saß noch der blauhaarige Junge von neulich vor einem Bildschirm, unüberhörbar in irgendein Ballerspiel vertieft. Gab es hier keine Schule?

Fin hockte sich vor den ihm zugewiesenen Computer, rief eine Suchmaschine auf und tippte das Wort Shergar ein.

89 400 Treffer.

Er war beeindruckt.

Er klickte wahllos ein paar Seiten an, las hier einen Artikel, dort eine Biographie, wanderte von einem Zeitungsarchiv zum nächsten und bekam allmählich ein Bild von dem Rennpferd, das die Bezeichnung Legende durchaus verdient zu haben schien.

Shergar war 1978 geboren und hatte im zarten Alter von drei Jahren sechs von acht Rennen gewonnen, darunter so renommierte wie das Epsom Derby in England, wo er die gesamte Konkurrenz mit sage und schreibe zehn Längen Vorsprung in Grund und Boden gerannt hatte. In seiner kurzen Karriere galoppierte er immerhin 436 000 Pfund zusammen, bevor er im Herbst 1981 in Rente geschickt wurde. Rente stimmte nicht ganz, arbeiten sollte er schon noch für seinen Hafer, aber er musste sich nicht mehr vier Beine dafür ausreißen. Sein neuer Job war weitaus angenehmer. Er sollte für

Nachwuchs sorgen, Söhne und Töchter zeugen, die mindestens ebenso erfolgreich auf den Rennbahnen dieser Welt starten sollten wie der Vater.

Zwischen fünfzig- und achtzigtausend Pfund kassierte Shergars Besitzer Prinz Karim Aga Khan für einen Deckakt. Fin pfiff durch die Zähne. Zuchthengst schien nicht nur ein angenehmer, sondern auch ein lukrativer Job zu sein.

Das Syndikat, dem der Goldesel nun gehörte, rieb sich schon die Hände, und es hätte alles so schön sein können, hätte es nicht jenen verhängnisvollen 8. Februar 1983 gegeben, als Shergar in einer Nacht- und Nebelaktion vom Gestüt des Aga Khan im County Kildare in Irland gekidnappt wurde. Die Entführer forderten ein Lösegeld von zwei Millionen Pfund – für den Aga Khan und die anderen Anteilseigner eigentlich ein Klacks – aber sie dachten nicht daran zu zahlen. Es folgte eine Serie von Pleiten, Pech und Pannen bei den polizeilichen Ermittlungen, was letztlich dazu führte, dass der Kontakt zu den *Horsenappern* nach vier Tagen abriss.

Shergar tauchte nie wieder auf.

Der Fall hatte bis heute Anlass zu wilden Spekulationen gegeben. Die eine Theorie mutmaßte, Muammar al-Gaddafi hätte die Entführung in Auftrag gegeben, um seinem Intimfeind Aga Khan eins auszuwischen, eine andere Theorie vermutete die Drahtzieher in der amerikanischen Wettmafia. Am hartnäckigsten hielt sich der gleich zu Anfang geäußerte Verdacht, dass hinter dem Ganzen die IRA steckte, die gehofft hatte, auf möglichst einfache Weise möglichst schnell zu möglichst viel Geld zu kommen. Aber die Rechnung war nicht aufgegangen.

Unterm Strich waren fünfunddreißig Fohlen aus Shergars erster und einziger Decksaison geblieben sowie fünfunddreißig enttäuschte Eigentümer, die mit leeren Händen dastanden. Beim nachweislichen Tod des wertvollen Hengstes hätte die Versicherung anstandslos gezahlt, aber da Shergar nie gefunden wurde, konnte man ihn nicht offiziell für tot erklären lassen. Allerdings ging die Polizei davon aus, dass das Pferd schon kurz nach seiner Entführung – auf welche Weise auch immer – zu Tode gekommen war. Wahrscheinlich hatten die Kidnapper den temperamentvollen nervösen Vollblüter nicht bändigen können und ihn kurzerhand erschossen. Soviel zu Nora Nichols' Beobachtung.

Während auf dem benachbarten Computer die Versuche des blauhaarigen Raumschiffkommandanten, auf dem 23. Level endlich die Welt zu retten, unüberhörbar in eine entscheidende Phase gingen, betrachtete Fin gedankenversunken das Foto des braunen Pferdes mit der breiten weißen Blesse und druckte einige der Artikel aus. Wie alt wurde so ein Gaul eigentlich? Selbst wenn er noch auf irgendeiner Weide herumsprang, war er doch für den Dieb wertlos. Ohne Stammbaum, das heißt ohne gültige Papiere, keine Zucht. Es sei denn, man fälschte diese Papiere.

»Ach, Sie interessieren sich für Shergar. Das ist aber eine uralte Geschichte.«

Fin zuckte zusammen. Die Posthalterin war unbemerkt hinter ihn getreten, eine Tasse in der Hand. »Ich dachte mir, Sie mögen vielleicht einen Tee, junger Mann?«

»Danke, das ist sehr liebenswürdig, Mrs. …?«

»O'Grady, Fiona O'Grady.«

Die Liebenswürdigkeit der alten Dame war pure Neugier. In Foley spionierten sogar die Omas. »Wissen Sie, Mrs. O'Grady, mein Interesse ist beruflicher Natur. Ich bin Journalist.«

»Ach, ein Reporter. Das ist aber aufregend. Arbeiten Sie für eine Zeitung?«

»Erraten.«

»Und für welche Zeitung schreiben Sie?«

»Für die, die am Meisten zahlt«, antwortete er ausweichend und versuchte, das Frage- und Antwortspiel umzudrehen. »Sie erinnern sich doch bestimmt an die Geschichte damals. 1983, als –«

»1983? Gewiss erinnere ich mich! Da hat meine Enkelin Marcella geheiratet. Diesen Nichtsnutz Tom Fagan. Kennen Sie Tom Fagan? Er arbeitet bei –«

»Nein, Mrs. O'Grady, ich kenne Tom Fagan nicht.«

»Da haben Sie nichts verpasst. Möchten Sie Milch in Ihren Tee?«

»Gerne.« Fin stand auf und begleitete die alte Dame zum Tisch, um ihr den Weg zu ersparen. »Man erzählt sich ja, dass Shergar hier in Foley gesehen worden sein soll. Nora Nichols hat angeblich –«

»Ach, die gute Nora! Schlimm genug, dass sie vor zweiundzwanzig Jahren ihren Mann begraben musste, aber seit der Sache mit Joey vor drei Jahren ... Möchten Sie einen Keks, Mr. ...?«

»O'Malley. Danke, ich liebe Kekse.« Er nahm den Keks sowie den angebotenen Stuhl und setzte sich. Die beiden anderen Damen hatten mit dem Stricken innegehalten und musterten ihn aufmerksam. Sie schienen nur wenig jünger als Mrs. O'Grady, aber mindestens ebenso neugierig.

Fin wagte einen neuen Anlauf und griff das Stichwort auf. »Joey MacGann, richtig. Die Polizei hat damals seinen Sohn Billy verhört, wenn ich mich recht erinnere. Immerhin hat Joey bei diesem Aga Khan gearbeitet.«

»Billy MacGann! Auch so ein Nichtsnutz!«, schnaubte Fiona O'Grady ungnädig, »die Kekse hat Polly übrigens selber gebacken, stimmt's nicht, Polly?«

Polly, mit frischer Dauerwelle und mindestens vierzig Pfund zu viel Selbstgebackenem unter dem ausladenden Busen, nickte eifrig, ohne Fin aus den Augen zu lassen.

»Glauben Sie, dass die berüchtigten Keane-Brüder damals ihre Finger im Spiel hatten?«, setzte er erneut an.

120

»Polly, du musst mir unbedingt das Rezept geben«, meinte die erstaunlich hagere dritte im Bunde mit vollem Mund, »die sind noch besser als deine Schokoladenplätzchen vom letzten Sonntag.«

Fin gab es auf. So kam er nicht weiter. Er kaute auf seinem staubtrockenen Keks herum, als hätte er Muschelschalen zwischen den Zähnen, und entdeckte die silbern glänzende Blechdose, die mitten auf dem Tisch stand. Eine Sammelbüchse mit der Aufschrift »Zum Erhalt der Kirche St. Mary in Foley«. Während die drei Damen munter schnatternd die Vorzüge von Butterschmalz gegenüber Margarine diskutierten, zückte er seine Brieftasche und versenkte eine Zwanzig-Euro-Note im Schlitz. Vielleicht ließen sich die alten Mädchen ja auf diese Weise motivieren.

»Das ist aber eine ehrenvolle Aufgabe, der Sie sich da angenommen haben.« Er deutete auf die Sammelbüchse.

»Oh ja, die Kirche hat es auch bitter nötig, in der Tat«, seufzte Mrs. O'Grady, »schon mein erster Mann Darragh Delaney, er war Pfarrer hier in Foley, vielleicht kannten Sie ihn ja –«

»Nein, ich glaube, ich hatte nicht das Vergnügen.«

»Jedenfalls, außer unserem Frauenverein kümmert sich ja niemand um die alte Kirche«, warf Polly vorwurfsvoll ein.

»Die neue Altardecke, das neue Kirchenfenster, der Blumenschmuck zu Weihnachten, alles mit Spenden finanziert«, entgegnete Mrs. O'Grady nicht ohne Stolz, »ich bin die Schatzmeisterin, ich muss es wissen. Polly ist unsere Vorsitzende und Cecily unsere Protokollführerin.«

»Wie viele Mitglieder hat ihr Verein denn?«

»Drei.«

Nun, das war ja noch ausbaufähig. »Dann bezahlt der Frauenverein sicher auch die Restaurierung der Fresken, oder?«

»Natürlich.«

»Ich habe gestern zufällig Ihre nette Restauratorin kennengelernt.«

»Ach ja? Eine ganz reizende ...«

»Polly, pass auf, du hast da eine Masche verloren!«

»Eine Masche? Wo? Ach, wie ungeschickt. Tja, wenn man nicht aufpasst ...«

»Charl...ähm, Charlotte, nicht wahr?«

»Jaja, Miss Charlotte.«

Plötzlich herrschte angestrengtes Schweigen. Nur die unermüdlichen Stricknadeln klapperten durch den Raum, untermalt vom gelegentlichen Stakkato einer Geschützsalve aus dem Computer.

»Sie hat mir erzählt, dass sie hier aus dem Dorf ist.«

Keine Reaktion.

»Und dass sie mit Thomas Keane zur Schule gegangen ist.«

»Tatsächlich?«, entgegnete Fiona O'Grady bemerkenswert einsilbig.

»Charlotte ...«, Fin tat, als müsse er angestrengt nachdenken, »ich hab leider ihren Nachnamen vergessen.«

Keine der drei Grazien fühlte sich angesprochen.

Er versuchte es direkt. »Ob Sie mir da wohl aushelfen könnten?«

Cecily knobelte gerade an einem besonders kniffligen Strickmuster. »Miss Charlotte?« Sie betrachtete ihre Arbeit mit höchster Konzentration. »Ja, wie heißt sie noch gleich ...«

»Ist sie nicht Brendans Tochter?«

»Ja, aber sie hat doch nach Dublin geheiratet«, gab Polly zu bedenken.

»Die Ehe hat kein Jahr gehalten. Soviel ich weiß, ist sie schon wieder geschieden. Diese jungen Leute von heute ...«

»Erinnert ihr euch noch an die kleine Emma?«

»Sean MacEvoys Jüngste? Aber natürlich.«

»Die hat auch geheiratet und ist nach Dublin gegangen. Und da hat dieser Nichtsnutz sie sitzenlassen. Mit Zwillingen.«

»Genau wie damals bei Aileen Brady, wisst ihr noch …«

Sie schweiften schon wieder ab.

Fin leerte seine Teetasse. Seltsam, dass die drei Damen so wenig über die Restauratorin wussten, die sie immerhin bezahlten. Aber vielleicht wollten sie ihm einfach nichts sagen, aus welchem Grund auch immer.

»Warum interessieren Sie sich so für Miss Charlotte?«, fragte Fiona O'Grady unvermittelt spitz, »ich dachte, Sie seien hinter Shergar her … oder sind Sie am Ende von der Polizei?«

»Aber Mrs. O'Grady, nehmen Sie doch nicht gleich das Schlimmste an.« Er lächelte und stellte seine Tasse sehr sorgfältig zurück. »Vielleicht habe ich ja ganz andere Gründe, mich für Miss Charlotte zu interessieren.«

Er erntete einen besonders argwöhnischen Blick und den gleich in dreifacher Ausfertigung. Hatte er was Falsches gesagt?

Fin verabschiedete sich zügig von seinen Gastgeberinnen und verließ das Postamt. Draußen regnete es noch immer, doch die Sonne war verschwunden. Er lief zu seinem Wagen und nieste. Mrs. MacCormacks Zimmer erschien ihm plötzlich wie die Verheißung des Paradieses.

Vorher wollte er noch in O'Connors Laden reinschauen. Ein Paar neue Schuhe kaufen. Und eine neue Flasche Whisky. Und dann musste er Nora Nichols auftreiben. Aber das hatte Zeit bis morgen.

Warum hatte Fiona O'Grady befürchtet, er sei von der Polizei, als er sich nach Charlotte erkundigt hatte?

# 10. Nora

Mad Dog MacGuire zeigte seinem Pferd die Peitsche. Angefeuert vom versammelten Gomball Clan jagte er auf dem weißgestiefelten Braunen mit der breiten Blesse über den schmalen Streifen Sandstrand am Meer entlang. Er musste schneller sein als sein Rivale, der riesige schneeweiße Schimmel, auf dessen Rücken sich eine Meerjungfrau tief in die Mähne gekrallt hatte.

Kein Wesen mit einem Fischschwanz konnte auf einem Pferd sitzen. Aber Fin musste das nicht verstehen. Nicht jetzt.

Der weiße Riese sah wie der sichere Sieger aus. Mit langen, leichtfüßigen Sprüngen flog er über den Sand, während sich der kleine Braune schnaufend die Seele aus dem Leib rannte. Kurz vor dem Ziel erhob sich ein Fels von einem Kerl aus der Brandung, bärtig, mit Tang und Muscheln behangen, und fuchtelte wild mit einem Dreizack in der Luft herum. Neptun selbst stieß in sein Tritonshorn wie ein erfahrener Schlachtenbummler.

Aber es war kein Wettrennen im eigentlichen Sinne. Die Reiter jagten nicht nebeneinander her, sondern aufeinander zu. Und keiner von beiden machte Anstalten, auch nur eine Handbreit vom Weg abzuweichen. Sie würden unweigerlich zusammenstoßen und zwar ziemlich genau an der Stelle, wo er, Fin, gerade stand ...

Er fuhr keuchend hoch und stieß in Panik die Bettdecke von sich. Im ersten Augenblick wusste er nicht, wo er war. Er phantasierte. Das musste Fieber sein. Was zu befürchten gewesen war nach dem Ausflug vergangene Nacht. Es konnte gar nicht anders sein, schließlich hatte er am Vortag keinen einzigen Tropfen Alkohol angerührt.

Das Zimmer war stockfinster. Draußen prasselte ohne Unterlass der Regen gegen die Scheibe. Er warf einen Blick auf seine Armbanduhr auf dem Nachttisch. Gerade zwei Uhr vorbei. Er seufzte ergeben und versuchte, noch eine Runde zu schlafen.

Den Rest der Nacht verbrachte er in einem unruhigen Dämmerzustand, immer darauf gefasst, von unbekannten Kräften niedergewalzt zu werden.

Nicht mal das Frühstück schmeckte ihm. Unter dem besorgten Blick von Mrs. MacCormack ließ Fin die Hälfte seiner Eier mit Speck auf dem Teller liegen. Selbst der ausgezeichnete Kaffee wollte ihn nicht so recht munter machen.

Lediglich die Sonne versöhnte ihn ein klein wenig mit dem Morgen. Ein Schleier von Raureif lag über der feuchten Landschaft und ließ die kahlen Sträucher glitzern. Der Himmel war blank und blau, die Luft klirrend kalt. Eigentlich das ideale Wetter für eine Exkursion mit Nora Nichols.

Im Pub hatte er in Erfahrung gebracht, dass die Alte einen ziemlich geregelten Tagesablauf hatte. Von Sonnenaufgang bis etwa zehn Uhr traf sie sich in ihrem Garten mit ihren Ahnen zur Morgentaumeditation. Anschließend fütterte sie für eine halbe Stunde die Möwen am Hafen, danach war sie mit ihrem Fotoapparat unterwegs, um ihre Abhandlung über das Feenreich *Tirfotoin* zu vervollständigen, bevor sie Punkt zwölf bei Ronan im Pub auftauchte, um ein spirituelles Mahl einzunehmen, den ersten Fisherman's Fellow des Tages.

Genau hier, vor der blutrot getünchten Fassade des Fisherman hockte Fin in seinem Wagen, ausgestattet mit neuen Schuhen, sauberen Jeans und sauberer Jacke, eingemummelt in seinen dicken Schal, und wartete geduldig auf das Auftauchen der weißhaarigen Feenfreundin und selbsternannten Shergar-Expertin. Und tatsächlich, eine Minute vor zwölf kam sie die Straße heraufmarschiert und steuerte Ronans Pub an. Eingepackt in eine sackartige graue Tweedjacke, die ihr bis zu den Knien reichte, während die Hände in den zu langen Ärmeln verschwanden, darunter ein paar ausgebeulte Blue Jeans, die Hosenbeine über dem derben Schuhwerk umgekrempelt. Ihre fisselige Lockenmähne umschwebte sie wie ein Heiligenschein, während die langen, fransigen Enden eines rotweißgestreiften Schals in ihrem Kielwasser wehten.

»Hallo, Nora, hätten Sie Lust auf einen Ausflug?«

»Ausflug?«

»Sie wollten mir doch ein Grab zeigen.«

»Grab?«

»Das Grab von Shergar.«

»Shergar?«

Fin hatte sich noch nie im Leben mit einem Echo unterhalten. »Shergar. Das Pferd, das die ... die Gomballs gestohlen haben.«

Die Erwähnung ihrer Freunde schien Nora aufzuwecken. »Es ist aber weit bis zu den Gomballs.«

»Ich will ja auch nicht zu den Gomballs, sondern zu Shergar.«

»Shergar ist tot.«

»Genau. Und um mich persönlich davon zu überzeugen, würde ich gerne sein Grab sehen.« Er hatte geahnt, dass es nicht leicht werden würde.

»Also schön«, willigte Nora überraschend schnell ein, »aber um drei Uhr bin ich mit Lorna von den O'Learys zum Tee verabredet.«

Wer auch immer Lorna war, sie konnte warten. »Bis dahin sind wir bestimmt wieder zurück.«

»Gut. Gehen wir.«

»Ich dachte, wir nehmen meinen Wagen.« Fin hielt ihr einladend die Beifahrertür auf. Die Glassplitter hatte er zuvor sorgfältig ausgefegt.

»Meinetwegen.«

Sie kletterte hinein, und er warf die Tür hinter ihr zu. Als er einstieg, war sie gerade dabei, sich eine Selbstgedrehte anzuzünden. Fin schnüffelte argwöhnisch. Das Kraut stammte vermutlich aus dem Nicholsschen Garten. Er ließ das Fenster auf seiner Seite herunter und fuhr los.

Sie verließen Foley in nördlicher Richtung. Keine fünfhundert Meter hinter dem Dorf bog er auf Noras Geheiß rechts ab. Der Weg war gerade so breit wie der Wagen und führte steil bergauf, bis er schließlich an einem Gatter endete.

»Und jetzt?«

»Na was wohl? Aussteigen, aufmachen, durchfahren, zumachen, weiterfahren«, schnaubte Nora in einer Wolke aus Marihuana.

Fin seufzte. Er war plötzlich nicht mehr davon überzeugt, dass seine letzte Idee so gut war wie erhofft. Er stieg aus, öffnete das Weidetor, fuhr hindurch und schloss es artig hinter sich.

Der Weg verkümmerte zu einem holprigen Feldweg.

»Pass auf!«

Fin trat im Reflex auf die Bremse.

»Beinahe hättest du den kleinen Kobold überfahren!«

Fin starrte entgeistert durch die Frontscheibe. Nach links. Nach rechts. Da war nichts. Nur Gras. Und Heidekraut. Und Schafscheiße.

»Ist er weg?«, fragte er, eingeschüchtert wie ein Pennäler, den seine Lehrerin zusammengestaucht hatte.

»Natürlich ist er weg!«, raunzte sie.

Seine Hand zitterte leicht, als er den Gang einlegte und vorsichtig wieder anfuhr. Er zwang sich zu einem langen tiefen Atemzug. Fehlte noch, dass er Halluzinationen bekam.

»Ist es noch weit?«

»Weiß nicht.«

»Wie?«

Nora schaute durch das folienverklebte Fenster und paffte ungeniert vor sich hin. »Ist schon so lange her.«

Auf halber Höhe des Hügels war vom Feldweg nur noch ein schmaler Trampelpfad übrig. Der Wagen rutschte über das nasse Gras und blieb mehrmals in schlammigen Pfützen hängen. Eine absolut bescheuerte Idee, dachte Fin, als die Reifen im Morast durchdrehten. Er setzte den Wagen zurück und nahm einen neuen Anlauf. Das Auto hüpfte über die Wiese wie ein neugeborenes Lamm. Etwas schrammte über den Unterboden, ein Ast, ein Stein, was auch immer, Hauptsache kein Kobold.

»Da vorne ist es!« Nora deutete auf eine zusammengefallene Feldsteinmauer.

Fin brachte den Wagen zum Stehen. Nora, erstaunlich flink für ihr Alter, war schon draußen, kaum dass er den Motor abgestellt hatte. Mit entschlossener Miene, als ginge es an die Besteigung eines Achttausenders, warf sie den halbgerauchten Joint ins Gras und erklomm den Steinhaufen.

Fin beeilte sich, hinterherzukommen. Er konnte es nicht riskieren, dass sich Oma Nichols den Hals brach. Hilfe schien sie allerdings nicht nötig zu haben, trittsicher wie eine Bergziege kletterte sie über die Mauerreste. Kein Wunder, bei den klobigen Schuhen, die an der kleinen Frau wie Siebenmeilenstiefel wirkten.

Fin stutzte.

Nein, das war unmöglich ...

Beinahe wäre er in die alte Badewanne gefallen, die auf der anderen Seite der Mauer als Viehtränke aufgestellt war. Er konnte sich eben noch festhalten, indem er ein Stück rostigen Stacheldraht zu fassen bekam. »Mist, verdammter!« Eine blutige Schramme zierte seinen Handballen.

»Hier ist es«, erklärte Nora ungerührt und umriss mit ihren Händen ein Stück Wiese, etwa zwei Quadratmeter groß, das haargenau so aussah wie der Rest der Wiese.

»Was macht Sie da so sicher?«, fragte Fin zweifelnd und untersuchte seine Schürfwunde. Sicherheitshalber presste er sein Taschentuch drauf. »Es könnte ebenso gut ... sagen wir, dort drüben sein.« Er deutete mit einer Kopfbewegung in die entgegengesetzte Ecke der Viehweide.

»Was mich so sicher macht? Na, das da.« Die Alte zeigte wie beiläufig auf einen ausgebleichten Tierschädel, der neben der ausrangierten Wanne halbverdeckt im Gras lag.

Fin war ehrlich verblüfft. Sollte es am Ende etwa so einfach sein, das Rätsel um Shergar zu lösen? Würde er, wenn er exakt an dieser Stelle zu buddeln anfing, am Ende tatsächlich die Knochen des teuersten Rennpferds aller Zeiten finden?

Er bückte sich und hob den Schädel auf, um ihn näher zu betrachten. Er war kein Experte in Biologie. Für einen Schafskopf war das Ding eindeutig zu groß, für ein Rind zu schmal. Mit genügend Phantasie konnte es durchaus zu einem Pferd gehört haben. Zu irgendeinem Pferd.

Aber da waren zwei kleine Löcher mitten auf der Stirn.

»Also die Gomballs haben Shergar erschossen, oder?«

»Bo Gomball und sein Zwillingsbruder Duffy.«

»Haben Sie nicht gesagt, sie seien zu dritt gewesen?«

»Richtig. Tully, ihr Cousin zweiten Grades, der war auch dabei.«

Fin legte den Schädel auf die Mauer. Der weiße Knochen leuchtete in der Sonne. »Erzählen Sie mir doch noch mal, was Sie in dieser Nacht gesehen haben.«

»Hab ich doch schon. Sie kamen mit einem großen Lkw. Haben den Gaul unten am Hafen ausgeladen. Beinahe wär er ihnen durchgegangen.«

»Wie sah das Pferd aus?«

»Na, wie 'n Pferd halt.«

»Die Farbe«, fragte Fin geduldig, »war das Pferd vielleicht weiß? Ein Schimmel?«

»Nee«, Nora schüttelte heftig den Lockenkopf, »dunkel.«

»Schwarz?«

»Dunkel eben. So genau konnt ich das nicht sehen. War doch mitten in der Nacht.«

»Und dann?«

»Dann sind sie mit dem Gaul verschwunden. Hier den Hügel hoch. Und dann hats geknallt. Zweimal.«

»Und den Lkw haben sie im Meer versenkt?«

»Genau.«

»Die Gomballs?«

»Genau.«

»Ich dachte, die seien mit Shergar auf und davon?«

»Na, da waren ja noch andere.«

»Gomballs?«

»Genau.«

Fin hockte sich auf die Mauer neben den Pferdeschädel und kramte seinen Flachmann aus der Jacke. »Wer, Nora?« Er hielt ihr den Whisky hin.

Die Alte ließ sich nicht lange bitten. »Da waren Ross und sein Sohn Milo, wenn ich mich recht erinnere.« Sie nahm einen erstaunlich langen Zug aus der kleinen Flasche und setzte sich zu ihm auf die Mauer.

»Waren auch Leute aus Foley beteiligt?«

»Nee, die Leute aus dem Dorf mögen die Gomballs nicht besonders.«

Fin nieste. Seine Mutter hätte ihm jetzt erzählt, dass es alles andere als gescheit war, mit dem Hintern auf den kalten Steinen zu sitzen. Aber die Sonne wärmte umso angenehmer.

»Und Ihr Bruder Joe? Immerhin hat er für den Aga Khan gearbeitet. Er kannte also Shergar, nicht wahr?«

Nora sah ihn verständnislos an. »Agaka? Kenn ich nicht. Wer soll das sein?«

»Oder waren am Ende sogar die Keanes mit von der Partie? Sie kennen doch sicher Jack und Thomas Keane?«

»Grünschnäbel«, erklärte Nora ungerührt und setzte die Flasche wieder an.

»Aber Joey hat diese Grünschnäbel gut gekannt.«

Sie hielt mit dem Trinken inne. »Joey, ja …« In der Dämmerung des Fisherman war ihm nie aufgefallen, wie blau ihre Augen waren. Himmelblau. Meerblau. Veilchenblau. Das alles traf es nicht. Hustenbonbonblau. Die hellblauen, die Lily so gerne lutschte. Gletscherblau.

»Er war damals dabei. Vor zehn Jahren. Als Thomas Keane ertrunken ist.«

»Die Meerjungfrauen«, erwiderte Nora. Im klaren Licht der Novembersonne erschienen die Gräben in ihrem runzligen Gesicht wie eine Reliefkarte des Grand Canyon. »Die Meerjungfrauen, die haben ihn geholt, den kleinen Joey. Ich habe ihn immer gewarnt, er soll sich vorsehen. Er war nämlich ein hübscher Kerl, unser Joey. So was mögen die Meerjungfrauen.«

»Hat Joey mal erzählt, was an Bord der Mairona passiert ist?«

»Sagte ich doch. Die Meerjungfrauen, die waren schuld.« Sie nahm einen weiteren Schluck Whisky. »Genaugenommen war Fergal O'Toole schuld. Der Rote Fergal war auf Brautschau und die Schwestern Eilis und Maura von den MacKennas buhlten um seine Gunst. Und wie das bei Meerjungfrauen üblich ist, gönnte die eine der anderen nicht die Butter auf dem Brot.«

Fin seufzte und blinzelte in die Sonne. Draußen auf dem Meer zog ein kleiner Kutter seine Heckwelle wie einen Kometenschweif hinter sich her. Ein Schwarm Möwen folgte ihm. Von hier oben sah es aus wie eine Wolke weißer Konfetti.

Er machte sich auf eine längere Geschichte gefasst.

»Joey war einfach zur falschen Zeit am falschen Ort. Ich hab ihm immer gesagt, er soll nicht so weit nach Norden fahren. Eilis hat sein Schiff versenkt. Mit Mann und Maus. Nur um den Roten Fergal zu beeindrucken.«

»Aber Joey und Jack wurden doch gerettet?«, hakte Fin nach.

»Nein, keiner ist zurückgekommen. Die Meerjungfrauen haben sie alle mitgenommen«, aber Nora schien nicht wirklich traurig zu sein, »wer weiß, vielleicht geht es ihm ja gar nicht so schlecht dort, wo er jetzt ist.«

»Thomas?«

»Joey.«

Die Alte warf alles durcheinander. Er nahm einen neuen Anlauf. »Nora, ich meine nicht das Unglück vor drei Jahren, ich meine den Brand auf dem Fischkutter vor zehn Jahren, hier ganz in der Nähe.«

»Meerjungfrauen.«

»Damals ist Thomas Keane verschwunden und nie wieder aufgetaucht.«

»Vor zehn Jahren, sagst du?«

Er nickte.

»Vor zehn Jahren … Lass mich mal nachdenken.« Und Nora schien ernsthaft nachzudenken.

Fin wartete. Beobachtete seine weiße Atemluft. Versuchte Kringel auszustoßen wie beim Rauchen. Es gelang ihm nicht.

»Vor zehn Jahren, richtig, da stritt sich Siobhán mit dem Einäugigen Kieran um die Bucht bei *Trá Coiréal.* Kierans Vater Beolagh, übrigens ein Verwandter von Erik dem Norweger, der hatte die Bucht während des Vollmondkrieges erobert und sie seiner Braut Auria zum Hochzeitsgeschenk gemacht. Das konnten die Quinns nicht auf sich sitzen lassen und …«

»Was hat das mit dem Untergang der Mairona zu tun?«

»Gar nichts.«

Fin kapitulierte.

»Jedenfalls hat Siobhán Quinn damals Tommy Keane entführt«, schloss Nora ihre Ausführungen.

»Ah ja? Und dann haben sich die beiden ineinander verliebt, haben geheiratet und zehn Kinder gezeugt. Und wenn sie nicht gestorben sind, dann schwimmen ihre Nachkommen noch immer irgendwo im Atlantik.«

Nora sah ihn an, argwöhnisch, die struppigen Brauen über ihren hellen Augen zusammengekniffen, dass man in den Falten ihrer Stirn mehr als nur ein Schiff hätte versenken können. Sie schien zu spüren, dass er sie auf den Arm nahm. Sie wandte sich ab, das Kinn gen See gereckt und schmollte.

»Nora?«

»Du glaubst mir nicht.«

Nein, das tat er nicht. Er seufzte. Und beschloss, seine Taktik zu ändern. Was hatte er zu verlieren? Die Alte war so durchgeknallt, er glaubte, einen direkten Vorstoß riskieren zu können, ohne dass er aufflog. Er holte ein Papier aus seiner Jacke, faltete es sorgfältig auseinander und hielt es Nora hin. Eine Fotokopie des Van Gogh-Gemäldes. Wer weiß, vielleicht landete er ja einen Treffer.

»Haben Sie das schon mal irgendwo gesehen?«

Nora betrachtete das Bild neugierig, ihr Unmut war kurzlebig. »Hübsch. Hast du das gemalt?«

»Nee, Vincent Van Gogh.«

»Kenn ich nicht. Ich kenn einen Uinsionn aus Schottland, der –«

»Er war Holländer.«

»Holländer, soso … Was soll das sein? Eine Geburtstagsfeier?«

»So was ähnliches. So ne Art … Taufe?«

»Und was ist damit? Hast du's verloren?«

»Es wurde gestohlen.«

»*Damnú air*!« Nora spuckte aus und spülte mit Whisky nach. »Ich will verdammt sein, wenn das nicht Bo und Duffy Gomball waren, da wett ich drauf!«

Fin verdrehte die Augen. »Nora …«

Die Alte legte den Kopf schief. Wieder dieser zweifelnde Blick. »Du glaubst mir wirklich nicht.«

»Nein.« Es war ein entschiedenes Nein.

»Du glaubst überhaupt nicht an Feen?«

Ein zweites entschiedenes »Nein«.

Noras schrumpelige kleine Hand verschwand in einer tiefen Jackentasche und förderte etwas Silbriges zu Tage. Eine Digitalkamera, nicht größer als eine Zigarettenschachtel. Mit einem schnellen Tastendruck aktivierte sie die Bilderschau und hielt ihm die Kamera unter die Nase. Die Alte verblüffte ihn immer wieder aufs Neue.

»Hier.«

»Was ist das?«

»Der Beweis.« Sie wedelte eifrig mit dem Apparat. »Dass es Feen gibt.«

Fin betrachtete die Aufnahme. Ein dunkler Felsbrocken irgendwo in der Landschaft. »Und?«

»Das ist Dana MacNally.«

»Wo?«

»Na, auf dem Felsen da.«

Fin kniff die Augen zusammen, konzentrierte sich auf das Foto und versuchte, irgendetwas zu erkennen, das wie Dana MacNally aussah. Das einzig Ungewöhnliche an der Aufnahme war lediglich ein verwaschener Fleck auf der Spitze des Felsens. Er sah aus wie ein fettiger Fingerabdruck.

»Weißt du, die meisten Feen sind sehr scheu und lassen sich nicht gerne fotografieren. Sie sind ziemlich schnell, wenns ums Verschwinden geht. Man muss dann mit der Kamera einfach schneller sein als sie.« Nora zeigte ihm das nächste Bild. Ein verwitterter Mauerpfosten, von Efeu umrankt. Quer über die Aufnahme verlief wie ein Sonnenstrahl ein heller Streifen.

»Tobi, Danas Jüngster.«

»Ah. Jetzt, wo Sie's sagen, seh ich's auch.« Er ließ sich die Kamera geben und klickte durch die einzelnen Fotos. Alles Aufnahmen, die offensichtlich in der näheren Umgebung entstanden waren. Auf Wiesen und Mooren, ein paar am Strand, hier ein Feldweg, dort ein schmaler Bachlauf. Und auf allen waren eigenartige Flecken oder Streifen zu sehen.

»Glaubst du mir jetzt?«

Fin nickte langsam, ohne aufzublicken. Zwar glaubte er nach wie vor an gar nichts, aber merkwürdig waren diese Fotos schon. Er hielt inne.

Leuchtendrote Haare.

Einmal war Nora offenbar schnell genug gewesen.

»Und was ist mit ihr?«

Die Alte warf einen Blick auf das Bild. Eine Gestalt irgendwo am Meer, die Haare wehten ihr ins Gesicht, aber er hatte sie sofort wiedererkannt. Die Meerjungfrau. Der Fotoapparat hatte sie im Profil erwischt, sie schien gar nicht gemerkt zu haben, dass man sie fotografierte.

»Die ist gefährlich. Vor der solltest du dich in Acht nehmen.«

Er erinnerte sich an tiefgrüne Augen.

»Sie gehört auch zu denen.«

»Zu wem?«

»Zu den Meerjungfrauen.«

Stimmt, das hatte sie bereits erwähnt.

»Sie ist mit den Quinns verwandt. Siobhán ist, glaube ich, ihre Tante.«

»Sie stammt hier aus der Gegend, hab ich gehört.«

»Pah, sie ist eines Tages hier aufgetaucht wie es die Art der Meerjungfrauen ist. Hat sich einen Prinzen geschnappt. So sind sie halt, die Meerjungfrauen, wollen alles haben, was sie sehen, und wenn ihnen das schöne Leben an Land gefällt, dann werfen sie ihren Fischschwanz ab und bleiben einfach. Ein Zurück gibt es dann für sie allerdings nicht mehr.«

»Ein Prinz, soso ... Und was ist das für ein Prinz?«

»Na, ein Prinz eben. Natürlich kein echter. Märchenprinzen sind nämlich ausgestorben. Vor langer Zeit schon. Aber das weiß ja jedes Kind.«

Ja, davon hatte er gehört.

»Aber sie kann die Männer noch immer ins Verderben ziehen!«, warnte Nora.

»Sicher.«

Welche Frau konnte das nicht?

# 11. Charlotte

Er brachte Nora zurück nach Foley, rechtzeitig zu ihrer Verabredung.

Die Versuchung war groß, sich sofort mit Hacke und Schaufel zu bewaffnen und loszuziehen, aber er zögerte. Nicht dass es ein Problem gewesen wäre, Hacke und Schaufel aufzutreiben. Ein Abstecher in O'Connors Laden und eine halbe Stunde später hätte er losbuddeln können.

Aber würde er sich nicht lächerlich machen?

Warum war nicht schon früher jemand auf die Idee gekommen, dort oben zu graben? War es zu einfach? Zu naheliegend? Oder doch schlicht zu unwahrscheinlich und gerade deshalb nie versucht worden?

Und warum sollte Nora Nichols ausgerechnet ihm, Fin O'Malley, die Wahrheit erzählen? Wenn es denn eine Wahrheit gab. Nur weil er ihr zuhörte, was sonst offenbar niemand tat? Weil er ihr das Gefühl gab, dass er ihr glaubte? Oder weil die Alte wusste, dass sie ihn verarschen konnte?

Er hatte sich ja noch nicht mal getraut, sie zu fragen, woher sie seine Schuhe hatte ...

Fin saß im Auto, der Motor brummte leise im Leerlauf. Der Kühler zeigte nach Norden. Richtung Cape Cloud. Seine Armbanduhr sagte ihm, dass gestern um diese Zeit der Damm zum Leuchtturm freigewesen war. Er wusste eigentlich gar nichts über Ebbe und Flut, nur dass das Wasser jeden Tag ein paar Mal hin und her schwappte und dass sich dieser Rhythmus jeden Tag um ein paar Minuten verschob. Ob nach vorne oder nach hinten, das wusste er allerdings nicht.

Er legte den Gang ein. Den Versuch war es wert.

Er konnte es den anderen noch früh genug zeigen. Der Gaul hatte jetzt fast dreißig Jahre dort oben unter der Grasnarbe vor sich hin gemodert, auf einen Tag mehr oder weniger kam es nun auch nicht an. Schließlich durfte er seinen eigentlichen Auftrag nicht aus den Augen verlieren.

Sie war eine Zeugin, oder? Jeder, der in seiner Gegenwart zugab, Thomas Keane zu kennen oder zumindest gekannt zu haben, war für ihn ein Zeuge. Und somit automatisch verdächtig. Außerdem wurde er das Gefühl nicht los, dass man es in Foley nicht gerne sah, wenn er sich zu auffällig für Charlotte interessierte. Womöglich lohnte es sich gerade deshalb herauszufinden, wer ihr ominöser Märchenprinz war. Am Ende hieß er mit Nachname Keane. Reich genug für einen Prinzen waren sie alle beide. Egal ob Jack oder Thomas.

Zum wiederholten Mal schlängelte er sich auf der schmalen Küstenstraße gen Norden. Einsame Strände und malerisch zerrissene Klippen zu seiner Linken, das herbstbraune Moor zu seiner Rechten. Anfangs war ihm die Landschaft eintönig, ja geradezu langweilig erschienen. Aber mit jedem neuen Tag, der Wasser und Land in ein neues Licht tauchte, erlag er ihren Reizen. Nein, leben wollte er hier nach wie vor nicht. Zu einsam eben, aber ein oder zwei Wochen Urlaub von der Großstadt konnte er sich mittlerweile durchaus vorstellen.

Keine Viertelstunde später kam die blendend weiße Fassade des Leuchtturms in Sicht. Ein kleiner heller Fleck bewegte sich langsam über die kahle Inselkuppe. Immerhin, das Pferd war da. Vielleicht hatte er Glück.

Wie erhofft war der Damm frei von Meerwasser, zwar nass von Wellen, die der stete Wind immer wieder hochschlug, aber passierbar. Fin entschloss sich, das Auto mit hinüber auf die andere Seite zu nehmen. So hatte er eine Zuflucht, falls sein Besuch ein Fehlschlag und der Rückweg wieder abgeschnitten war. Auf eine weitere Nacht unter freiem Himmel konnte er gut verzichten.

Am Ende des Damms hielt er an. Er traute sich nicht, den Hügel hinaufzufahren, zu unwegsam erschien ihm der aufgeweichte Boden. Bei seinem Glück würde der Wagen unwiderruflich steckenbleiben, er hatte seinem armen Vehikel auch so schon genug zugemutet. Dies hier war ein klarer Fall für Allradantrieb. Oder vier Hufe. Er vergewisserte sich, dass nichts von Wert im Wagen blieb, ließ die Türen unverschlossen und erklomm die Insel.

Der raue Seewind trug ihm lautes Hämmern entgegen, kaum dass er die Anhöhe erreicht hatte. Jemand war zu Hause und dieser Jemand war tatsächlich dabei, die Fenster zu reparieren.

Sie war allein. Kein Märchenprinz weit und breit.

Ein Fensterrahmen lag bereits in Trümmern auf der Wiese unterhalb der Veranda, die beiden anderen würden sich über kurz oder lang unter hartnäckigen Hammerschlägen fügen müssen. Sie hielt inne, als sie ihn entdeckte.

»Ich hab doch gesagt, dass ich vorbeikomme und helfe«, rief er ihr entgegen. Eine andere Möglichkeit, sein Erscheinen zu erklären, hatte er wohl nicht. »Und hier bin ich.« Er blieb unter der Veranda stehen und sah erwartungsvoll zu ihr hoch. Wie ein Delinquent, schuldig im Sinne der Anklage, hoffte er auf ein mildes Urteil.

Sie steckte in einem blauen Arbeitsoverall, die Hände durch Handschuhe geschützt, die roten Haare unter einem bunten Tuch verborgen. Schweißspuren zogen sich über ihre staubigen Wangen.

»Naja, wenn du schon mal hier bist …« Grenzenlose Begeisterung hörte sich anders an. Sie beugte sich nach hinten, kramte hörbar in einem Werkzeugkasten und warf ihm schließlich ein

Brecheisen vor die Füße. »Dann zeig mal, was du drauf hast, du Spezialist für Fenster.«

Was blieb ihm anderes übrig? Er hatte es so gewollt.

Er zog seine Jacke aus, hängte sie an einen rostigen Nagel neben der Regenrinne und griff beherzt nach der Eisenstange. Mit einer knappen Kopfbewegung dirigierte sie ihn zu seiner Einsatzstelle.

Es war eine elende Schufterei. Er konnte sich nicht daran erinnern, wann er das letzte Mal überhaupt ein Werkzeug in der Hand gehalten hatte. Mit einem Dosenöffner, ja, damit konnte er umgehen, aber der ging wohl kaum als Werkzeug durch. Bei ihr hingegen saß jeder Hammerschlag.

Nach einer Stunde schweigsamer Arbeit waren die alten Fenster komplett ausgebaut. Er half ihr, die neuen aus dem Schuppen heranzuschleppen.

»Warum nimmst du keine Doppelglasfenster?«

»Seh ich aus wie 'n Millionär? Hast du ne Ahnung, was das bei dieser Fensterfläche kostet?«

Ganz offensichtlich verfügte der Märchenprinz nicht über nennenswerte finanzielle Mittel. Davon abgesehen, welcher Kavalier hätte seine Angebetete mit dieser Drecksarbeit alleingelassen? Ein echter Held hätte einen Trupp Handwerker bestellt und basta. Allmählich zweifelte Fin an der Existenz des geheimnisvollen Liebhabers.

Es dämmerte schon, als die großflächigen Fensterrahmen endlich an ihrem Platz waren.

Fin betrachtete deprimiert seine Hände, die eingerissenen Fingernägel, den geschwollenen Daumen, den der Hammer statt des Holzes getroffen hatte, den Schnitt quer über dem rechten Zeigefinger, den ein Glassplitter gerissen hatte. Er leckte das getrocknete Blut ab. Morgen würde alles grün und blau sein. Seine Hände, seine Arme, seine Knie, sein Rücken. Jeder Knochen in seinem Leib machte Fin auf seine Weise klar, dass er diesen Einsatz nicht ungestraft über sich ergehen lassen wollte.

Charlie zog die letzte Schraube nach und prüfte das Scharnier. »Ausfugen tu ich's morgen. Heut Abend rühr ich keine Spachtelmasse mehr an.«

»Ohne meine Hilfe wärst du wahrscheinlich schneller fertig geworden«, entgegnete Fin kleinlaut. Er meinte es absolut ehrlich.

»Blödsinn.« Zum ersten Mal an diesem Tag lächelte sie. Besah sich seine Wunden. »Ich hol dir 'n Pflaster.«

»Lass nur, ich hab nen Verbandskasten im Auto.«

»Willst du jetzt noch losfahren?«

»Ja.«

»Der Damm ist dicht«, sie sah auf ihre Uhr, »mindestens noch bis Mitternacht.«

Es wäre eine Lüge gewesen, hätte er jetzt gesagt, dass ihn das überraschte. Insgeheim hatte er irgendwie darauf gehofft.

Sie zog das Kopftuch ab und fuhr sich durch die staubige Mähne. Weiße Lacksplitter rieselten zu Boden. »Ne Dusche wär jetzt nicht schlecht. Du zuerst. Ich such in der Zwischenzeit meine Hausapotheke.«

Er blieb zum Abendessen. Während sie unter der Dusche stand, inspizierte er die Vorratskammer. Eine leidenschaftliche Hausfrau schien Charlotte nicht zu sein, weder was die Qualität noch die Quantität des Speisenangebots anging. Es gab Eintopf aus der Dose. Dazu einen Salat mit seinem Spezialdressing. Das Brot im Ofen aufgebacken.

Draußen war es stockfinstere Nacht geworden, der Himmel sternklar. Fin stand am Fenster des Wohnzimmers und suchte in der Dunkelheit das Meer. Ab und zu durchbrach eine helle Schaumkrone seine eigene Spiegelung im Glas. Das einsame Licht einer Boje blinkte übers Wasser, ein unbekanntes Raumschiff auf seiner Reise durch die Unendlichkeit, das versuchte, mit ihm Kontakt aufzunehmen. Trotz geschlossener Fenster hörte er das unablässige Rauschen der Brandung, begleitet vom Wind, der hinten und vorne am Haus rüttelte wie ein nächtlicher Dieb, der Einlass begehrte. Es war frostig da draußen, das Glas entlang der Rahmen beschlagen mit feinen Nebeltröpfchen.

Charlie kam ins Zimmer, in der Hand eine Flasche Rotwein, die sie ihm zusammen mit einem Korkenzieher hinhielt. Es war bereits die zweite Flasche, die erste hatten sie zum Essen getrunken. Sie legte ein paar Torfbriketts in den Ofen, während er den Wein öffnete. Sie trug dieselben Jeans und denselben farblosen Pullover wie am Vortag. Ihre Füße steckten in dicken Wollsocken.

»Bestimmt nicht einfach zu heizen, die Bude«, meinte er.

»Kannst du laut sagen«, erwiderte sie, warf die Ofentür zu und den Schürhaken in die Ecke, »wir sind halt zu verwöhnt. Früher lebten die Menschen mit ihrem Vieh unter einem Dach, damit Sie's wenigstens 'n bisschen warm hatten.« Sie ging hinüber zum Sofa, wo die rote Katze ihr erwartungsvoll entgegenblickte. »Naja, irgendwie ist es heute nicht viel anders, oder?« Sie setzte sich, nahm die Katze auf den Schoß und vergrub ihre Hände im dichten Pelz. Die Katze fing umgehend an zu schnurren.

Fin schenkte den Wein aus und reichte ihr ein Glas. Ihre Finger berührten seine für einen Moment. Ihre langen schmalen Finger, die kräftig genug waren, um Motoren zu reparieren, und gleichzeitig geschickt genug, um filigrane Pinsel zu führen. Was hatte er erwartet? Schwimmhäute?

Er setzte sich ihr gegenüber in einen der beiden klobigen Sessel und fragte sich, wie er die Sprache auf die Keanes bringen konnte. »Nora Nichols hat mir heute Shergars Grab gezeigt.«

»Glaubst du ihre Geschichte etwa?« Es klang amüsiert.

Ein Achselzucken. »Vielleicht.«

»Was wirst du tun? Ihn ausgraben?«

Er hatte keine Antwort darauf.

»Was reizt dich so an dieser Geschichte? Nach so langer Zeit?«

»Ein ungelöster Kriminalfall«, antwortete er, ganz der enthusiastische Reporter, »eine Spur, die ausgerechnet nach Foley führt. Heimat der berüchtigten Keane-Brüder …«

»Dich lässt der Gedanke nicht los, dass sie damals ihre Finger im Spiel hatten, nicht wahr?« Sie beobachtete ihn über den Rand ihres Weinglases. »Tommy war damals zwölf, Jack ganze fünfzehn. Sie waren Kinder.«

»Ich finde den Gedanken überaus faszinierend, dass die Keanes ihre zweifelhafte Karriere vielleicht mit einem Riesencoup begonnen haben.«

»Und wenn schon …«

Er rutsche nach vorn auf die Sesselkante und sah sie aufmerksam an. »Heißt das, da ist was dran?«

»Das heißt gar nichts.« Sie nippte an ihrem Rotwein und streichelte fast schon mechanisch die Katze, die mit geschlossenen Augen in ihrem Schoß lag und entspannt alle viere von sich gestreckt hatte.

Er leerte sein Glas. »Nach Nora Nichols' Schilderung haben die Gomballs Shergar auf dem Gewissen. Feen. Oder Elfen. Vielleicht auch Kobolde, was weiß ich, ich kenn den Unterschied nicht so genau.«

»Die Gomballs, ja … Nora hatte schon immer ein Faible für Geisterwesen und Märchen.«

»Wusstest du, dass sie ein Buch über Feen schreiben will?«

»Zuzutrauen wärs ihr.« Gedankenverloren glitten ihre dünnen Finger durch ihre Haare, drehten die roten Strähnen zu vergänglichen Locken. »Wer weiß, vielleicht sind wir ja wirklich nicht allein auf dieser Welt …«

Fin startete einen neuen Versuch. »Das Unglück damals vor

zehn Jahren, der Brand auf der Mairona, bei dem Thomas Keane ums Leben kam ...«

»Ich war in Dublin. Ich habs aus der Zeitung erfahren.«

»Glaubst du«, er versuchte ihren Blick aufzufangen, »glaubst du, dass er noch lebt?«

Im matten Schein einer altmodischen Stehlampe hielten ihre dunkelgrünen Augen stand. »Woher soll ausgerechnet ich das wissen?« Fin glaubte, ein winziges überlegenes Meerjungfrauenlächeln über ihr Gesicht huschen zu sehen. »Jedenfalls hat er sich nicht bei mir gemeldet, falls dir damit geholfen ist.« Sie nahm einen Schluck Wein, als brauchte sie Zeit zum Überlegen. »Ich kann dir nicht sagen, was vor zehn Jahren passiert ist. Wenn Tommy tatsächlich noch lebt, wo hätte er sich all die Jahre verstecken sollen? Hier in Foley bestimmt nicht.«

»Warum nicht?«

»Ich bitte dich, hier haben sie immer als Erstes nach ihm gesucht.«

»Ich finde, Foley ist ein gutes Versteck. Der beste Platz für jemanden wie Thomas Keane.« Fin stand auf und schenkte Wein nach. »Wo versteckt man eine gestohlene Kuh besser als in einer Rinderherde?« Allmählich spürte er den Alkohol. Er musste aufpassen, er wollte sich nicht noch so ein Blackout leisten.

»Und Jack?«

»Was soll mit Jack sein?«

»Seit zehn Jahren in der Versenkung verschwunden.«

»Wenn er schlau ist, dann bleibt er auch dort.«

Er hörte Sympathie in ihrer Stimme. Wer in Foley hatte die nicht für diesen Robin Hood?

Er beschloss, sich auf unsicheres Terrain vorzuwagen. »Du warst verheiratet?«

»Wer behauptet das? Nora Nichols?«

Fin schüttelte den Kopf. »Der örtliche Frauenverein. Fiona O'Grady von der Poststelle.«

»Schnüffelst du hinter mir her?« Es klang eher belustigt als beleidigt.

»Vielleicht.« Er lächelte.

»Das ist lange vorbei.« Sie leerte ihr Glas. »Die uralte Geschichte. Mädchen vom Land trifft tollen Großstadttypen. Hab dann irgendwann festgestellt, dass er wohl doch nicht so toll war ...« Sie ging nicht näher auf diesen Irrtum ein.

Er nahm die Flasche, hockte sich vors Sofa und goss Wein in ihr Glas. »Und jetzt lebst du hier ganz alleine?«

»Nicht ganz.«

Er sah sie neugierig an.

»Ich hab ein Pferd. Eine Katze ...«

»Die zählen nicht.« Dabei hätte er sonst was dafür gegeben, genau in diesem Augenblick anstelle der Katze zu sein. Das entrückte Schnurren übertönte mittlerweile das Bollern im Ofen.

Er wagte sich noch einen weiteren Schritt vor. Er wusste, ab hier wurde es gefährlich. Aber er wusste auch, dass ihn der Alkohol jede Vorsicht vergessen ließ.

»Nora Nichols behauptet, du seist eine männerverschlingende Meerjungfrau ...«

»Eine was?«

»Eine Meerjungfrau.«

»Und wie kommt sie zu dieser Überzeugung?«

»Rote Haare. Grüne Augen.«

»Und das reicht?«

»Sieht so aus.«

»Und? Glaubst du ihr?«

»Vielleicht ...«

Er stürzte in die dunkelgrüne See. Er war betrunken. Hoffnungsvoll betrunken. Er fragte sich noch, ob er sie wohl rumkriegen konnte, als sie ihm zuvor kam.

Sie beugte sich vor und küsste ihn.

Die Wellen schlugen über ihm zusammen. Er schnappte nach Luft.

Die rote Katze fand, dass es Zeit war, das Feld zu räumen.

Fin wehrte sich nicht gegen die Arme, die ihn in die Tiefe zogen.

Er fragte sich nur, was wohl Mrs. MacCormack denken würde, wenn er schon wieder eine Nacht außer Haus verbrachte.

## 12. Horse's Neck

Das Wetter war über Nacht umgeschlagen. Ein kräftiger Wind aus Norden trieb fette, dunkelgraue Wolken gegen die Küste, eine düstere Bastion, die das Land verteidigte gegen die wutschnaubende Armada aus dem Meer. Wellen donnerten gegen Felsen wie Rammböcke, Gischt schäumte auf, weiße Krallen, die sich mit Gewalt nehmen wollten, was das Land freiwillig nicht hergab.

Fin nieste.

Er stand in sicherer Entfernung vom Schlachtfeld, ganz oben auf dem Leuchtturm hinter dicken Glasscheiben, die in der Umarmung des Windes ächzten und klirrten.

Charlie schlief noch. Er war aufgestanden, ohne sie zu wecken, hatte sich leise angezogen und war die hölzerne Wendeltreppe bis zur Turmspitze hinaufgeklettert, die letzten Stufen auf einer Stiege aus Eisen. Hier oben gab es einen schmalen Umgang, gerade breit genug, dass ein erwachsener Mensch zwischen den Fenstern und der Optik bequem durchgehen konnte. Der mannshohe Zylinder aus massivem Glas war durchzogen von tiefen, waagerecht geschliffenen Kerben, in denen sich über die Jahre hinweg der Staub angesammelt hatte. Linse nannte man dieses Ding wohl, und irgendwo dahinter vermutete er die Lichtquelle.

Draußen schützten schräg verlaufende Gittersprossen die Verglasung vor der Witterung und vermutlich auch vor aus der Bahn geworfenen Vögeln. Das ehemals weiß lackierte

Metall war üppig mit Rost überwuchert, Zeugnis jahrelanger Vernachlässigung. Regentropfen sprenkelten die Scheiben, zogen lange schlierige Bahnen. Vor den Fenstern verlief eine Art Galerie, von wo aus man einen ungehinderten Blick über die gesamte Küste hatte. Aber Fin verspürte wenig Lust, sich Wind und Wetter auszusetzen.

Eine seltsame Nacht lag hinter ihm.

Er hatte nicht damit gerechnet, dass sie beide im Verlauf des Abends im Bett landen würden. Aber hatte er es nicht drauf angelegt? Was sonst hatte er sich von diesem Besuch erhofft? Thomas Keane auf einem Silbertablett?

Dabei hatte sie es ihm sogar leicht gemacht. Nein, wenn er ehrlich war, wirklich ehrlich war, dann hatte er es ihr leicht gemacht. Sie hatte ihn überrumpelt. Sicher, der Wein hatte seinen Teil beigetragen, aber er war nicht zu betrunken gewesen, um zu verhindern, was sich anbahnte.

Nein, er war ihr willig gefolgt wie der Seemann, den die Meerjungfrau ins Verderben zieht. Und nie war das Verderben schöner gewesen …

Er war leicht zu verführen.

Susan hatte ihn längst durchschaut. Vielleicht hatte er deshalb kein schlechtes Gewissen. Schließlich kannte sie seine Schwächen in- und auswendig. Und hatte ihn genau darum letzten Endes vor die Tür gesetzt. An ihrer Stelle hätte er vermutlich exakt das Gleiche getan. Fin konnte es drehen und wenden, wie er wollte, es gab keine Zukunft für ihn und Susan. Und es lag nicht an ihr. Er würde sich nie ändern, und das, was letzte Nacht passiert war, konnte jederzeit wieder passieren.

Im Augenwinkel nahm er eine Bewegung wahr. Ein rostroter Schatten war auf lautlosen Pfoten über die Stiege heraufgeschlichen und stand nun vor ihm; die Schwanzspitze zuckte unschlüssig hin und her, während ihn die grünen Augen mit freundlichem Desinteresse musterten, durchaus bereit, sich mit ihm abzugeben, wenn sich nicht vorher noch ein besserer Zeitvertreib bot.

Das Schlafzimmer war dunkel gewesen, die Vorhänge bis auf den kleinsten Spalt zugezogen. Sie hatte kein Licht gewollt. Um keinen Preis. Er hatte ihren Körper im Dunkel erahnen, ihre schlanke sehnige Figur ertasten müssen. Er hatte bisweilen eine Unsicherheit gespürt, für den Bruchteil einer Sekunde. Das war nicht weiter verwunderlich, schließlich waren sie einander vollkommen fremd. Aber immer war sie es gewesen, die nach kurzem Zögern bestimmte, wo es langging. Vielleicht stimmte es ja, dass Alkohol Menschen beim Sex willenlos machte, jedenfalls hatte er durchaus nichts dagegen, sich führen zu lassen. Dort, wo er sonst gewohnt war, den Takt anzugeben, war sie es, die ihn verführte, und sie schien genau zu wissen, was ihm gefiel. Geradeso als ob sie einander seit Jahren vertraut waren.

Da war es wieder, dieses geheimnisvolle Déjà-vu.

Der Wind hatte ihn am Morgen geweckt, hatte Regenböen gegen das Fenster gepeitscht. Im dämmrigen Licht betrachtete er die Schlafende neben sich. Er hatte gar nicht gemerkt, dass sie sich ein Hemd übergezogen hatte. Ein Herrenhemd, mindestens drei Nummern zu groß, mit langen Ärmeln. Sehr langen Ärmeln. Trotzdem entdeckte er sie, die Narben an ihren Handgelenken, untrügliche Narben, die von tödlicher Entschlossenheit erzählten. Sanft strich er darüber. Wie im Reflex entzog sie sich seiner Berührung, die Arme verschwanden unter der Decke. Sie seufzte kurz und träumte weiter.

Fin erschrak. Eine Möwe schoss dicht am Fenster vorbei, eine heftige Böe ließ die Fensterscheibe zittern. Das Gras auf der Insel lag flach am Boden. Bei jeder Welle, die sich an den Felsen brach, glaubte er die Erschütterung bis in den Turm hinauf zu spüren.

Irgendwo im Haus klappte eine Tür, ein Schrank in der Küche. Wie ein roter Blitz war die Katze verschwunden.

Ein paar Minuten später kroch Musik durch die Spirale der Wendeltreppe zu ihm herauf, hallte von den weißgetünchten Wänden wider. Keine Orgel dieses Mal. Eine leise Gitarre. Eine Stimme setzte ein. Fin erkannte Robert Plant. Ein eher langsameres Stück von *Led Zeppelin*.

Susan mochte *ABBA*. Wie hatten sie es so lange miteinander ausgehalten?

Schritte kamen die Treppe herauf. Charlie tauchte auf, zwei Tassen in der Hand. »Kaffee ist alle. Ich hoffe, du trinkst auch Tee.« Sie reichte ihm einen dampfenden Becher.

Fin fragte sich, ob sie das Pferd nahm oder das Motorrad, wenn sie einkaufte.

Sie trug Jeans, ein weites Männerhemd darüber, nur flüchtig zugeknöpft. Darunter nichts. Sie hatte wenig Busen, das hatte er in der Nacht festgestellt. Ganz anders als Susan. Sie war überhaupt in vielerlei Hinsicht anders als Susan.

Fin nippte vorsichtig an seiner Tasse. Der Tee war heiß und milchig. Mit viel Zucker.

»Bei Westwind spritzt die Gischt schon mal bis hoch an die Scheiben.« Sie stand neben ihm am Fenster und beobachtete das Meer. Die meterhohen Wellen, die eine nach der anderen in einem langgezogenen, fast schon einschläfernden Rhythmus vom Meer herein in die Bucht rollten. Der Regen hatte aufgehört.

Kein Wort über die vergangene Nacht.

»Das ist Horse's Neck da drüben, oder?« Er deutete auf die markanten dunklen Felsen, die vor den Klippen aus der Brandung ragten.

Sie nickte. »Weißt du, woher der Name kommt?«

Fin versuchte sich vorzustellen, dass einer der schroffen, finsteren Steinklumpen wie ein Pferdekopf aussah, aber seine

Phantasie reichte nicht aus. Wahrscheinlich war er zu nüchtern.

Er schüttelte den Kopf.

»Früher brachten die Bauern aus der Umgebung ihre altersschwachen Tiere hierher, die ihnen lange Jahre treu gedient hatten, meist Esel, Pferde eher selten. Und dann trieben sie sie über die Klippe ins Meer.«

»Tja, Undank ist der Welten Lohn.«

»Wie mans nimmt. So kamen sie nicht in Versuchung, Wurst aus ihnen zu machen und sie aufzuessen.«

Sie roch nach Seetang. Aber roch nicht alles hier an der Küste irgendwie nach Tang?

»Ich hab gelesen, dass Piraten hier ihr Unwesen getrieben und Schiffe auf das Riff gelockt haben.«

»Früher mal, ja, aber das ist lange vorbei. Der letzte Strandungsfall liegt fast zwölf Jahre zurück. Meines Wissens nach nicht durch Piraten verursacht, sondern durch einen Sturm. Damals lief ein Holzfrachter aus England auf Grund. Etwa zwei Seemeilen vor der Küste. Die Mannschaft wurde gerettet. Sogar die komplette Ladung. Bis auf zwei Fässer Whisky. Die blieben verschwunden.«

»Die Meerjungfrauen wirds gefreut haben.«

Sie lächelte. Wieder ihre Finger, die versuchten, aus langen Haarsträhnen Locken zu zwirbeln. Es erinnerte ihn an seine Tochter Lily, an ihre langen blonden Haare.

»Und trotzdem hat man den Leuchtturm abgeschaltet.«

Sie zuckte mit den Achseln. »Hat irgendwer in Dublin entschieden. Es gibt kaum noch Schiffsverkehr hier in Küstennähe, die Fischerei lohnt sich schon lange nicht mehr.«

»Könnte man ihn im Notfall wieder in Betrieb nehmen?«

»Ich denke schon. Der Optik fehlt nichts. Außer vielleicht ne neue Glühbirne und ein paar Tropfen Öl hier und da.«

Fin stellte seine Tasse auf einen schmalen Sims und betrachtete interessiert die Linse. »Wie funktioniert so was eigentlich?«

»Du stellst vielleicht Fragen.« Ihr schmaler langer Zeigefinger glitt über eine der geschliffenen Glaskanten und schob den Staub zu einer kleinen grauen Wolke zusammen. »Der Leuchtturm hat ein Drehfeuer und das hier, das nennt man Linse. Das Glas ist so geschliffen, dass es das Licht bündelt und verstärkt, so dass es viele Seemeilen weit zu sehen ist. Dahinter steckt eine Glühlampe, viel kleiner als du wahrscheinlich vermutest, aber natürlich mit mehr Watt als für den Hausgebrauch.«

Ehe er darüber nachdenken konnte, was er tat, hatte er ihr Handgelenk gepackt und umgedreht. »Ist dein Ex dafür verantwortlich?«

Der Themenwechsel traf sie unvorbereitet. Ihre grünen Augen blitzten ihn wütend an. Sie entriss ihm den Arm und wich zurück. Zog den Hemdsärmel demonstrativ übers Handgelenk.

»Gibt es etwas in deiner Vergangenheit, das ich wissen sollte?«

Über dem Horizont war es heller geworden. Ein ockerfarbener Streifen trennte die dunklen Wolken von der graublauen See. Sie hatte ihm den Rücken zugewandt und starrte aus dem Fenster. Er suchte ihr Spiegelbild im Glas. Irgendeine Reaktion.

»Ich habe keine Vergangenheit«, zischte sie mit leiser Stimme. Dann drehte sie sich zu ihm hin und lächelte. »Zumindest keine, die dich etwas angeht.« Es war ein erzwungenes Lächeln. Ihre Gesichtszüge hart im heller werdenden Morgenlicht. Sie blinzelte, hatte sichtlich Mühe, den ungewollten Gefühlsausbruch zu unterdrücken. Aber sie hatte sich im Griff.

Fin ließ nicht locker.

»So was tut man nicht aus Jux und Tollerei.«

»Nein. Tut man nicht.«

»Also?«

»Bist du immer so neugierig?«

»Gehört zu meinem Beruf.« Sowohl zum Journalisten als auch zum Polizisten.

Sie schwieg. Spielte mit der leeren Tasse in ihren Händen. Ihr Blick suchte Halt. Auf den Wellen. Auf den Klippen. Bei den Wolken. Bei ihm. Suchte nach einer Antwort, die ihn zufriedenstellen würde, ohne zu viel von sich selbst preiszugeben.

»Gegenfrage: Warum besäufst du dich?«

Darauf war er nicht gefasst. »Was?«

»Ist das nicht auch eine Art von Selbstmord? Auf Raten?«

Zuerst glaubte er, sie mache Scherze, aber es schien ihr absolut ernst zu sein. Wenn er also etwas von ihr erfahren wollte, dann musste er erst etwas von sich selbst in die Waagschale werfen.

Er dachte nach. Diese Frage hatte ihm bisher noch niemand gestellt. Nicht einmal Susan. Die hatte mit ihren bissigen Kommentaren lediglich festgestellt, *dass* er zu viel trank. Nie gefragt, *warum* er es tat. Die Frage war ihm nicht einmal selber in den Sinn gekommen.

»Also eigentlich finde ich nicht, dass ich zu viel ...« Er hielt inne. Sah an ihrem Gesichtsausdruck, dass sie diese Antwort nie akzeptieren würde. Er suchte nach einem neuen Ansatz. »Ich weiß es nicht.« War immer eine gute Antwort.

»Glaubst du, dass Dinge einfacher werden, wenn du dich betrinkst?«, half sie aus. »Dass sie sich leichter ertragen lassen?«

Er wollte nicht darüber reden.

»Dass du sie dir schönsäufst?«

»Schönsäufst? Was?«

»Was weiß ich?« Sie breitete die Arme aus, als wollte sie das ganze Universum miteinbeziehen. »Dein Leben?«

»Mein Leben?«

»Deinen Job. Deine Familie. Bist du verheiratet?«

»Du bist also der Auffassung, eine Ehe kann nur funktionieren, wenn man sie sich schönsäuft?«

Sie ignorierte seine gewagte Schlussfolgerung. »Bist du?«

»Was?«

»Verheiratet.«

Er musste aufpassen. Durfte sein Lügengebäude nicht zu hoch stapeln, sonst krachte es am Ende in sich zusammen und er lag drunter. »Ja. Aber ich lebe von meiner Frau getrennt.« Er wollte offen sein. Wenigstens in diesem Punkt Klarheit. »Getrennt. Nicht geschieden. Hauptsächlich wegen meiner – unserer Tochter. Lily.«

Zumindest diese eine Illusion wollte er aufrechterhalten, auch wenn sie schon längst Vergangenheit war. Lily war kein Kind mehr. Sie wusste Bescheid.

»Eine kaputte Ehe wird aber nicht besser, wenn man sich besäuft.«

»Verdammt, ich saufe nicht!«, sagte er mit Nachdruck. Und musste niesen.

Er zerrte ein Taschentuch aus seiner Hose und putzte sich lange und ausgiebig die Nase. Warum ließ er sich das gefallen? Worauf zum Teufel wollte sie hinaus? Er war es nicht gewohnt, unangenehme Fragen zu beantworten. Normalerweise war er es, der sie stellte.

»Dann bist du also rundum zufrieden mit deinem Leben, so wie es ist? Du wolltest nie etwas anderes sein? Etwas anderes machen?«

Er entspannte sich. Auf diese Frage ließ sich schon eher eine Antwort finden.

»Naja, wahrscheinlich könnte ich mehr daraus machen.« Wer konnte das von sich selber nicht behaupten? »Manches könnte anders sein, könnte besser laufen …« Er kramte in seiner bunten Sammlung von Allgemeinplätzen und Floskeln.

»Shergar?«

Er sah sie fragend an. Konnte ihren Gedanken nicht ganz folgen.

»Angenommen, du bist derjenige, der das Rätsel löst ...«

Er dachte den Satz zu Ende. »Das wäre der Jackpot. Wenn ich den Fall Shergar –« Er biss sich auf die Zunge. In letzter Sekunde fiel ihm ein, dass er sich eine andere Rolle ausgesucht hatte. Das Vokabular war ähnlich, aber nicht das gleiche. »Es wäre die Story meines Lebens. Als Reporter würde ich in eine andere Liga aufsteigen.«

Er trank den letzten Schluck Tee. Er war längst kalt.

Die Musik aus der Wohnung war lauter geworden. Harte Gitarrenriffs attackierten das Schlagzeug, duellierten sich, um schließlich in einem donnernden Rhythmus zusammenzufinden. Dazu die Stimme von Plant, heiser, schrill, beinahe ein Kreischen. *Whole lotta love.*

»Und was wolltest du in deinem Leben alles anders machen?«

Sie wandte ihm wieder den Rücken zu und schaute hinaus. Ihre Augen folgten der Linie des Horizonts. »Eine ganze Menge.«

»Und was hast du bisher erreicht?«

Von Nordosten klarte es auf. Einzelne Sonnenstrahlen bohrten sich durch die bleigraue Wolkendecke und malten gleißende Flecken auf die raue Wasseroberfläche. Sie lächelte, ohne den Blick vom Meer zu lösen. »Ich habe mir die Haare gefärbt und trage farbige Kontaktlinsen.«

Also doch keine echte Meerjungfrau. Fin war um eine weitere Illusion ärmer. Aber irgendwie war er froh, dass sie keine Meerjungfrau war. Soweit er sich erinnern konnte, waren Geschichten mit Meerjungfrauen traurige Geschichten, die selten gut ausgingen.

# 13. Blue Boy

Sie war wie ihre Katze.

Launisch. Unberechenbar. Eigenwillig. Er durfte mit ihr spielen und sie kraulen, so lange bis etwas Neues ihren Weg kreuzte, das mehr Abwechslung versprach. Nichts weiter als ein Spielzeug, das ihr in absehbarer Zeit langweilig werden würde.

Gefühle waren da keine im Spiel. Zumindest nicht auf ihrer Seite, da war Fin sich sicher. Es ging um Sex. Um nichts anderes. Und das war bei ihm, Fin, nicht anders.

Und doch gab es da etwas, was ihn an dieser Frau reizte. Seine Meerjungfrau hatte ein Geheimnis, einen dunklen Fleck in ihrer Vergangenheit.

Niemand griff sich einfach ein Messer und schlitzte sich mal eben die Pulsadern auf. Etwas Drastisches musste in ihrem Leben passiert sein, das diese Reaktion provoziert hatte.

Wahrscheinlich steckte ein Kerl dahinter. Zwar warf diese Vermutung ein schlechtes Licht auf die Spezies Mann im Allgemeinen, aber eine andere Erklärung kam Fin nicht in den Sinn. Er hatte sofort ihren Ex aus Dublin in Verdacht. Ganz sicher ein brutaler Schlägertyp, vor dem sie geflohen war. Warum sonst hatte sie sich die Haare gefärbt und versteckte sich hier am Arsch der Welt? Sie brauchte Schutz. Fins Schutz.

Okay, das war jetzt vielleicht doch ein bisschen weit hergeholt. Im Gegenteil, er hatte eher das Gefühl, dass diese Frau ganz ausgezeichnet alleine zurechtkam und auf Hilfe speziell von seiner Seite ganz wunderbar verzichten konnte …

Fin überquerte die Insel. Er hatte Mühe, geradeaus zu laufen, Mühe, überhaupt auf den Beinen zu bleiben. Der eisige Nordwind trachtete ihm nach dem Leben, wollte ihn mit tückischen Böen zu Fall bringen, jagte ihm winzige Eiskristalle ins Gesicht. Hier und dort blinzelte die Sonne durch tieffliegende Wolken. So richtig entscheiden konnte sich der Winter offenbar nicht.

Was wusste er schon von ihr? Eigentlich gar nichts. Nicht mal ihren vollen Namen. Nur Charlotte. Charlie. Ihm fiel auf, dass sie auch nicht nach seinem Namen gefragt hatte.

Er riss die Wagentür auf und ließ sich auf den Fahrersitz fallen. Sein malträtierter Rücken protestierte umgehend und rang ihm das Versprechen ab, so bald nichts in die Hand zu nehmen, was auch nur entfernt einem Hammer oder einem Schraubenzieher ähnelte. Den Zündschlüssel behutsam zwischen den verpflasterten Fingern ließ er den Motor an und manövrierte den Wagen vorsichtig über den schmalen Damm.

Ein Gedanke an der ganzen Sache gefiel ihm überhaupt nicht. Was wäre, wenn Charlie auf welche Weise auch immer in die Keane-Geschichte verwickelt war? Irgendwie wurde er das Gefühl nicht los, dass sie ihm nicht die Wahrheit sagte, was Jack und Thomas betraf.

Er lenkte den Wagen auf die Landstraße in Richtung Foley. Die Plastikfolie am Seitenfenster knatterte im Wind.

Selbst wenn sie nicht direkt verdächtig war, sie konnte immerhin eine Zeugin sein. Und er ging mit ihr ins Bett. Er wollte sich das Donnerwetter lieber gar nicht ausmalen, das auf ihn niedergehen würde, wenn Superintendent Ramsay das spitzkriegte. Lebewohl Beförderung. Zu Recht. Es war nicht nur absolut idiotisch, was er tat, es war auch absolut unprofessionell. Und er hatte keinen Schimmer, wohin das führen sollte.

In diesem Augenblick war ihm nur eines klar – an diesem Weidezaun war er auf der Hinfahrt nicht vorbeigekommen. Er hatte mal wieder eine Abzweigung verpasst.

»Mist, verdammter ...«

»Sie hätten da vorne rechts abbiegen müssen.«

Er fuhr herum. Verriss das Lenkrad. Bremse. Gaspedal. Das Auto machte einen Satz, rammte einen Zaunpfosten. Ein letzter metallischer Rülpser vom Motor, dann soff er ab.

Leises Knacken.

Wenn Fin sich je gefragt hatte, wie Billy »Blue Boy« Mac-Gann zu seinem Namen gekommen war, jetzt bekam er die Antwort. Denn dass da Billy MacGann und nicht der Leibhaftige auf dem Rücksitz seines Wagens saß, daran hatte er nicht den geringsten Zweifel. Gletscherblau schien in der Familie zu liegen. Und seine Augen waren sogar noch eine Spur blauer als die seiner Tante Nora.

Ein Mann, etwa in Fins Alter, der ihn irgendwie an Bruce Willis erinnerte. Ein markanter Kopf, ein fast kahler Schädel, eine dünne Narbe über der linken Schläfe, die aber nicht wirklich störte. Dunkel gekleidet bis hinunter zu den Schuhen hockte er seelenruhig da, die Hände im Schoß, wie ein Kunde im Taxi, der darauf wartete, dass sein Chauffeur endlich losfuhr.

Fin musste ihn ziemlich entgeistert angestarrt haben. Billy erwiderte seinen Blick. »Fertig mit der Inventur?«

Fin schluckte trocken. Wie zum Teufel kam Billy MacGann auf die Rückbank seines Autos, ohne dass er etwas gemerkt hatte? Kunststück, er hatte alle Türen offengelassen. Er hätte ebenso gut Einladungen verschicken können. Aber was hatte das zu bedeuten? Was wollte Billy von ihm? Fin schoss alles Mögliche durch den Kopf und nichts davon gefiel ihm. Für kein Geld der Welt wollte er sich mit der IRA anlegen.

»Und jetzt?« Nur nichts anmerken lassen. Leicht gesagt.

»Vielleicht sollten Sie den Wagen wenden und zur Straße zurückfahren. Sonst stehen wir heute Abend noch hier.« Eine Stimme, als ob er jeden Abend mit Reißnägeln gurgelte.

Fin zögerte, hatte aber keinen besseren Vorschlag auf Lager

und ließ den Motor an. Er hatte nirgends eine Pistole entdeckt, aber Billy MacGann sah aus wie jemand, der eine besaß. Und damit umgehen konnte.

Langsam fuhr er den Weg zurück. Der verbeulte Kotflügel schleifte gegen den Reifen.

»Jetzt links!«, dirigierte sein Passagier.

Fin gehorchte. Aus den Augenwinkeln beobachtete er seinen ungebetenen Gast im Rückspiegel. Billy strahlte eine Aura krimineller Autorität aus. Besser, man tat, was er sagte.

»Fahren Sie da vorne rechts rein, O'Malley.«

Fins Hände verkrampften sich ums Lenkrad. Er kannte seinen Namen. Das verhieß nichts Gutes.

Der Wagen kroch über einen kurvigen asphaltierten Weg Richtung Klippen. Sie mussten irgendwo oberhalb von Horse's Neck sein.

Der Weg endete an einem Aussichtspunkt. Irgendjemand hatte einen kleinen Parkplatz angelegt, den eine niedrige Natursteinmauer vom Abgrund trennte. Sogar an eine Bank hatte man gedacht, daneben hing ein windschiefer Plastikabfalleimer an seinem rostigen Eisenpfosten.

Mitten auf dem Parkplatz stand ein Auto. Ein schwarzer Porsche 911 Turbo. Fin brachte seinen Wagen direkt daneben zum Stehen.

Billy stieg aus. »Kommen Sie, O'Malley, ich will Ihnen was zeigen.«

Was immer er ihm auch zeigen mochte, Fin war alles andere als begierig darauf. Er holte tief Luft, stieg aus und folgte ihm widerstrebend in einigem Abstand. Bloß keine Angst zeigen. Denn die hatte er, wenn er ehrlich war. Billy »Blue Boy« MacGann war niemand, der einen ohne Grund auf ein Bier einlud. Ihm wäre wohler gewesen, wenn er seine Waffe dabeigehabt hätte. Auch wenn sie ihm vielleicht nicht viel genutzt hätte.

Billy ging hinüber zur Mauer. Die dunkle Hose, das gutsitzende Wolljackett, sogar das einfache bequeme T-Shirt trugen wahrscheinlich ein dezentes BOSS-Label. Die blanken Schuhe sahen nach Maßanfertigung aus. Er fischte ein Zigarettenpäckchen aus seiner Jackentasche und bot Fin eine an. Er schüttelte wortlos den Kopf.

Das Feuerzeug war vergoldet. Er musste die Flamme mit den Händen gegen den Wind verteidigen. Eine Armbanduhr blitzte auf. Ebenfalls Gold. Fin hatte nichts anderes erwartet. Billy MacGann mochte einfache, aber teure Dinge, und war offenbar in der beneidenswerten Lage, sie sich leisten zu können.

Er trat an die Mauer, stellte lässig einen Fuß auf und schaute aufs Meer hinaus. Geradeso als ob Fin gar nicht existierte. Zog behaglich an seiner Zigarette. Und schwieg.

Die Aussicht war atemberaubend. Der Himmel hatte aufgeklart. Unter einer strahlenden Sonne schimmerte das Wasser in einem satten Dunkelgrün. Die Klippen fielen an dieser Stelle fast senkrecht ins Meer hinab. Etwa zweihundert Meter unter ihnen brachen sich die Wellen an den Felsen von Horse's Neck.

Fin schauderte und trat einen Schritt zurück. Wenn Billy vorhatte, ihn da hinunterzuwerfen, würde seine Leiche vermutlich niemals gefunden werden.

Billy entging seine Reaktion nicht. »Nicht schwindelfrei, was?« Er grinste.

Fin verkniff sich eine Antwort.

Billy rauchte seine Zigarette in Ruhe und mit sichtlichem Genuss. Er schien zu ahnen, dass Fin sein unerwartetes Auftauchen nicht geheuer war, und kostete seine Wirkung aus.

Fin nahm all seinen Mut zusammen. »Sie wollten mir etwas zeigen, Mr. MacGann?«

Billy warf den Rest seiner Kippe in die Tiefe. »Das Grab von Shergar.«

»Was?«

Die blauen Augen sahen ihn an, als ob Shergars Grab auch

bald seines werden könnte. »Danach haben Sie doch gesucht, oder?« Er deutete mit dem Kinn aufs Meer. »Da haben Sie's.«

Er wandte sich ab und ging ein paar Schritte, folgte einem ausgetretenen Pfad über den Rand der Klippen. Weg von der schützenden Mauer. Fin folgte ihm unsicher. Passte genau auf, wohin er trat, ohne den anderen aus den Augen zu lassen. Nach einigen Metern blieb Billy stehen. Von hier aus konnte man die ganze Bucht bis hinüber zum Leuchtturm überblicken. Tief unter ihnen brodelte das Meer.

»Wir hielten es damals für die Idee des Jahrhunderts.«

»Wir?« Der Wind fegte unter Fins Jacke und zerrte an ihm. Er steckte die Hände in die Taschen und versuchte mühsam, das Gleichgewicht zu wahren.

»Ich und ein paar Jungs. Keiner älter als zwanzig. Ein Abend im Pub, ein paar Pints zu viel … Erst wars ne Spinnerei. Aber dann beschlossen wir, dass wir's denen zeigen wollten. Wollten ihnen beweisen, dass wir so ein Ding ganz alleine durchziehen konnten.«

»Wem beweisen?«, wagte Fin einen Einwurf.

Billy antwortete nicht, aber Fin glaubte auch so, die Antwort zu kennen.

»Genau genommen hatte mein Vater mich auf die Idee gebracht«, fuhr Billy fort, »verstehen Sie mich nicht falsch, O'Malley, Joey hatte absolut nichts mit der Sache zu tun. Aber er hat mir halt dauernd von diesem schwerreichen Typen erzählt, für den er arbeitete. Hat mir von den Gäulen vorgeschwärmt. Ich hab bis dahin nicht mal geahnt, was so 'n Hengst wert ist. Da wechseln Unsummen den Besitzer. An Shergar hatte sogar die Queen einen Anteil, wussten Sie das? Da hab ich halt meinen Alten 'n bisschen ausgehorcht. Joey wusste nichts von dem Plan. Ehrenwort. Trotzdem hat er natürlich geahnt, dass ich dahintersteckte. Auch wenn er's mir nie auf den Kopf zugesagt hat. Verziehn hat er's mir nie.

Schließlich wurde er nach der Geschichte gefeuert, weil sein Sohn zu den Verdächtigen zählte. Das hatte ich natürlich nicht gewollt, aber es war nicht mehr zu ändern. Er hat sich dann als Fischer versucht, auch wenn das nie sein Ding war. Bis vor drei Jahren …« Seine Stimme wurde eine Spur rauer, fast ein wenig wehmütig. »Irgendwie bin ich wohl nicht ganz unschuldig an seinem Tod …« Er steckte sich eine neue Zigarette an.

»Und Shergar?«

»Alles in allem ein Dumme-Jungen-Streich, der ein klein wenig aus dem Ruder lief.« Ohne Hast blies er eine fette Wolke Zigarettenqualm vor sich hin. Beobachtete, wie der Wind sie forttrug. Nebel, der sich über der Vergangenheit lichtete. »Es war so verdammt einfach. Wir schnappten uns Fitzgerald, Shergars persönlichen Pfleger. Nach Feierabend, zu Hause. Sean und Micky hielten die Familie in Schach, während er uns half, den Hengst in den Anhänger zu laden. Er hat sich fast in die Hosen gemacht.« Er lachte. »Keinerlei Sicherheitsvorkehrungen, keine Wachen, nicht mal ne Alarmanlage. Niemand hatte mit so was gerechnet. Wir konntens gar nicht fassen. Keine Stunde hats gedauert, da war der Gaul auf dem Hänger und wir auf und davon. Fitzgerald haben wir erst mal mitgenommen.« Er betrachtete die brennende Zigarettenspitze, als könnte er darin die Ereignisse von damals abrufen wie die Zukunft in der Kristallkugel einer Wahrsagerin. »Unterwegs haben wir ihn laufen lassen. Unser erster Fehler. Wahrscheinlich der entscheidende.« Die blauen Augen streiften Fin. »Wir hätten ihn mitnehmen sollen. Dann wäre vieles anders gelaufen.«

»Wo haben Sie Shergar versteckt? In Foley?«

»Foley …«, sinnierte Billy bedächtig, »ich glaube, ab dem Moment, als wir in Foley ankamen, lief irgendwie alles schief. Als Erstes mussten wir den Pferdeanhänger loswerden. Er war zu auffällig. Wir gingen davon aus, dass uns mittlerweile die gesamte irische Polizei auf den Fersen war. Wir konnten nicht wissen, dass Shergars Besitzer die Bullen erst im Lauf des nächsten Tages einschalteten. Und dann kam uns der Zufall zu Hilfe. An diesem Tag gab es in ganz Irland Pferdeshows und Auktionen, die Straßen waren voll von Transportern und Autos mit Pferdeanhängern. Das hielt die Polizei erst mal ne Weile auf Trab.«

»Und da haben Sie den Anhänger im Meer versenkt.«

»Sie glauben gar nicht, wie tief so ein Hafenbecken sein kann.«

Zumindest dieser Teil von Nora Nichols' Version stimmte offenbar.

»Gavin, ein alter Kumpel aus der Schulzeit, der konnte mit Pferden umgehen. Hat er jedenfalls behauptet. Der hatte nen großen Lkw besorgt. Hatte sogar ein zweites Pferd dabei, damit Shergar Gesellschaft hatte und sich nicht aufregte.« Billy schüttelte belustigt den Kopf. »Aber mit Pferden ist es nun mal genau wie mit Menschen. Manche vertragen sich untereinander, andere eben nicht, und der Gaul, den Gavin anschleppte, wollte ums Verrecken nicht zu Shergar in den Transporter rein. Machte ein Riesentheater, randalierte rum, dass ich schon fürchtete, der weckt das ganze Dorf auf. Micky und Sean haben ihn schließlich wieder weggebracht. Später haben sie mir erzählt, dass er ihnen kurz hinterm Dorf durchgegangen und in der Dunkelheit in einen Weidezaun reingesprungen ist. Sie mussten ihn erschießen.«

Auch dieser Teil von Noras Geschichte entsprach der Wahrheit. Mehr oder weniger. »Und Shergar?«

Billy überlegte einen Augenblick, wo er den Faden wieder aufnehmen sollte. Fin merkte ihm an, dass er kein noch so geringes Detail auslassen wollte. Entweder war es die Wahrheit, die er da gerade hörte, oder Billy MacGann war ganz nach alter irischer Tradition ein verdammt guter Geschichtenerzähler.

»Micky hatte sich eine druckfrische Zeitung besorgt. Sagte, wir bräuchten für die Lösegeldforderung ein Foto, das bewies, dass wir Shergar in unserer Gewalt hatten. Machte ein Foto von dem Hengst zusammen mit der Zeitung. Shergar war Blitzlicht durchaus gewohnt, doch ich würde nicht behaupten, dass es ihn beruhigte. Es verging eine Menge kostbarer Zeit bis wir drüben am Damm waren.« Er wies mit dem Kopf auf die Insel mit dem Leuchtturm. »Als wir dort ankamen, wo wir ihn verstecken wollten, stellten wir fest, dass die Flut den Damm schon fast überspült hatte. Außerdem war der Lkw zu breit. Wir konnten nicht hinüberfahren. Gavin meinte, wir müssten Shergar ausladen und zu Fuß rüberbringen, solange das Wasser noch nicht zu hoch war.«

Er hielt inne, betrachtete seine abgebrannte Zigarette, als überlegte er, ob sie wohl noch einen letzten Zug wert war. »Es war stockfinstere Nacht. Es war Anfang Februar. Schnee lag in der Luft. Shergar hatte in seinem Leben nichts anderes gesehen als die Rennbahn und seinen warmen Stall. So was wie das Meer kannte er gar nicht. Schon die Geräusche machten ihm Angst. Das Rauschen der Wellen. Er geriet in Panik. Drehte völlig durch. Wir haben ihn mit drei Männern festgehalten, aber es war zwecklos. Micky hats am Schlimmsten erwischt. Ihm hat er das Schienbein zertrümmert. Mich hat er am Kopf erwischt.« Er fuhr mit einem Finger über die dünne Narbe auf seiner Stirn. »Ich hab nur noch gesehen, wie Gavin durch die Luft geflogen ist und dann war der Gaul auf und davon.« Er seufzte fast schon erleichtert. »Den hätte der Teufel persönlich nicht halten können.«

»Und dann?« Fin konnte es sich beinahe denken.

Als Antwort schnippte Billy seine Kippe über die Felskante. »Weg war er …«

Es war alles gesagt, was zu sagen war. In ihr Schweigen mischten sich die keifenden Rufe einer Handvoll Möwen, die sich unterhalb der Klippen zankten. Von hier oben erschienen sie klein wie Schneeflocken. Der Wind hatte nachgelassen, Fin kam die Kälte nicht mehr ganz so grimmig vor. Vielleicht zitterte er auch deshalb weniger, weil er nicht mehr das Gefühl hatte, dass Billy MacGann ihm nach dem Leben trachtete. Schließlich hatte der Mann nichts zu befürchten, die Tat war verjährt. Außer einem bedauernswerten Pferd war niemand ernsthaft zu Schaden gekommen, wenn man davon absah, dass ein paar Anleger ein wenig Geld verloren hatten, aber über so was las man heute fast täglich im Wirtschaftsteil irgendeiner Zeitung.

Vorausgesetzt, es hatte sich tatsächlich alles so zugetragen. Beweise gab es letztlich keine.

»Ne hübsche Geschichte.«

»Es ist die Wahrheit.«

»Es ist Ihre Wahrheit«, erwiderte Fin mutig.

»Es gibt keine andere.«

Nun, sie war zumindest glaubhafter als die Version von Nora Nichols. Aber eigentlich auch wieder viel zu einfach.

»Und die Keanes?«

»Die Keanes?« Billys blaue Augen blickten ehrlich irritiert.

»Hatten die beiden was damit zu tun?«

Billy schüttelte den Kopf. »Nein.«

»Aber Sie kennen Jack und Thomas?«

»Natürlich kenne ich die zwei«, antwortete er. »Und um die Sache gleich ein wenig abzukürzen – ich habe nie mit ihnen zusammengearbeitet und ich habe keine Ahnung, wo Jack steckt.«

»Und Thomas?«

»Thomas ist tot.«

Die Antworten kamen schnell und überzeugend. Billy griff wieder zu seinem Zigarettenpäckchen, aber er zögerte. Schien zu überlegen, ob es sich noch lohnte, eine anzustecken. Das Gespräch neigte sich dem Ende.

»Warum erzählen Sie mir das alles?«, wollte Fin wissen.

Billy blickte aufs Meer hinaus, das Kinn selbstbewusst nach vorn gereckt, die Hände in den Jackentaschen vergraben. »Glauben Sie bloß nicht, dass ich plötzlich nen Beichtvater brauche, um mir den ganzen Scheiß endlich von der Seele zu reden.« Er grinste Fin an. »Aber ich habe es allmählich satt, dass ständig jemand hier rumschnüffelt und die alte Geschichte wieder aufwärmt. Egal ob Reporter oder Bulle.«

Fin zuckte beim letzten Wort zusammen. Wusste Billy Bescheid?

»Ich kann es mir einfach nicht leisten. Es ist langsam geschäftsschädigend.«

»In welcher Branche arbeiten Sie?« Die Frage war unklug, wenn nicht sogar tollkühn. Aber es war zu spät, sie zurückzunehmen.

Wider Erwarten erhielt er eine Antwort. Auch wenn es nur wenig mehr war als eine vage Andeutung. »Sagen wir, ich bin … Finanzberater.«

»Ah.« Fin machte auf naiv. »Hier in Foley?«

»Nein. Drüben im Norden.«

Er konnte sich lebhaft vorstellen, wessen Finanzen er dort ordnete – abgesehen von seinen eigenen, versteht sich …

Billy MacGann wandte sich ab und ging zurück zum Parkplatz. »Und außerdem will ich, dass Sie meine Tante in Ruhe lassen, O'Malley.« Da war sie wieder, jene feine Nuance, die man durchaus als Drohung auffassen konnte. »Haben wir uns verstanden?«

»Sicher. Klar doch. Kein Problem, Mr. MacGann«, beeilte sich Fin zu beschwichtigen und stolperte hinterdrein.

Billy öffnete den Wagenschlag des schwarzen Porsche. »Und noch was.« Er stieg ein, ließ den Motor an und das Fenster mit einem sanften Summen herunter. »Lassen Sie die Finger von Charlie Quinn.« Vierhundertachtzig Pferdestärken scharrten ungeduldig mit den Hufen. »Ich meins ernst.«

Ohne eine Antwort abzuwarten, setzte er den Wagen zurück, beschrieb einen eleganten Halbkreis und entschwand in einer kleinen Wolke aus Staub und Kiesel.

Fin ließ den angehaltenen Atem los und starrte ihm hinterher. Registrierte das britische Nummernschild.

War am Ende Billy MacGann der Märchenprinz?

Nein. Irgendwie passte da was nicht zusammen.

# 14. Quinn

Sie hatte einen Namen. Quinn. Charlotte Quinn.

Fin war der Ansicht, dass er sich einen Whisky verdient hatte, auch wenn er selber rein gar nichts zur Aufklärung beigetragen hatte. Das hatte Billy MacGann getan. Ganz sicher unabsichtlich.

Er grinste vor sich hin und zog seinen Flachmann aus der Jackentasche, zusammen mit einem Päckchen Tabletten gegen Fieber, Erkältung und Gliederreißen. O'Connors Laden war eine unerschöpfliche Fundgrube. Er nahm eine Tablette und spülte sie mit zwei Schluck Whisky hinunter.

Allmählich kam der Fall ins Rollen. Billy MacGann war durchaus glaubwürdig gewesen. Soweit man einen Mann als glaubwürdig bezeichnen kann, der sein halbes Leben damit verbracht hatte, Polizeistationen in die Luft zu sprengen und abtrünnigen Mitstreitern die Kniescheiben wegzuschießen. Woher hatte er gewusst, wonach Fin suchte? Nora. Gut möglich. Aber wer hatte ihm gesagt, wo er ihn finden konnte? Und woher wusste Billy, dass er, Fin, seine Finger nicht von Charlotte gelassen hatte? Von Charlotte selber? In so kurzer Zeit? Oder beobachtete Billy ihn? Steckte er am Ende in dem Kunstdiebstahl mit drin? Warum hatte er ihm wirklich die angeblich wahre Geschichte von Shergars Schicksal erzählt?

Die letzte Frage in dieser verdammt langen Reihe von Fragen glaubte Fin beantworten zu können. Jag dem dämlichen Reporter eine bisschen Angst ein, wirf ihm einen verlockenden Köder hin, den er nur zu gerne schlucken wird, ehe er erleichtert und dankbar mit des Rätsels Lösung im Gepäck verschwinden wird.

Ja, das hatte sich Billy »Blue Boy« MacGann fein zurechtgelegt. Aber nicht mit Fin O'Malley.

Er zog sein Handy heraus. Etwas Hilfe von außerhalb konnte jetzt nicht schaden. Außerdem wurde es Zeit, dass die in Dublin erfuhren, dass er noch lebte.

Kein Netz.

Dublin musste warten.

Fin stieg in seinen Wagen und fuhr los. Stoppte nach ein paar Metern, stieg wieder aus und versuchte, den verbeulten Kotflügel soweit zurechtzubiegen, dass er nicht nach zwei Meilen den Reifen aufschlitzte.

In Foley angekommen hielt er Ausschau nach einer Telefonzelle, verwarf den Gedanken aber sofort wieder. Viel zu auffällig.

Als Nächstes fuhr Fin an der Tankstelle vor und bat Brian, den Kotflügel notdürftig zu richten. Auch dieses Mal keine Frage, wie es passiert war.

Fin fühlte sich dennoch genötigt, etwas zu sagen. »Musste einem Schaf ausweichen.«

»Jaja, die Schafe sind wirklich überall«, brummelte Brian und rückte dem Autoblech mit kräftigen Hammerschlägen zu Leibe.

Wenn das so weiterging, wurde er noch Dauerkunde bei Brian. Da schadete es nichts, sich mit dem Mechaniker gut zu stellen. »Bei der Gelegenheit können Sie ihn auch gerade volltanken.«

»Mach ich.«

Fin wunderte sich. Brian schien geradezu redselig. Vielleicht war es einen Versuch wert. Über einen kleinen Umweg. Erst das Objekt einkreisen und in Sicherheit wiegen. »Erinnern Sie sich an die Geschichte mit Shergar? Muss etwa fünfundzwanzig Jahre her sein.«

»Ja. Dunkel.«

Dann zielen. »Hatte man nicht Joey MacGanns Sohn Billy in Verdacht, seine Finger im Spiel zu haben?«

»Kann sein.«

Und zustoßen. »Kannten Sie eigentlich die Keanes?«

»Jack und Tommy? Natürlich.« Der Mechaniker versetzte dem Kotflügel einen letzten Schlag und begutachtete sein Werk.

»Waren wohl ziemlich oft in Foley?«

»Naja, ich kenn Tommy hauptsächlich aus seiner Schulzeit. Hat in den Ferien oft bei uns gejobbt«, antwortete Brian ausweichend, »hat sich für Autos und Motoren interessiert. Wie alle Jungs halt. Sehr talentierter Bursche.«

»Wann haben Sie ihn zuletzt gesehen?« Fin versuchte der Frage einen beiläufigen Unterton zu geben, aber Brian war auf der Hut.

»Nicht mehr seit dem Unfall mit dem Kutter.«

»Und Jack?« Sollte er ihn doch für einen neugierigen Journalisten halten.

»Klasse Mittelfeldspieler in unserer Rugbymannschaft.«

»In letzter Zeit mal wieder mit ihm gespielt?«

»Volltanken, sagten Sie?«

Fin verließ Foley in südlicher Richtung. Er hatte sein Handy aufs Armaturenbrett gelegt und behielt das Display im Auge, bis er endlich eine Anzeige hatte. Er musste fast bis zur Brücke fahren. Neben einem alten Verkehrsschild, das jemand schon vor langer Zeit offenbar als Bremse benutzt hatte, hielt er an und stieg aus.

Sergeant Fowler war am Apparat. »Hallo Diane.«

»Hallo Finbar. Wo steckst du?«

»In Foley. Wo sonst?« Er schluckte eine Bemerkung zu seinem Namen herunter. »Was neues von Vincent?«

»Scotland Yard hat am Hafen von Dover drei Rumänen festgenommen. Sie hatten zehn Millionen Englische Pfund im

Kofferraum. Leider genauso gefälscht wie ihre Papiere. Einen Van Gogh haben wir nicht gefunden, aber Ramsay ist überzeugt, der Fall sei gelöst.«

»Alibis?«

»Fehlanzeige«, antwortete Diane, »Ramsay glaubt an ein Geständnis. Alles eine Frage der Zeit. Und was hast du?«

»Eine Personenabfrage. Charlie Quinn.« Fin hörte, wie Diane am anderen Ende der Leitung auf ihrem Schreibtisch wühlte.

»Quinn«, wiederholte sie, »Charlie mit ie oder y?«

»Eigentlich Charlotte«, erwiderte er, »und wenn du schon dabei bist, hätte ich gern noch gewusst, mit wem sie verheiratet ist oder war. Quinn ist wahrscheinlich ihr Mädchenname.«

Letzteres war eine vage Vermutung. Aber wer behielt schon freiwillig den Namen des Exmannes, wenn man froh war, den Typen los zu sein?

»Wird aber ne Weile dauern«, sagte Diane, »ich melde mich, sobald ich was habe.«

Fin überlegte, was er in der Zwischenzeit tun konnte. Viele Möglichkeiten hatte er nicht, war sein Aktionsradius doch auf den Empfangsbereich seines Handys beschränkt. Langsam ließ er den Wagen auf die Straße zurückrollen. Kramte mit der freien Hand den Whisky hervor. Normalerweise hielt er nichts von Alkohol am Steuer, aber die Versuchung war einfach zu groß. Eine Verkehrskontrolle musste er hier ganz sicher nicht fürchten.

Er warf einen Blick in den Rückspiegel. Hatte er da nicht einen Wagen gesehen? Im Schneckentempo kroch er um die nächste Biegung, aber die Straße hinter ihm war genauso leer wie vor ihm. Wenn man von den allgegenwärtigen Schafen absah. Fin trat auf die Bremse. Fehlte noch, dass er tatsächlich mit so einem Pulloverschwein zusammenstieß. Oder mit einem Kobold.

Er schraubte den Flachmann zu. Vielleicht besser nicht.

Er fuhr an der Brücke vorbei und schaukelte gemächlich zur Ostseite der Insel hinüber, als das Handy klingelte. So schnell hatte er nicht mit einem Ergebnis gerechnet.

Aber es war nicht Diane. Es war Lily.

»Hi Dad! Du, hör mal, ich will mit Gaylord zu dem Tanz-workshop am Sonntag. Das ist zwar ne Veranstaltung von der Schule, aber weils am Sonntag stattfindet, brauch ich die Erlaubnis der Eltern und dann brauch ich unbedingt Geld, weil –«

»Halt, halt, Hase, nicht so schnell!« Fin fuhr den Wagen an den Straßenrand. Gaylord? Hieß dieser kickende Bengel nicht Andy? Ein Linksaußen auf einem Tanzworkshop? Was wollte er da lernen – Dribbeldance? Und welche Eltern nannten ihren Sohn Gaylord? »Wer ist Gaylord?«

»Kennst du nicht.« Beruhigende Antwort. »Darf ich, Dad?«

»Erst will ich wissen, wer Gaylord ist.«

»Oh Dad, behandle mich nicht wie ein kleines Kind!«

»Solange du dich wie eins benimmst ... Was sagt deine Mutter dazu?«

Betretenes Schweigen am anderen Ende. Es war anzunehmen, dass Susan ihr Einverständnis nicht erteilt hatte.

»Lily? ...«

»Ja Dad?« Honigsüße Stimme.

»Gib mir mal Susan.«

»Die ist nicht da.«

»Und wo ist sie?«

»Bei Matthew.«

Matthew? Wer, zum Teufel, war Matthew? »Wer, zum Teufel, ist Matthew?«

»Irgend so 'n aufgeblasener Typ aus ihrer Firma.«

Fin musste niesen. Er konnte es nicht fassen. Kaum drehte er seiner Frau den Rücken zu, schon stieg sie mit einem anderen ins Bett. »Was heißt das, ›sie ist bei Matthew‹?«

»Woher soll ich das wissen? Irgendein Projekt, bei dem die beiden zusammenarbeiten.«

»Schläft sie bei ihm?«

Es war nicht fair Lily gegenüber. Eigentlich wollte er seine Tochter nicht zur Petze machen. Aber das war ihm jetzt egal.

»Neiiiin …«, sie klang fast ein wenig empört, »sie hat nur gesagt, dass es heute Abend spät werden kann, und in dem Tanzworkshop, da ist nur noch ein einziger Platz frei, und ich muss heut Nachmittag Bescheid geben und –«

»Du hast deine Mutter doch sicher schon gefragt, oder?«

Fin hörte förmlich, wie Lily an ihrer Antwort feilte.

»Was hat sie gesagt?«

»Sie kann Gaylord nicht leiden.«

Fin kannte Gaylord nicht, aber er konnte sich einfach nicht vorstellen, dass er jemanden mögen würde, der Gaylord hieß. Auch wenn er wusste, dass er diesem armen Jungen jetzt wahrscheinlich bitter Unrecht tat. War er nicht selber mit einem unmöglichen Namen gesegnet? »Sie wird ihre Gründe haben, Lily.«

»Oh Dad, das ist so ungerecht! Alle gehen hin!«

»Lily, Schatz, selbst wenn ich wollte – wie stellst du dir das vor? Ich bin hier oben in Donegal – wie soll ich von hier aus mein Einverst– … Lily? … Lily!«

Fin starrte ratlos aufs Display. Er hatte Kopfschmerzen.

Susan. Dieses Miststück.

Er war versucht, Lily zurückzurufen und ihr die Erlaubnis zu ihrem Workshop zu erteilen – allein um Susan eins auszuwischen.

Er zog den Whisky aus seiner Jackentasche. Nahm einen langen Zug. Warf sicherheitshalber noch eine von den Grippetabletten nach. Halfen sicher auch bei Kopfschmerzen.

Matthew. Eine billige Retourkutsche von Susan. Nur weil er

sich mal einen Fehltritt geleistet hatte, glaubte Susan nun, es ihm mit gleicher Münze zurückzahlen zu müssen.

Er nahm noch einen Schluck.

Sie waren immer noch verheiratet. Sie hatte einfach nicht das Recht dazu.

Er ließ den Whisky wieder in der Jacke verschwinden.

Machte noch nicht mal ein Geheimnis draus. Sogar Lily wusste Bescheid. Wahrscheinlich knutschten sie in aller Öffentlichkeit.

Er gab Gas, der Wagen machte einen Satz auf die Straße.

Okay, er hatte sie auch nicht um Erlaubnis gefragt, als er damals mit Claire ... Aber bei ihm war das was anderes. Er war eben so. Aber doch nicht Susan.

Das Handy riss ihn aus seinen Gedanken.

Diane. »Sag mal, Finbar, bist du sicher, dass der Name stimmt?«

»Wieso?«

»Ich habe nur zwei Personen gefunden mit dem Namen Charlotte Quinn. Eine lebt in Cavan, ist zweiundachtzig und wohnt in einem Pflegeheim. Die andere kommt aus Patrickswell bei Limerick und ist dieses Jahr eingeschult worden ... Brauchst du für eine von beiden einen Haftbefehl?«

»Bist du sicher?«

Die Verbindung wurde schlechter. »Ich nicht, aber mein Computer.«

Der Wagen rollte im Schritttempo über die Straße und ließ dabei kein Schlagloch aus. Fin merkte es gar nicht.

»Hilft dir das irgendwie weiter?«

Das tat es durchaus. Es bestärkte ihn in der Überzeugung, dass ihn hier jemand zum Narren hielt.

Jemand?

Ein ganzes verdammtes Dorf!

»Charlotte Quinn war übrigens nie verheiratet. Die aus Cavan, meine ich«, hörte er wieder Dianes Stimme, »aber ich nehme an, das interessiert dich nicht wirklich.«

»Schon gut, Diane«, erwiderte Fin, »trotzdem danke. Ich weiß deine Hilfe zu schätzen.«

Die Verbindung brach ab. Fin beließ es dabei.

Es gab eine ganz natürlich Erklärung dafür. Dessen war er sich sicher. Die einfachste war: Der Computer hatte sich geirrt. Oder Diane.

Fin schaltete in den nächsten Gang. Folgte dem grauen Band der Straße irgendwohin, ohne nach rechts oder links zu schauen.

Er kannte Diane lange genug. Er wusste, sie irrte sich nie. Wenn er also die einfachste Erklärung übersprang, dann wurde es kompliziert.

Billy hatte ihn angelogen. Oder Charlotte. Wahrscheinlich beide.

Aber warum?

Er hupte eine Handvoll Schafe von der Straße, ohne dabei vom Gas zu gehen.

Oder ...

Verflucht, warum war er nicht gleich darauf gekommen?

Sie hatte ihr Aussehen verändert. Trug einen anderen Namen. Versteckte sich an einem gottverlassenen Ort am Ende der Welt. Niemand hier schien sie zu kennen.

Sie war in einem Zeugenschutzprogramm.

Es war ganz natürlich, dass sie sich ihm nicht offenbarte. Schließlich hatte er sich als Journalist ausgegeben. Warum sollte sie ausgerechnet ihm trauen und ihre Tarnung riskieren?

Er hatte das Handy noch im Schoß und drückte kurzerhand auf Wahlwiederholung. Aber die Leitung blieb stumm. Er hatte den Empfangsbereich verlassen.

Er wusste, es war kein Problem für Diane herauszufinden, in welche Geschichte Charlotte, oder wie immer sie auch hieß, verstrickt war, aber er bezweifelte, dass sie autorisiert war, es ihm zu verraten. Und es musste eine üble Geschichte sein, die eine solche Maßnahme rechtfertigte. Schlimmer als bloß ein prügelnder Ehemann.

Er musste es selber herausfinden.

Er hatte sich nach einem späten Frühstück verabschiedet. Sie hatte nicht gesagt, er könne mal wieder vorbeischauen. Sie hatte es aber auch nicht ausdrücklich verboten.

Entschlossen gab er Gas. Fegte um die Kurven, dass Grasbrocken und Steinchen über die Straße spritzten.

Vielleicht würde sie ihm die Wahrheit sagen, wenn er sich als Polizist zu erkennen gab. Nein, keine gute Idee. Nicht solange er nicht wusste, welche Rolle die Keanes in diesem Stück spielten. Oder Billy »Blue Boy« MacGann.

Oder die IRA.

Fins Fuß löste sich kaum merklich vom Gaspedal.

Nichts überstürzen.

Wieder ein Blick in den Rückspiegel. War das schon Verfolgungswahn?

Nein, er war allein auf der Landstraße.

Ganz allein. Auf sich gestellt.

# 15. Tirfotoin

Er würde es ihr auf den Kopf zusagen. Ihr ins Gesicht sagen, dass sie log.

Er schaffte es, die Nordspitze der Halbinsel zu erreichen, ohne ein einziges Mal falsch abzubiegen.

Keine Ausflüchte gelten lassen.

Er fuhr an den steinernen Mönchen vorbei, würdigte sie keines Blickes.

Er würde sich nicht eher zufrieden geben, bis er wusste, was Charlotte mit den Keanes zu schaffen hatte. Oder mit Billy MacGann.

Der Leuchtturm kam in Sicht. Auf der Zufahrt zum Damm war ein Wagen abgestellt. Ein schwarzer Geländewagen. Ein Nummernschild aus Galway.

Fin bremste abrupt, ließ sein Auto langsam ausrollen und blieb mitten auf der Straße stehen. In sicherer Entfernung. Was immer er dafür hielt.

Er schniefte.

Und jetzt?

Er putzte sich gründlich die Nase. Die Kopfschmerzen nahmen zu.

Weit und breit war keine Menschenseele zu sehen, die Anspruch auf den schwarzen Wagen erheben konnte. Kein Spaziergänger. Kein Angler. Nein, er brauchte sich nichts vorzumachen. Charlotte Quinn hatte Besuch.

Das Wasser stand hoch, Wellen schwappten auf den Damm

und hinterließen kleine Seen auf dem grobgemauerten Granit. Fin wagte nicht zu beurteilen, ob das nun die hereinkommende Flut war oder ob das Wasser gerade ablief. Aber je länger er die Wellen beobachtete, desto mehr kam er zu der Überzeugung, dass ihm nicht viel Zeit blieb. Wenn er jetzt hinüberging, würde er auf der Insel festsitzen. Zusammen mit Charlotte. Und dem Fahrer des schwarzen Geländewagens.

Er zögerte. Kaute unschlüssig auf seiner Unterlippe. Der Motor schnurrte im Leerlauf. War er bereit, diese Begegnung zu riskieren? Jack Keane gegenüberzutreten? Möglicherweise die Auferstehung Thomas Keanes von den Toten zu erleben?

Wenn er diese Gelegenheit jetzt nicht beim Schopf packte, würde sie sich wahrscheinlich nie wieder bieten.

Entschlossen wendete er den Wagen und fuhr zurück. Etwa einen halben Kilometer. Stellte den Wagen auf den kleinen Parkplatz bei den steinernen Mönchen und lief den Weg zurück.

Er kam gerade rechtzeitig, um eine Gestalt über die Insel wandern zu sehen. Die Sonne stand bereits tief, Novembertage sind kurz. Es war nur eine Silhouette, aber das leuchtend rote Haar verriet sie. Wahrscheinlich holte sie ihr Pferd. Nein, sie ging in die entgegengesetzte Richtung. Und war plötzlich verschwunden.

Fins Augen suchten die Inselkuppe ab. Irgendwo musste sie wieder auftauchen. Er hatte geglaubt, von seinem Standort jeden Winkel der Insel einsehen zu können. Aber er hatte sich geirrt.

Er konnte nicht länger warten und rannte los. Wich den Wellen aus und schaffte es halbwegs trockenen Fußes über den Damm. Jetzt gab es kein Zurück mehr.

Vorsichtig pirschte er den Hügel hinauf, ständig auf der Hut, auf jede noch so kleine Bewegung in seinem Blickfeld gefasst. Instinktiv lief er mit geduckter Körperhaltung, was eigentlich ziemlich albern war, da es weit und breit keine Deckung gab, nur Gras. Für jeden noch so unbedarften Beobachter gab er eine äußerst verdächtige Figur ab. Er riss sich zusammen. Schließlich hatte er nichts zu verbergen, oder?

Er versuchte, aus dem allgegenwärtigen Rauschen aus Meer und Wind einzelne Geräusche herauszufiltern, aber außer dem langgezogenen Schreien einer Möwe fiel ihm nichts auf.

Doch da – Schritte. Schwere Schritte. Direkt hinter ihm.

Er fuhr herum.

Das weiße Pferd trottete auf ihn zu, die Ohren neugierig nach vorne gerichtet. Je näher es kam, desto riesiger erschien es. Kein edles Ross, ein großes grobknochiges Tier, die Mähne struppig, das Fell zottig gegen die Winterkälte.

Fin war das alles andere als geheuer. Mit aufkommender Übelkeit erinnerte er sich an die nächtliche Begegnung mit dem weißen Riesen. Abwehrend fuchtelte er mit den Händen, als könne er das Pferd verscheuchen wie eine lästige Fliege.

Der Schimmel blieb tatsächlich stehen. Wandte den Kopf und beäugte ihn skeptisch, als müsse er diesen sonderbaren Zweibeiner genauer unter die Lupe nehmen. Die Ohren zuckten hin und her, er schüttelte unwillig den Kopf und schnaubte einmal kräftig, als müsse er einen unangenehmen Geruch loswerden. Fin bewegte sich langsam rückwärts, behielt den vermeintlichen Feind im Auge. Aber der Schimmel verlor rasch das Interesse, blähte nur einmal kurz die Nüstern und widmete sich wieder seiner Lieblingsbeschäftigung, dem Grasen.

Es war eine Treppe. Unscheinbar. Etwas, das niemand gefunden hätte, der nicht danach suchte. Eigentlich waren es nur ein paar schiefe Stufen, wohl vor Jahrzehnten provisorisch in die Felswand geschlagen, die zum Wasser hinunter führten. Schmale, steile, hohe Stufen.

Fin wurde schwindelig. Er kniff kurz die Augen zusammen, aber es wurde nicht besser. Etwa dreißig Meter weiter unten klatschten die Wellen schäumend gegen den schwarzen Felsen. Vielleicht war es keine so gute Idee gewesen, die Grippetabletten mit Whisky hinunterzuspülen. Vorsichtig tat er einen ersten Schritt. Hielt sich an knorrigem Kraut fest, das sich ebenso entschlossen an den Stein klammerte wie er sich an seine Wurzeln. Trotzte dem Wind. Schritt für Schritt, Stufe für Stufe tastete er sich voran.

Am Fuß der Treppe angekommen hielt er sich dicht an die Felswand, um nicht nass zu werden, aber es nützte wenig. Immer wieder schlugen Wellen hoch, Gischt spritzte auf und regnete auf ihn nieder. Er schmeckte Salzwasser auf seinen Lippen. Zum ersten Mal war er froh um seine wasserdichte Jacke.

Die Uferbefestigung aus Mauersteinen war alt, erbaut zur selben Zeit wie der Leuchtturm. Zwischenzeitlich mit Beton geflickt, der seinerseits unter den Jahren und den Gezeiten gelitten hatte. Algengrüne Pfützen füllten die Unebenheiten und machten den Untergrund glitschig.

Fin schauderte, als er die nächste kalte Dusche abbekam.

Ein paar Schritte weiter klaffte ein schwarzes Loch im Felsen, gerade groß genug, um einen erwachsenen Menschen durchzulassen. Es war eine natürliche Öffnung, möglicherweise der Eingang zu einer Höhle. Fin spähte hinein, fragte sich, wie weit sie wohl in den Fels hineinreichte, ob sie groß genug war, um sich darin zu verstecken. Er verspürte einen kalten Luftzug, untrügliches Zeichen dafür, dass die Höhle irgendwo wenigstens noch einen weiteren Zugang hatte.

Doch nirgends eine Spur von Charlotte. Vielleicht war sie doch eine Meerjungfrau.

Fin hielt inne. Ein Geräusch, alles andere als natürlichen Ursprungs, tauchte zwischen den rauschenden Wellenbergen auf. Das Tuckern eines Dieselmotors.

Er spähte in die Richtung, aus der er das Geräusch vermutete, aber die Klippen versperrten ihm die Sicht. Er beeilte sich, balancierte über die glatten Steine und erreichte den Felsvorsprung in dem Augenblick, als sich ein kleines Boot mit Außenbordmotor schaukelnd durch die Brandung schob und sich mühsam in ruhigere Gewässer vorankämpfte. Zwei Personen waren an Bord, keine von beiden rothaarig. Zwei Männer, aber sicher war sich Fin nicht, sie waren schon zu weit weg. Das Boot nahm Kurs nach Norden und verschwand im Schatten der Insel.

Er entdeckte einen Anleger, eine marode Helling, von der aus in früheren Zeiten wahrscheinlich Rettungsboote zu Wasser gelassen wurden. Armdicke Taue hingen achtlos ins Wasser, von grasgrünem Tang überwuchert. Ein Klumpen nasser Netze lag in einer Ecke neben allerlei rostigen Gerätschaften und verbeulten Benzinkanistern. Mitten in dem kleinen natürlichen Hafenbecken tanzte nutzlos eine ausgediente Boje, das verblasste Orange mit Möwenscheiße überkrustet.

Auch hier keine Spur von Charlotte. Aber Fin war sich sicher, dass sie irgendwo hier unten sein musste.

Hinter dem Anleger öffnete sich eine weitere Höhle in der Felswand, der Zugang größer als bei der ersten. Fin vermutete, dass die Höhlen untereinander verbunden waren wie ein Kaninchenbau. Ein Labyrinth aus Gängen und Fluchtwegen, seit Jahrhunderten der perfekte Unterschlupf für Schmuggler.

Nasse, schmierige Stufen führten von der Helling in die Höhle hinunter. Fin zögerte. Er verspürte wenig Lust, das dunkle Loch zu erkunden. Was sollte er dort finden? Ganz sicher war es kein Ort, wo man einen Van Gogh lagerte.

Vorsichtig stieg er die Stufen hinunter. Die durchnässten Jeans klebten an seinen Beinen. Er konnte kaum fünf Meter weit sehen. Es war nahezu unmöglich abzuschätzen, wie tief die Höhle reichte. Im schwächer werdenden Tageslicht glänzten feuchte Felswände. Am Ende der Stufen tastete er sich über den unebenen Boden. Er fühlte weichen Sand unter seinen

Schuhen. Muscheln und Kiesel knirschten. Irgendwo rauschte das Meer herein, irrte auf der Suche nach einem Ausweg in der Finsternis umher und schwappte wieder nach draußen. Wasser tropfte von der Decke herab.

Fin blieb stehen und schüttelte sich. Von allen Seiten schien es auf ihn einzustürmen. Das Gurgeln der Wellen. Das Heulen des Windes. Und ein anderes Geräusch. Ein leiser Singsang, der ihm aus der Tiefe der Höhle entgegenwehte.

Er blinzelte. Aber da war nichts. Nur nachtschwarze Finsternis.

Und doch …

Das Geräusch wurde lauter. Ein wehmütiger Gesang, der von den kahlen Wänden widerhallte. Ein vielstimmiger Chor von Sirenen auf der Suche nach einem Seemann, den sie in die Tiefe locken konnten …

Eine Welle spülte über seine Füße. Er sprang zurück. Das Wasser war eisig. Er fuhr herum. Wollte nur noch raus hier. Verwirrt spähte er in die Dunkelheit, die ihn umgab.

Wo war der Ausgang? Von wo war er gekommen?

Er drehte sich um die eigene Achse.

Er war völlig blind.

Hilflos.

Er zitterte.

Er war hier reingekommen, zum Teufel, also kam er auch wieder raus!

Er tat einen Schritt und landete im Wasser. Um ihn herum brauste das Meer, klatschten Wellen gegen Steine, saugten Strudel den Sand unter seinen Füßen weg. Und dazwischen diese geheimnisvolle Stimme. Als ob jemand nach ihm rief …

»Finbaaaaaar …«

Er geriet in Panik. Er wollte raus hier!

»Finbaaaaaar …«

Die langgezogene Stimme seiner Mutter. Die vorwurfsvolle Stimme von Susan. Irgendeine rätselhafte Stimme.

»Finbaaaaaar …«

Plötzlich spürte er, wie ihn jemand am Arm packte.

»Finbar! Was machst du hier?« Er erkannte Charlottes Stimme. Irgendwo neben sich in der Dunkelheit.

Er wollte sie abschütteln, aber ihr Griff war eisern. Ihr Zerren unerbittlich. Erbarmungslos wie eine Meerjungfrau, die ihr Opfer gefunden hatte und um keinen Preis loslassen wollte. Die ihn unweigerlich in die Tiefe ziehen würde. Widerstand zwecklos.

»Das ist gefährlich!« Sie musste gegen das Rauschen der Wellen anbrüllen. »Die Flut kommt! Lass uns von hier verschwinden!«

Er gab nach. Und sie zog ihn mit sich. Völlig benommen tappte er hinter ihr drein.

Draußen vor der Höhle hatte sich die Dämmerung breitgemacht. Die Sonne war hinterm Horizont verschwunden, vom Meer her trieben dünne Nebelschwaden in die Bucht.

»Was hast du hier unten gewollt?«, fragte sie ehrlich erstaunt. Sie trug den langen schwarzen Regenmantel, den er schon ein paar Mal an ihr gesehen hatte, darunter einen dunklen Troyer und Jeans. Und Gummistiefel. »Ich dachte, du wärst längst wieder im Dorf.«

Fin antwortete nicht. Er konnte nicht. Er wollte nicht, dass sie merkte, wie seine Zähne klapperten. Außerdem – was hätte er ihr sagen sollen? Dass er ihr nachspionierte? Er hatte selber genug Fragen, die er gern von ihr beantwortet hätte. Was sie hier unten getrieben hatte. Wer die zwei Typen auf dem Boot waren. Und vor allem – woher sie seinen Namen wusste.

»Du kannst dir gar nicht vorstellen, wie schnell so ne Höhle mit Wasser vollläuft.«

Doch. Konnte er. Spätestens seit eben.

»Ich … ich dachte, ich hätte da … ähm, Seehunde gesehen.«
Das Boot erwähnte er besser nicht.

»Seehunde? In der Höhle?« Sie schüttelte nur verständnislos
den Kopf und wandte sich zum Gehen.

Er nieste und folgte ihr. Der Kopfschmerz hämmerte gegen
seinen Schädel. Er fuhr sich über seine nasse Stirn. Kein Meerwasser. Kalter Schweiß.

»Kommt aus der Großstadt und glaubt, er weiß Bescheid«,
murmelte sie vor sich hin. Gerade laut genug, dass Fin es hören
konnte.

Sie stieg vor ihm die Treppenstufen hinauf. Wieder bemerkte
Fin, dass sie das rechte Bein kaum merklich nachzog. Er sah
eine Chance für einen Themenwechsel. »Warum hinkst du eigentlich?« Nicht eben höflich, dafür direkt.

Es dauerte bis zum Ende der Treppe, ehe er eine Antwort
bekam.

»Alte Geschichte.«

»Ah ja?« Sie kannte offenbar viele alte Geschichten.

Er lief hinter ihr her über die Wiese. Die dunkle Laterne des
Leuchtturms war nach wie vor ein irritierender Anblick.

»Motorradunfall. Vor fünf Jahren.«

Er hielt sie für eine schlechte Lügnerin. Wahrscheinlich hatte ihr Ex sie verprügelt. Oder schlimmeres mit ihr angestellt.
Er beobachtete sie, wie sie in ihren Gummistiefeln durch das
hohe Gras stakte. Fragte sich, ob sie immer bei der gleichen
Version blieb.

»Hör mal, Charlotte … Charlie.«

»Ja?« Sie sah ihn nicht an.

»Wenn du Hilfe brauchst …«

»Hilfe?« Sie blieb so abrupt stehen, dass Fin beinahe in sie
hineingelaufen wäre. Sie drehte sich um und tippte sich an die
Brust. »Ich?«, schnappte sie und musterte seine derangierte
Erscheinung von oben bis unten. »Wenn hier einer von uns

beiden Hilfe braucht …« Den Rest des Satzes nahm sie mit die Treppe hinauf ins Haus.

Fin knirschte mit den Zähnen und schlich hinterdrein.

Die Katze maunzte eine Begrüßung. Heftete sich an seine Fersen, als er sich mit bleischweren Beinen die Treppe im Leuchtturm hinaufschleppte und im Flur stehenblieb.

»Sieh zu, dass du die nassen Klamotten vom Leib kriegst!«

Er hörte sie in der Küche hantieren. Torfbriketts plumpsten in den Ofen, ein Blechkessel knallte auf die Herdplatte.

Fin lauschte auf andere Geräusche. Auf weitere Besucher. Auf jemanden, der gerade nach dem Schlüssel zu einem schwarzen Geländewagen griff, um sich davonzumachen. Doch ihre Unbefangenheit schien nicht gespielt. Sie waren allein im Haus.

Er schnüffelte. Ein schwacher Nikotingeruch zog durch die Räume. Oder bildete er sich das nur ein?

»Du stehst ja immer noch rum!«

Sie scheuchte ihn ins Schlafzimmer. Riss ihm im Gehen die Jacke herunter und warf sie an die Garderobe, die sie knapp verfehlte. Sie half ihm mit Schuhen und Hose, beides landete klatschnass in einer Ecke. Er knöpfte sein Hemd auf, es ging ihr nicht schnell genug. Unter anderen Umständen hätte er dieser Situation durchaus etwas Reizvolles abgewinnen können, aber hier und jetzt war es ihm beinahe peinlich. Er schwankte und musste sich auf die Bettkante setzen.

»Dich hats ganz schön erwischt.« Ihre Hand legte sich auf seine Stirn. Kalt wie ein Eisbeutel. Kalt wie ein Fisch. »Du hast Fieber.«

»Quatsch!«, schniefte er.

Der Wasserkessel meldete sich. Sie verschwand in der Küche.

Fin sank in sich zusammen, hielt den Kopf mühsam auf beide Hände gestützt und rang nach Atem. Ihm wurde abwechselnd heiß und kalt. Vielleicht hatte sie ja nicht ganz unrecht …

Charlotte kam zurück, in einer Hand eine dampfende Tasse, aus der ein Teebeutelfähnchen wehte, in der anderen ein Glas Wasser, einen Tablettenstreifen zwischen die Finger geklemmt. Sie stellte die Teetasse auf eine Kommode und drückte ihm Glas und Tablette in die Hand.

Es gelang ihm, den Kopf zu heben und sie fragend anzuschauen. »Was ist das?«

»Gegen Erkältung. Fieber.«

Er betrachtete misstrauisch die Tablette, die groß wie eine 20-Cent-Münze in seiner Handfläche lag. »Für ein Pferd?«

»Du kannst es auch bleiben lassen.«

Das beantwortete nicht seine Frage. Aber egal, er überwand sich und würgte das Ding runter.

Sie kam mit einem Handtuch aus dem Bad und begann, seine Haare zu trocknen. Das sanfte Rubbeln war angenehm, obwohl ihm noch immer der Schädel dröhnte. Die Augenlider fielen ihm zu. Ihm wurde schwindelig. Er musste sich an ihr festhalten. Legte seine Arme um ihre Taille.

Seine Meerjungfrau. Er musste aufpassen, dass sie ihm nicht entglitt …

Seine Gedanken schlugen Purzelbäume. Hatte er sie nicht etwas fragen wollen?

Neugierige Finger gingen auf Wanderschaft. Schoben den dicken Strickpullover hoch, schlüpften unter ihr T-Shirt. Eigentlich wollte er das gar nicht, aber seine Hände führten plötzlich ein Eigenleben. Er lehnte seine Wange an ihren nackten Bauch, spürte wie seine Bartstoppeln über ihre weiche Haut kratzten. Es fühlte sich gut an. Er seufzte in ihren Bauchnabel. So ließ es sich eine Weile aushalten. Vielleicht lag es an der Tablette, die sie ihm gegeben hatte, aber er merkte, wie die Spannung allmählich von ihm abfiel.

Nein, das stimmte nicht ganz.

Sie verlagerte sich nur in tiefere Körperregionen. Ein wunderte sich, dass sich in seinem Zustand da unten überhaupt etwas regte.

Seine Finger wurden übermütig. Öffneten einen Jeansknopf. Zogen in Zeitlupe einen Reißverschluss herunter. Begannen ganz langsam, die Hose über ihren Hintern zu ziehen.

Sie hörte auf, ihn mit ihrem Handtuch abzurubbeln. Er sah, wie ihre Hand zum Lichtschalter strebte. Er griff danach, hielt sie fest.

»Lass an. Bitte.«

»Nein.« Sie machte sich los.

»Warum?«

Sie antwortete nicht. Sah über ihn hinweg. Fixierte irgendeinen Punkt an der Wand hinter ihm.

»Warum willst du kein Licht?« Seine Stimme war heiser.

»Dein Körper ist wunderbar. Glaub mir.« Er meinte es ernst, auch wenn er in solch einer Situation schon eine Menge Mist gefaselt hatte.

Der Schalter klickte. Das Zimmer verschwand im Halbdunkel. Nur ein schwacher Lichtschein aus der Küche schimmerte über den Flur.

Warum war sie bloß so verdammt stur? Warum die Nummer mit dem Licht? Fand sie sich am Ende etwa hässlich? Er wusste, dass Frauen permanent an ihrer Figur rummäkelten, besonders wenn sie nackt vor einem Spiegel, wahlweise vor einem Mann standen. Nach Fins Ansicht wurde ein vollkommener Körper völlig überbewertet. Ein vollkommener Körper war gleichbedeutend mit Reinheit und Makellosigkeit. Aber welcher Kerl wollte in einer Situation wie dieser eine Heilige im Bett?

Was also sollte dieses Versteckspiel?

Der Typ hatte sie verprügelt. Das musste es sein. Sie hatte Narben, die er nicht sehen sollte.

»Hat er dich verprügelt?«

»Wer?«

»Dein Ex.«

Kurzes Schweigen. »Wie kommst du darauf?«

»Nur so.«

»Blödsinn.«

Das letzte Kleidungsstück landete auf dem Boden. Er zog sie näher zu sich. Half ihr in seinen Schoß. Ihre Arme legten sich um seinen Hals. Ihr warmer Atem kitzelte in seinem Nacken. Seine Kopfschmerzen schienen wie weggeblasen. Begierig strichen seine Fingerspitzen über ihre Brüste, folgten dem sanften Schwung ihrer nicht ganz perfekten Rundungen, zeichneten die Konturen ihrer harten Brustwarzen nach.

»Hast du Angst, dass dein Busen zu klein sein könnte?«

Sie grummelte etwas Unverständliches in sein Ohr.

»Mich stört es nicht. Ehrlich.« Er hielt inne. »Könntest du dir so was vorstellen? Den Busen vergrößern lassen, meine ich.«

»Klar doch.« Ihre Stimme war kaum mehr als ein Flüstern. »Wenn du dir im Gegenzug dein Hirn vergrößern lässt ...«

Sein Finger verschwand in ihrer Spalte.

Sie quietschte leise. Bäumte sich auf, wollte ihm entkommen und kam ihm doch entgegen. Er drückte sich tiefer in sie hinein, seine Hand wurde nass. Ihre Beine öffneten sich weit. Wollten ihn in sich hineinsaugen. Boten ihm das Allerheiligste dar. Und Fin ließ sich nicht lange bitten. Zog ihren Hintern heran und tauchte in sie ein. Sie schmiegte sich an ihn. Schlang ihre Beine um seine Hüften. Die Arme um seinen Hals. Bis sie ihn mit ihrem ganzen Körper gefangenhielt.

Sie verharrten einen Augenblick. Fin lauschte dem Takt ihres Herzschlags und wartete auf seinen Einsatz. Begann ganz behutsam, in sie hinaufzustoßen. Erst langsam, dann schneller. Fester. Höher. Sie schnaufte hingebungsvoll in sein Ohr.

Das Bett gab ein leises Knarren von sich, als sie ihn plötzlich nach hinten drückte. Sie hockte rittlings auf ihm, nagelte ihn regelrecht auf die Matratze. Für einen Moment geriet er aus dem Tritt. Der dumpfe Kopfschmerz griff wieder nach seinem Schädel und ließ Sternchen vor seinen Augen tanzen. Er lag nicht gerne unten, aber er kam nicht gegen sie an. Ein Rauschen betäubte seine Ohren. Eine Welle spülte durch seinen Körper und wollte ihn fortreißen.

Aber er wehrte sich.

Er zog sie zu sich herab. Drückte seine Lippen auf ihre. Ihr Kuss schmeckte nach Salzwasser. Seine Finger wühlten in ihren Haaren. Er versuchte sich im Dunkel ihr Gesicht vorzustellen. Ihre grünen Augen, die vor Verlangen leuchteten. Ihre Nasenflügel, die mit jedem Atemzug vibrierten. Die vollen Lippen, die seine liebkosten.

Er spürte, wie ihr Widerstand nachließ. Mit einer ungestümen Bewegung riss er ihren Körper an sich, hielt ihn fest und rollte sie auf den Rücken. Er verlor sie. Ein kurzes Stöhnen entfuhr ihren Lippen. Sie wehrte ihn ab, als er sich wieder herantastete, aber nur halbherzig. Er war stärker. Sie ergab sich, öffnete sich und ließ ihn herein.

Das Hämmern in seinem Schädel ebbte ab mit jedem Stoß, den er ihr versetzte. Ihre Muskeln stemmten sich gegen sein Gewicht. Ihr Atem verkümmerte zu einem kehligen Stöhnen. Sie rammte ihren Kopf ins Kissen.

Die Welle schwappte wieder hoch. Eine warme, dunkelgrüne Welle. Dieses Mal würde er ihr nicht entkommen. Trotzdem begehrte er auf, stellte sich ihr, kämpfte gegen sie an. Vergebens. Das Wasser schlug über ihm zusammen, wirbelte ihn herum und trug ihn kopfüber davon. Er schnappte nach Luft wie ein Ertrinkender. Aber er schluckte nur Wasser. Salziges Wasser.

Er erinnerte sich nur noch, wie er erschöpft zwischen verschwitzte Laken sank und dachte, dass Ertrinken eigentlich gar nicht so schlimm war.

Einmal, mitten in der Nacht, wachte er auf. Sein ganzer Körper war wie gelähmt, unfähig zur kleinsten Bewegung. Sein Kopf glühte. Mühsam öffnete er die Augenlider einen Spalt. Irgendwo im Nirwana zwischen Wachen und Traum sah er Charlotte, die leise das Bett verließ und ins Badezimmer schwebte. Sie hatte recht gehabt, er hatte Fieber.

Er hörte Wasser rauschen. Seine Meerjungfrau ließ sich ein Bad ein. Dann und wann brauchte sie das, um ihre Flossen und Schuppen zu pflegen ...

Ja, er hatte wirklich Fieber.

Er schlief wieder ein. Tauchte ein in diesen wunderbaren Traum vom Ertrinken. Er trieb schwerelos durch dieses bodenlose Nichts, dieses grünschimmernde Meer. Aber er war nicht tot. Im Gegenteil, er nahm jede Einzelheit um sich herum wahr. Fische, die ihn umkreisten. Seegras, das an ihm vorüberdriftete und ihm mit langen Armen fast zärtlich übers Gesicht strich. Er betrachtete von unten die Wasseroberfläche, auf der die Sonnenstrahlen reflektierten. Beobachtete die verspielten Meerjungfrauen. Und wollte nie wieder auftauchen.

# 16. Papaver somniferum

Morgengrauen.

Nie zuvor war Fin ein treffenderes Wort in den Sinn gekommen. Es beschrieb beinahe poetisch seinen geistigen wie körperlichen Zustand, als er in der Frühe aufwachte.

Durchgekaut und ausgespuckt – das klang weit weniger poetisch, kam der Realität aber weitaus näher.

Das Zimmer war düster. Ein verschwommener Blick auf seine Armbanduhr wollte ihm weismachen, dass es kurz vor halb acht war. Er ächzte und drehte sich langsam auf den Rücken. Sein ganzer Körper tat ihm weh. Er fühlte sich wie ein Marathonläufer, der die Strecke aus Versehen zweimal gelaufen war.

Er spürte etwas Warmes neben sich im Bett. Charlotte. Ihr Atem war ruhig und gleichmäßig. Sie schien tief und fest zu schlafen. In ihrem Hemd mit den langen Ärmeln.

Vorsichtig rollte er sich zur Seite und setzte sich auf, ohne sie zu wecken. Er angelte nach seiner Unterhose, schlüpfte in sein T-Shirt und wankte ins Badezimmer. Erst mal aufs Klo.

Er versuchte ein Niesen zu unterdrücken, und scheiterte kläglich. Rupfte ein paar Blatt Toilettenpapier ab und putzte sich die Nase. Etwas müffelte hier. Er verzog das Gesicht. Sein T-Shirt, das er seit fast drei Tagen auf dem Leib trug. Er brauchte dringend eine Dusche. Und frische Klamotten.

Sein Spiegelbild, das ihn über das Waschbecken hinweg anstarrte, ließ ihn schaudern. Die Haare standen wirr in alle Himmelsrichtungen. Zwei Tage alte Bartstoppeln, bei genauem Hinsehen schon mehr graue als braune. Die Augen blutunterlaufen und fiebrig. Todesmutig zwängte er den Kopf unter den Wasserhahn und drehte das kalte Wasser auf, aber das Ergebnis ließ noch immer zu wünschen übrig. Er griff sich das nächstbeste Handtuch und trocknete sich ab.

Sein Verstand rebellierte. Sie war überhaupt nicht sein Typ. Und trotzdem war es schon wieder passiert. Hatten ein paar Funken genügt, um ihn wieder in Flammen aufgehen zu lassen.

Was war verdammt nochmal so besonders an ihr?

Sie war keine mysteriöse Meerjungfrau, auch wenn ihm seine Phantasie dies nur zu gerne vorgaukeln wollte. Ihr Geheimnis hatte seinen Ursprung nicht in irgendeiner Märchenwelt, sondern ganz irdisch im Hier und Jetzt. Und wenn er nicht aufpasste, kam er noch in Teufels Küche. Wenn er da nicht längst schon war.

Sie war das komplette Gegenteil von Susan. Für eine Sekunde war er sogar bereit zu glauben, es sei ein purer Racheakt seiner Frau gegenüber, dass er mit dem nächstbesten weiblichen Wesen in die Kiste stieg, das ihm über den Weg lief. Aber eine Frau, die jemanden in ihr Bett ließ, der so aussah wie er in diesem Augenblick – da gehörte einiges dazu …

Etwas knisterte unter seinen nackten Zehen.

Er hob ein Stück Plastikfolie auf. Eine durchsichtige, aufgerissene Cellophanhülle.

Seine Finger zitterten. Mit einem Schlag war er hellwach. Er kannte diese Verpackung, er wusste nur zu gut, was üblicherweise in solche Plastikfolien eingeschweißt war.

Verärgert zerknüllte er die Folie, vergrub sie in seiner Faust. Und schaute sich um.

Irgendwo musste das verdammte Ding sein!

Er durchsuchte jeden Winkel im Bad, wühlte zwischen Handtüchern und schmutziger Wäsche, warf sogar einen prüfenden Blick in die Waschmaschine. Aber vergebens. Vielleicht hatte sie es durchs Klo gespült, aber das würde er wohl jetzt nicht mehr feststellen können.

Leise schlich er zurück ins Schlafzimmer. Charlottes Körper zeichnete sich unverändert unter der Bettdecke ab, ihre entspannten Atemzüge verrieten, dass sie noch immer schlief. Mit geübtem Polizistenauge scannte er den ganzen Raum nach möglichen und unmöglichen Verstecken ab, aber irgendwie konnte er sich nicht vorstellen, dass sie etwas so Kompromittierendes direkt unter seinen Augen liegen ließ.

Barfuß tappte er in den Flur, darauf bedacht, nicht allzu viele Dielen knarren zu lassen. Die Küche war seine nächste Option. Zielstrebig steuerte er den Mülleimer an. Fast hoffte er noch, sich zu irren, als er auch schon fündig wurde.

Da lag sie vor ihm. Zwischen nassen Teebeuteln und Eierschalen.

Eine Einwegspritze.

Eingetrocknete Blutspuren an der Nadelspitze.

Sein Herz klopfte schneller. Er schloss die Augen und atmete einmal tief durch. Er kannte sich mit Junkies aus, aber eigentlich machte sie nicht den Eindruck, als ob sie an der Nadel hing. Aber er wusste auch, dass manche Menschen sich geschickt verstellen konnten. Je nachdem was für ein Zeug sie sich in die Venen jagten, blieb ihre Sucht jahrelang unbemerkt. Fin überlegte, wen er im Drogendezernat kannte, der ihm weiterhelfen konnte. Denn dass Charlotte Hilfe brauchte, war ihm sofort klar, Zeugenschutzprogramm hin oder her.

Aber vielleicht dramatisierte er die Sache auch nur unnötig. Vielleicht hatte die Spritze ja auch gar nichts zu bedeu–

Wie bitte? Er fand eine benutzte Einwegspritze im Müll und meinte, das sei nichts Besonderes?

Trottel!

Wie immer suchte er nach der einfachsten aller Erklärungen. Aber für Drogen gab es keine einfachen Erklärungen, auch wenn er sie noch so sehr herbeiwünschte. Sich etwas einreden, sich falsche Hoffnungen machen, den Weg des geringsten Widerstandes zu suchen, darin war er Meister.

Er musste der Realität ins Auge sehen. Und in dieser Realität spielten Gangster eine nicht unerhebliche Rolle. Zwei Unbekannte in einem Motorboot. Ein schwarzer Geländewagen. Die IRA. Rauschgift. Und am Ende vielleicht sogar ein Gemälde von Vincent Van Gogh.

Da war es wieder. Dieses Gefühl zu ertrinken. Die Wellen, die hochschlugen, um ihn fortzureißen. Aber es war nicht länger ein schöner Traum.

Mit spitzen Fingern pickte er die Spritze aus dem Müll und klappte den Deckel zu. Das Werkzeug hatte er gefunden, aber wo war der Stoff? Der Leuchtturm war groß, geradezu riesig, wenn man ein paar Gramm weißes Pulver verstecken wollte.

Er lauschte auf ein Lebenszeichen von Charlotte, aber alles war still bis auf den steten Wind, der ums Haus strich, an Schindeln rüttelte und Fenster und Türen knacken ließ.

Systematisch durchkämmte er die Küche, tastete die hintersten Winkel der Schränke ab, durchwühlte Lebensmittelpackungen, testete Mehl und Zucker. Als er ins Wohnzimmer kam, fiel sein erster Blick auf zwei benutzte Gläser mitten auf dem Tisch. Er wollte schon danach greifen, um aus eingetrockneten Resten Rückschlüsse auf den Inhalt zu ziehen, zog die Hand aber im letzten Moment zurück. Er würde die Gläser später mitgehen lassen; vielleicht gab es brauchbare Fingerabdrücke. Daneben ein Aschenbecher, Reste einer filterlosen Zigarette. Wahrscheinlich vom Fahrer des Geländewagens. Oder von einem der zwei Seeleute.

Der Raum war spärlich möbliert, es gab nicht viele potentielle Verstecke. Unter dem misstrauischen Blick der Katze, die ihren angestammten Platz auf dem Sofa besetzt hielt, durchstöberte er die Bücherregale, kehrte den Inhalt der Torfkiste von unten nach oben und suchte den Dielenboden nach möglichen Geheimfächern ab. Schließlich verscheuchte er die Katze, die vor so viel Aktionismus beleidigt das Weite suchte, und grub in allen Ritzen und Stofffalten der Polster, klopfte Kissen ab und schüttelte Decken auf. Aber auch hier fand er nichts.

Er ging zurück in den Flur und seufzte. Das Zeug konnte überall sein.

Er öffnete die nächstbeste Tür. Der Raum dahinter war duster. Fin drückte auf den Lichtschalter, aber es tat sich nichts. Es dauerte einen Moment, bis sich seine Augen ans Halbdunkel gewöhnt hatten.

Er stand im ehemaligen Dienstzimmer der Leuchtturmwärter. Zwei alte klobige Schreibtische, ein Stuhl mit nur einer Armlehne. An den Wänden offene, leergeräumte Regale. Eine ganze Reihe vergilbter Seekarten, im Dämmerlicht die unverkennbaren Umrisse von Day's Foreland. Durch ein riesiges Panoramafenster sah man aufs Meer hinaus. Viel eher hätte man aufs Meer hinaus gesehen, wenn nicht dunkelgrauer, zäher Morgennebel die Sicht beeinträchtigt hätte. Man hörte das Meer nur, das ewige Rauschen des Wassers, gedämpft durch die staubige Fensterscheibe. Alles war von Staub bedeckt. Die verrußte Petroleumlampe, die auf der Fensterbank stand, der vorsintflutliche Wecker auf einem der Schreibtische, der irgendwann einmal auf halb vier stehengeblieben war. Der offene Kamin, in dem noch ein letzter Rest Asche liegengeblieben war, erzählte von gemütlichen Männerabenden mit Whisky und Kartenspielen. Fin zog eine Schublade auf. Ein Terminkalender kam zum Vorschein. Von 1978. Unbenutzt.

Ein Geräusch ließ ihn aufhorchen. Ein seltsames Geräusch.

Er schloss die Schublade wieder.

Langsame Schritte auf dem Flur. Begleitet von einem eigenartigen Klacken.

»Was machst du da?«

Charlotte stand in der Tür. Einen Arm auf eine Krücke gestützt.

Fin ging auf sie zu. »Wo hast du's versteckt?« Er ignorierte die Krücke.

»Was?«

»Der Stoff. Wo ist das Zeug?«, erwiderte er gereizt.

Sie schüttelte verständnislos den Kopf. »Was für ein Zeug? Wovon redest du?«

»Davon!« Er hielt ihr die Spritze unter die Nase.

»Wo– woher hast du die? Wieso –«

»Hast geglaubt, ich merke es nicht, was? Hältst mich wohl für blöde?« Er redete sich in Rage. Er wollte sie nicht anschreien, trotzdem tat er es.

»Hör zu, das ist nicht –«

»– nicht das, wonach es aussieht?« Er packte ihren Arm. Die Krücke polterte zu Boden. Sie wehrte sich, als er ihr den Hemdsärmel nach oben schob. Die Einstichstelle in der Armbeuge war nicht zu übersehen. »Und das hier? Was ist das, he?«

»Du tust mir weh!« Sie riss sich los, wich zurück in den Flur.

Er folgte ihr. »Ein Junkie!«, brüllte er sie an. »Was spritzt du dir? Heroin?«

»Du spinnst ja!«

»Geiles Zeug, nicht wahr? Gibt dir den richtigen Kick, wenn du mit nem Kerl vögelst, oder?«

Er sah die Ohrfeige nicht kommen. Die Hand, die in sein Gesicht knallte. Die ihn taumeln ließ. Die Hand, die Fensterrahmen zertrümmerte, Motorräder und Pferde bändigte.

Er prallte gegen den Türrahmen.

»Du bist so bescheuert!« Ihre Augen sprühten Funken. Grüne Funken.

Er keuchte, schnappte nach Luft. Starrte sie an. Entgeistert. Ernüchtert. Er wandte sich ab, ließ sie stehen und stürmte davon.

Er kam nicht weit. Fand sich in der Küche wieder, am Fenster, wo er seinen verletzten Stolz hätschelte. Seine Zunge fuhr über seine Zähne. Alle noch in einer Reihe. Die Kopfschmerzen meldeten sich wieder, sein Schädel war heiß und dröhnte. Behutsam presste er seine Stirn gegen die Fensterscheibe und verschaffte sich wenigstens eine Illusion von Abkühlung.

Draußen hatte der Wind begonnen, den Nebel aufzulösen. Man konnte schon fast bis zum Rand der Insel sehen.

Drinnen bei Fin dagegen herrschte völlige Verwirrung. Er schien nicht in der Lage, auch nur einen einzigen Gedanken geradeaus zu denken. Es war wie ein Irrgarten; wohin er sich wandte, er lief gegen eine Wand.

Welches Spiel spielte Charlotte mit ihm? Was hatte sie mit den Keanes zu tun? Hatte sie überhaupt etwas mit ihnen zu tun? Verrannte er sich da in eine fixe Idee? Wie passte der falsche Name da hinein? Und an welchem Punkt war das Rauschgift ins Spiel gekommen?

Er wünschte sich im Augenblick nichts sehnlicher als ein Schild mit der Aufschrift »Notausgang«.

Er starrte auf die Scheibe, die von seinem Atem beschlagen war. Geistesabwesend hatte sein Finger die Umrisse zahlloser kleiner Fische gezogen.

Etwas in ihm hatte längst begriffen, dass ihm diese Frau nicht gleichgültig war. Er mochte sie, und es ging weit über bloßen Sex hinaus. Sein Wutausbruch hatte sich nicht gegen sie gerichtet. Sondern gegen seine eigene Ohnmacht, nichts tun zu können. Er wollte diese Frau beschützen. Aber dazu musste er wissen wovor. Er musste endlich wissen, woran er war.

Seine Wange brannte.

Er hörte ihre Schritte draußen im Flur, begleitet vom metallischen Klacken der Krücke. Hörte Geräusche hinter sich in der Küche, das Knarren von Holz, aber er drehte sich nicht um. Erst als er spürte, wie sich ihr Blick in seinen Rücken bohrte.

Sie hockte auf dem Küchentisch, in Jeans und Hemd wie am ersten Morgen, und ließ die Beine baumeln, die Krücke quer über die Schenkel gelegt. Sie sah ihn erstaunlich gelassen an, ihre Stimme war ruhig und gefasst. »Ich hab dir erzählt, dass ich vor fünf Jahren einen Motorradunfall hatte. Oberschenkelhalsbruch, Verletzungen an der Wirbelsäule. Aber ich hab Glück gehabt, ich bin haarscharf an einer Querschnittslähmung vorbeigeschrammt. Ein Jahr im Krankenhaus. Nach der zehnten Operation hab ich aufgehört zu zählen. Die Ärzte haben gute Arbeit geleistet und mich wieder zusammengeflickt. Trotzdem ...« Fin merkte ihr an, dass sie sich schwer tat. »Es gibt gute Tage und es gibt schlechte Tage. Und an den schlechten Tagen kommen die Schmerzen wieder. Besonders wenn ich's mit ...« Sie zog eine Grimasse, einem hilflosen Lächeln gleich. »... mit der sportlichen Betätigung ein wenig übertreibe.« Etwas knallte auf die Holzplatte des Tisches. Ein Arzneifläschchen. »Ohne das hier hätt ich ein echtes Problem.« Sie schob es mit einem auffordernden Blick zu ihm hin.

Es war eine kleine braune Flasche, zu zwei Dritteln gefüllt mit einer klaren Flüssigkeit.

Diocacin.

Fin studierte das Etikett. Eine Auflistung medizinischer Wirkstoffe, von denen er nichts verstand, doch ein Wort sprang ihm ins Auge. Ein einziges Wort kannte er. *Papaver somniferum.* Schlafmohn. Morphin.

Ein starkes Schmerzmittel.

War das die einfache Erklärung, nach der er gesucht hatte?

Er gab ihr das Medikament zurück. »Das ... das hab ich nicht gewusst ...«

»Schon gut, meine Schuld«, entgegnete sie.

Doch, mit dieser Erklärung konnte er durchaus leben. Wenn es denn die Wahrheit war. Und er wollte ihr so verdammt gerne glauben.

»Ich wollte dir nicht wehtun. Wenn ich …, ich meine, ich hätte vorsichtiger sein …« Er suchte in seiner Unbeholfenheit nach Worten. »Du hättest es mir sagen müssen.« Wie so vieles andere, das sie ihm nicht gesagt hatte.

»Du weißt ja, wie das mit Meerjungfrauen ist.« Sie lächelte und strich mit der Hand über den metallenen Schaft der Krücke. »Tun sich ein bisschen schwer mit dem Laufen.«

»Charlotte«, begann er, »oder wie immer du wirklich heißt …« Er versuchte, ihre grünen Augen einzufangen, aber sie wich ihm aus. »Hör zu, ich weiß, du steckst in Schwierigkeiten.«

»Da weißt du mehr als ich.« Sie redete mit der Wand.

»Es gibt Leute hier in Foley, denen solltest du besser aus dem Weg gehen.«

»Du siehst Gespenster.«

Das hatte ihm schon mal jemand gesagt.

»Charlie, glaub mir, ich weiß es besser. Ich bin nämlich …«

Er hielt inne. Jetzt sah sie ihn an. Abwartend.

»Du hast einmal gesagt, deine Vergangenheit ginge mich nichts an. Vielleicht hast du recht, vielleicht auch nicht.« Er wusste, dass er schon wieder um den heißen Brei herumredete. Dass er es wieder nicht fertigbringen würde, ihr ins Gesicht zu sagen, dass er ihre Lügen satt hatte. »Wenn ich irgendetwas für dich tun kann, dann lass es mich wissen. Ich werde da sein, wenn du mich brauchst. Ich kann dir helfen. Glaub mir!«

Sie sah ihn lange an, ehe sie antwortete.

»Okay.«

Es war eine unverbindliche Antwort. Mehr konnte er wohl nicht erwarten. Ihm blieb nur zu hoffen, dass sie sein Angebot annahm.

Als er den Leuchtturm verließ, wusste er weniger als zuvor. Nur eines war klar. Hier war etwas im Gange, das ihm ganz und gar nicht gefiel. Und seine Meerjungfrau steckte in dieser

Sache mit drin. Auch wenn er diesen Gedanken scheute wie der Teufel das Weihwasser.

Als er über den Damm lief, fiel ihm ein, dass er die Gläser vergessen hatte. Genauso wie er vergessen hatte, Charlotte die entscheidenden Fragen zu stellen. Er wusste auch, warum er plötzlich so vergesslich war. Er hatte Angst vor der Wahrheit.

Als er auf die Landstraße kam, war der schwarze Geländewagen verschwunden.

# 17. St. Mary

Er war auf dem besten Weg, sich in die Scheiße zu reiten.

Charlotte Quinn war verdächtig. Dabei wusste er nicht mal, wie die Anklage lautete. Sie war einfach verdächtig. So verdächtig wie all die anderen um sie herum. Egal ob sie einen Geländewagen fuhren oder in einem Motorboot unterwegs waren. Ob sie als Pfarrer zweifelhafte Absolutionen erteilten. Ob sie Bier zapften oder Benzin. Er war zu lange Polizist, um die Zeichen zu übersehen. Ein falscher Name tat ein Übriges. Und eine Spur, die nach Nordirland führte, war grundsätzlich immer verdächtig.

Oder hatte Charlotte am Ende recht und er sah tatsächlich überall Gespenster?

Es gab nur einen Weg, das herauszufinden. Er musste sich auf seinen ursprünglichen Auftrag konzentrieren. Wenn er den gestohlenen Van Gogh wiederfand, davon war er überzeugt, dann würden sich alle anderen Probleme in Luft auflösen.

Wunschgedanken.

Angenommen, Vincents Gemälde befand sich wirklich hier in Foley und Jack oder Thomas oder beide Keanes hatten ihre Finger im Spiel, was würden sie damit machen? Sie brauchten einen Käufer. Aber wo fand sich hier, am Arsch der Welt, ein Interessent, der nicht nur fünfzig Millionen auf seinem Konto hatte, sondern auch bereit war, diese fünfzig Millionen Euro für einen Van Gogh hinzublättern?

Wieder blieben seine Gedanken bei der IRA hängen. Wer

versuchte, ein Rennpferd durch Erpressung zu Geld zu machen, der probierte es auch mit einem Gemälde. Das lief wenigstens nicht weg.

War Billy »Blue Boy« MacGann der Mittelsmann? Fins Einschätzung nach spielte er durchaus in der richtigen Liga. Er sollte Diane auf ihn ansetzen, und wenn sie wider Erwarten nichts fand, kannte sie bestimmt den ein oder anderen Kollegen in Belfast, der sich nur zu gerne an Billy MacGanns Fersen heften würde, solange es erfolgversprechend schien. Auf das Kennzeichen des schwarzen Geländewagens setzte Fin keine allzu großen Hoffnungen. Wahrscheinlich war das Auto geklaut, das Nummernschild gefälscht. Aber wer weiß, vielleicht fühlte sich der Besitzer so sicher, dass alles seine Richtigkeit hatte.

Er wollte schon zum Handy greifen, als ihm einfiel, dass er hier draußen kein Netz hatte. Er fluchte leise. Diane musste warten.

Er ließ den Wagen an und fuhr zurück nach Foley. Als Erstes brauchte er jetzt eine Dusche und frische Klamotten.

Der Morgennebel hatte sich verzogen. Geblieben war ein verwaschener Himmel, die Palette eines Malers auf der Suche nach dem perfekten Grau. Düstere Wolkenbänke hingen bedrohlich tief über dem Horizont. Schwach schimmerte eine farblose Sonne hinter Dunstschleiern. Der stürmische Wind von gestern war nur noch ein laues Lüftchen, nichts was die Wolken verscheuchen konnte. In dichten Regenschauern suchten aufgeweichte Schafe Schutz hinter schiefen Steinmauern. Die Landschaft präsentierte sich der Jahreszeit angemessen, aber das passte zu Fins Stimmung.

In Foley machte er einen Umweg über O'Connors Laden. Erstand eine Zehnerpackung Unterhosen, zwei weiße T-Shirts, ein Paar Armani-Socken. Entschied sich für ein Tikka Chicken Sandwich als Mittagessen und warf noch eine Handvoll

Schokoriegel in den Einkaufskorb. Dazu zwei Flaschen Bunnahabhain. Zwölf Jahre alt. Zwei zum Preis von einer, ein Sonderangebot, dem er nicht hatte widerstehen können.

Bestens ausgerüstet fuhr er bei Mrs. MacCormack vor und stieg aus. Mit einem sanften Platsch landete der Autoschlüssel in einer Pfütze. Fin seufzte theatralisch und bückte sich.

Etwas knallte.

Im Reflex warf er sich flach auf den Boden. Mitten hinein in die Pfütze.

Es knallte ein zweites Mal.

Ein Geräusch, das er in seinem Berufsleben bisher nur ein einziges Mal gehört hatte, und das aus sicherer Entfernung. Er war nie der Typ für die erste Reihe gewesen, so was überließ er anderen und blieb lieber in Deckung.

Zing.

Eine Kugel traf auf Metall. Irgendwelche Splitter flogen ihm um die Ohren. Instinktiv zog er den Kopf ein und hielt den Atem an, aus Angst, der Schütze könnte ihn anhand des kleinsten Geräusches orten.

Es knallte noch einmal. Irgendwo schlug eine Kugel ein.

Fin rührte sich nicht. Jeans und Hemd saugten sich langsam mit dreckigem Wasser voll. Er konnte nicht mal sagen, aus welcher Richtung die Schüsse kamen. Von da, wo er lag, sah er nur die Gartenmauer, ein paar Grasbüschel und den Unterboden seines Wagens.

Eine halbe Ewigkeit verging. Kein weiterer Schuss. Dann ein Geräusch. In einiger Entfernung wurde ein Motor angelassen. Reifen drehten durch. Ein Wagen jagte davon. Dann wieder Stille. Fin lauschte. Nur zaghaftes Vogelpiepsen. Und Regentropfen, die unaufhörlich aufs Autoblech trommelten. Irgendwo sammelte sich Wasser in einem Gully. Er wagte wieder zu atmen und japste. Langsam und vorsichtig stemmte er sich auf seine wackeligen Beine, nicht restlos davon überzeugt, dass der Heckenschütze wirklich den Rückzug angetreten hatte. Er stützte sich mit zitternden Händen am Autodach ab und schaute sich um. Der Schütze konnte überall gestanden haben. In einem Garten, hinter einer Hausecke, oben auf dem Hügel. Keine Menschenseele war auf der Straße, niemand schien die Schüsse gehört zu haben.

Es hatte den Außenspiegel erwischt und der rechte Hinterreifen war platt, das Loch, das die Kugel in den dicken Gummi gerissen hatte, unübersehbar. Er konnte sich schon mal überlegen, wie er das der Versicherung erklärte.

Zwei Kerzenstummel hatte es vom Torpfosten auf den Rasen gefegt. Maria hatte den großen Zeh und einen Teil ihrer Sandale eingebüßt, ihren sanftmütigen Gesichtsausdruck hatte sie deswegen nicht verloren. Heilige waren hart im Nehmen. Leider konnte sie ihm nicht verraten, wer auf ihn geschossen hatte.

Billy MacGann kam ihm in den Sinn. Billy war der Einzige, der ihn unmissverständlich gewarnt hatte. Aber Billy schien der Typ zu sein, der es gewohnt war, dass man seinen Ansagen nachkam. Er hatte es nicht nötig, etwas zu unterstreichen oder ein Ausrufezeichen dahinterzusetzen. Ein Hinterhalt war eher nicht sein Stil. Abgesehen davon war Fin überzeugt, dass Billy, hätte er ihn tatsächlich töten wollen, auch getroffen hätte.

Eine Gänsehaut krabbelte seinen Rücken hinunter. Der Autoschlüssel klapperte in seiner Hand.

Nein, wer immer da auf ihn geschossen hatte, hatte ihn nicht treffen wollen. Es war eine Warnung gewesen.

Der Geländewagenfahrer? Ein eifersüchtiger Freund von Charlotte? Irgendjemandem war er ganz gewaltig auf die Zehen getreten.

Fin öffnete den Kofferraum und holte den Reservereifen hervor. Nach dem Reifenwechsel sah er aus wie ein Schwein, Hände und Kleidung völlig verdreckt. Die Dusche hatte er sich redlich verdient.

Wenig später, unter einem kräftigen Strahl heißen Wassers, fiel die Anspannung endlich von ihm ab. Mit geschlossenen Augen lehnte er sich gegen die Kacheln und ließ die Tropfen auf sich niederprasseln. Atmete den Dampf ein und genoss die wohlige Wärme. Tausend Gedanken schossen ihm durch den Kopf, aber nichts blieb hängen, alles perlte an ihm ab, rauschte mit dem Schmutz durch den Abfluss. Als das Wasser abgelaufen war, blieb nur ein Name zurück.

Charlotte.

Er machte sich Sorgen um sie. Auch wenn sie das Medikament ganz offensichtlich von einem Arzt erhalten hatte, so wusste er doch, dass es nicht ungefährlich war. Morphin machte abhängig. Er fragte sich, seit wann sie es spritzte. Wie oft sie es brauchte.

Andererseits – und da war es wieder, dieses kleine zähnefletschende Monster Zweifel – andererseits wusste er nicht, was wirklich in dieser braunen Flasche drin war. Die Medizin, die Krücke – spielte sie ihm am Ende nur Theater vor? War sie vielleicht nicht besser als all die anderen im Dorf, die ihn an der Nase herumführten? War nicht alles ein einziges großes, abgekartetes Spiel?

Oder lag es einfach an seinem Beruf, dass er niemandem mehr traute?

Er schob die Antwort auf diese Frage auf, trocknete sich ab und kroch splitternackt unter die Bettdecke. Augenblicklich schlief er ein. Tief und traumlos.

Als er aufwachte, war es kurz vor sechs. Er hatte fast fünf Stunden geschlafen. Er duschte nochmal und zog frische Kleidung an. Er verspürte immer noch leichte Kopfschmerzen, aber wenigstens das Fieber war er los. Trotzdem schluckte er zwei Grippetabletten, spülte sie aber vorsichtshalber mit Leitungswasser hinunter. Diane fiel ihm ein. Wenn er sich beeilte, erwischte er sie noch im Büro. Notfalls würde er sie zu Hause anrufen. Und danach auf einen Happen zu Ronan ins Fisherman. Die Schüsse auf ihn hatten seinen Ehrgeiz geweckt. Er hatte Blut geleckt und wollte es wissen. Vielleicht wurde aus ihm ja doch noch ein richtiger Held. Als Erstes würde er sich unauffällig nach einem schwarzen Geländewagen umhören. Auch wenn die Tarnung als Tourist nicht mehr allzu viel hergab, so griff er sich dennoch seinen Rucksack und steckte seine Brieftasche hinein. Ein Stück Papier geriet zwischen seine Finger. Er zog es hervor. Das Faltblatt der Yeats-Stiftung, das Vater Keelan ihm in der Kirche in die Hand gedrückt hatte. Eine Hochglanzbroschüre, die auf vier aufklappbaren Seiten mit bunten Bildern und erbaulichem Begleittext das berühmte Triptychon des Malers Jack Butler Yeats beschrieb. Fin wollte es in den Papierkorb werfen, als er plötzlich stutzte.

Eingehend betrachtete er die Abbildungen der einzelnen Altartafeln. In der Mitte die obligatorische Kreuzigung, links daneben die finstere Verheißung von Höllenqualen, rechts dagegen in leuchtenden Farben die Wonnen des Paradieses.

Hatte er nicht auch eine Darstellung des Letzten Abendmahls gesehen? Er versuchte sich genau zu erinnern. Drehte und wendete das Faltblatt. Er war sich seiner Sache sicher. Aber nirgends ein Bild von Jesus mit seinen Jüngern. Keine Andeutung im Text. Nichts.

Fin ließ die Broschüre sinken. Siedend heiß wurde ihm klar, was das bedeutete. Ein Triptychon bestand üblicherweise, wie der Name schon sagte, aus drei Tafeln. Er aber hatte vier gesehen. Das war genau eine Tafel zu viel. Ein Bild, das dort nicht hingehörte.

Wo versteckte man eine gestohlene Kuh besser als in einer Rinderherde?

Unter dem Letzten Abendmahl verbarg sich nichts Geringeres als Vincent Van Goghs Anbetung der Heiligen Drei

Könige. Fachmännisch übermalt von jemandem, der mit Pinsel und Farbe umgehen konnte und dem das Genre der Heiligenbilder nicht fremd war. Von einem Restaurator beispielsweise. Oder einer Restauratorin.

Fin schloss die Augen. Massierte mit festen Fingern seine Stirn. Wollte Daumen und Zeigefinger in seinen Schädel hineinrammen. Nein, bitte lass es nicht wahr sein!

Bis jetzt hatte er keinerlei Verbindung zwischen Charlotte und dem Kunstraub gesehen. Allenfalls Vermutungen. Aber hier war sie. Direkt vor seinen Augen.

Er musste zur Kirche. Jetzt sofort. Auf der Stelle. Er schnappte sich seine Autoschlüssel und stürmte los.

Draußen war es dunkel geworden. Die Aussicht, zum wiederholten Male in der Finsternis herumzugeistern und noch dazu auf einem Friedhof, war alles andere als verlockend. Er hatte nicht mal eine Taschenlampe, und um in O'Connors Laden vorbeizuschauen, dazu fehlte ihm die Zeit. Kurzentschlossen griff er sich das Ewige Licht vom Sockel der Marienstatue und hoffte, dass Mrs. MacCormack es nicht so bald vermisste. Und dass ihm von Unserer Lieben Frau von der Toreinfahrt Vergebung widerfahren möge.

Er raste los. Brauste durchs Dorf. Fand die Abzweigung, die zur Kirche hinaufführte. Denselben Weg, auf dem ihm der schwarze Geländewagen zum ersten Mal begegnet war. Auf halber Strecke schaltete er die Scheinwerfer aus. Er sah gerade eben so viel, um den Wagen auf der schmalen Straße zu halten. Schließlich war es nicht nötig, den Argwohn neugieriger Dorfbewohner zu wecken.

Vor dem Tor zum Friedhof parkte er, stieg aus und tastete sich durch die Nacht. Die Kerze schirmte er sicherheitshalber mit einer Hand ab, auch wenn sie bei weitem nicht das Licht einer Taschenlampe ersetzte, die ihn möglicherweise hätte verraten können. Hell genug, dass er nicht auf die Nase fiel.

Soweit war es also mit ihm gekommen. Schlich nachts über einen Friedhof mit der festen Absicht, in eine Kirche einzubrechen. Er war von Berufs wegen für solche Fälle ausgerüstet, besaß ein bescheidenes Sortiment an Dietrichen, aber er stellte fest, dass er nichts dergleichen brauchte.

Die Kirche war offen.

Das konnte allerdings nur eines bedeuten – der Van Gogh war weg.

Das Portal ließ sich wider Erwarten ohne dramatisches Quietschen oder Knarren öffnen. Er wagte nicht, die Deckenbeleuchtung einzuschalten, doch wenn es in einer Kirche etwas in Mengen gab, dann mit Sicherheit Kerzen. Mit Hilfe des Ewigen Lichts entzündete er gerade so viele, dass er sich zurechtfinden konnte. Da drüben war der Altar und davor lehnten, unter der staubigen Decke, die Einzelteile des Yeatsschen Triptychons. Fin brauchte gar nicht durchzuzählen, er sah mit einem Blick, dass eine Tafel fehlte.

Er war zu spät gekommen.

Kreuzigung. Hölle. Paradies. Das Letzte Abendmahl war verschwunden. Er ließ den Blick einmal durch den dämmrigen Kirchenraum schweifen, suchte nach möglichen Verstecken, aber er wusste, dass er den Van Gogh nicht finden würde. Nicht hier.

Er ließ sich langsam auf einen der Holzstühle nieder und fluchte leise. Er war dem Van Gogh so nah gewesen … Dass das Gemälde nicht mehr in der Kirche war, konnte zweierlei bedeuten. Entweder die Diebe fürchteten, dass er ihnen auf der Spur war und hatten es woanders versteckt. Oder das Bild hatte bereits den Besitzer gewechselt. War außer Landes geschafft worden. Vielleicht auf einem kleinen Motorboot. Genau vor seiner Nase.

Nein, so schnell gab er nicht auf. Wenn der Deal schon über die Bühne gegangen war, hätte man ihn nicht mit Warnschüssen ausbremsen müssen.

Billy MacGann wollte ihn von Charlotte fernhalten. Vielleicht aber auch nur vom Leuchtturm.

Eine winzige Chance hatte er noch. Aber nicht mehr viel Zeit.

Warum tat sie so was?

Hatte man sie benutzt? Am Ende sogar erpresst?

Es musste etwas mit ihrer falschen Identität zu tun haben. Irgendeine Leiche im Keller ihrer Vergangenheit. Der Vergangenheit, die ihn, Fin, nichts anging.

Vielleicht war es ja viel banaler. Warum klaute man einen Van Gogh? Weil man ihn meistbietend verscherbeln wollte. Aber alles in ihm sträubte sich gegen die Vorstellung, dass seine Meerjungfrau aus freien Stücken gemeinsame Sache mit den Dieben, den Keanes oder wem auch immer, gemacht hatte. Warum konnte er das nicht glauben? Anders formuliert: Warum wollte er das nicht glauben? Warum lag ihm so viel an ihr? Warum wollte er ihr unbedingt helfen?

Warum, warum … Ganz einfach. Er hatte sich verliebt.

Schön, vielleicht war es nur ein Strohfeuer. Aber das wollte er selbst herausfinden. Und dazu brauchte er eine Chance. Er brauchte Zeit. Und er brauchte den Van Gogh. Wenn er das Gemälde hatte, konnte er weitersehen. Sich irgendwas einfallen lassen. Sie da raushalten, was immer es kostete.

Je mehr Puzzlesteine er zusammenfügte, desto weniger gefiel ihm das Bild.

# 18. Vincent

Wenn er für etwas im Leben Talent hatte, dann war es Warten. Warten und Nichtstun. Warten darauf, dass jemand anderes irgendetwas tat.

Er hatte jahrelange Übung darin. Schließlich hatte man immer ihm die Scheißjobs zugeschanzt. Observieren. Sich Stunden, ganze Nächte um die Ohren schlagen. Auf der Lauer liegen und warten, dass sich jemand bewegte. Frierend in kalten Autos sitzen. Abgestandenen Kaffee aus Thermoskannen trinken. Warten auf die Ablösung, die immer zu spät kam.

So wie jetzt. Und doch wieder anders.

Dieses Mal würde ihn keiner ablösen. Keiner gab ihm Anweisungen oder redete ihm rein. Er hockte freiwillig hier. Es lag allein an ihm, was er daraus machte.

Vielleicht hatte er ja genau darauf gewartet.

Er hatte in seinem Leben immer alles geschluckt. War zu schwach gewesen für Widerreden, zu schwach sich zu wehren. Nicht nur gegen diesen Wichtigtuer Ramsay. Oder gegen Susan, die ihn einfach vor die Tür gesetzt hatte. Gegen den Alkohol. Nein, er konnte sich ja nicht mal gegen sich selber wehren. Vielleicht war er auch einfach nur zu müde. Sein Job ödete ihn an, langweilige Schreibtischarbeit mit Bergen von Papierkram. Das alles war ihm in den letzten Jahren gleichgültig geworden. Genau wie seine Ehe. Sein ganzes Leben, wenn er ehrlich war. Mit Ausnahme natürlich von Lily.

Vielleicht hatte er genau auf diesen Augenblick gewartet. Auf jemanden wie Charlotte, die ihn wachrüttelte aus seiner Lethargie.

Im Märchen erlöste der Prinz die Meerjungfrau. Im wirklichen Leben war es vielleicht die Meerjungfrau, die den Prinzen wachküsste.

Er war von der Kirche direkt zum Cape Cloud hinausgefahren. Hatte den Wagen über einen steinigen Feldweg einen Hügel hinaufmanövriert und gut versteckt hinter Weißdornhecken abgestellt, so dass er die Leuchtturminsel überblicken konnte, ohne von der Straße aus gesehen zu werden. Seit gut zwei Stunden hockte er nun im Auto und wartete. Hinter einem Fenster im Leuchtturm brannte Licht. Charlotte war offenbar zu Hause; ob sie allerdings alleine war, konnte er nur vermuten. Den Geländewagen hatte er nirgends entdeckt.

Die Novembernacht war winterlich kalt. Schwere Wolken gaben hier und da den Blick auf ein paar Sterne frei. Schneeflocken tänzelten vom Himmel, ließen sich lautlos auf seiner Windschutzscheibe nieder und schmolzen. Von Ferne rauschte ein schlafloses Meer. Das einzige Geräusch, das die nächtliche Stille störte, kam von der Folie an der Beifahrertür, die sich leise im Wind blähte.

Es war kalt im Wagen. Kalt und unbequem. Er hatte sich tief in Jacke und Schal gekuschelt, den Geschmack der letzten Grippetablette noch auf der Zunge. Die Whiskyflasche, eine aus O'Connors Sonderangebot, lag auf dem Rücksitz, aber bis jetzt hatte er der Verlockung widerstanden. Einmal war er kurz draußen gewesen. Gräser und Sträucher waren mit Raureif überzuckert, hatten unter seinen Schritten geknistert. Seit er hier hockte, war kein einziges Auto vorbeigekommen. Er griff in die Plastiktüte auf dem Beifahrersitz und fischte einen Schokoriegel heraus. Eine wenig nahrhafte Alternative zum Abendessen, das er wieder mal hatte ausfallen lassen.

Das Licht hinter dem Fenster ging aus.

Fin ließ den Wischer über die nasse Scheibe streichen.

Der Leuchtturm war dunkel.

Und jetzt?

Er hatte auf ein konspiratives Treffen gehofft. Auf einen Wagen mit dunklen Gestalten, die verdächtige Pakete austauschten. Oder wenigstens ein Boot auf hoher See, das geheimnisvolle Lichtsignale aussandte. Irgendetwas in dieser Art.

Während er noch überlegte, was zu tun war, hörte er ein leises Motorengeräusch. Drüben leuchtete ein einzelner Scheinwerfer auf, bewegte sich über die Inselkuppe, tauchte langsam in Richtung Meer ab und passierte den Damm.

So ein Geländemotorrad nahm es einem nicht übel, wenn es mal nasse Füße bekam.

Fin konnte in der Dunkelheit nicht viel erkennen, aber wer außer Charlotte sollte auf der Maschine sitzen, die jetzt auf die Straße einbog und in Richtung Foley davonbrauste.

Er stieg aus. Fragte sich, wie viel Zeit er wohl hatte.

Wenn nicht jetzt, wann dann?

Er ließ den Wagen in seinem Versteck stehen und stolperte im Dunkeln den Hügel hinunter. Der Damm war frei, die Flut eben zurückgegangen. Trotzdem beeilte er sich.

Außer Atem kam er beim Leuchtturm an. Nichts regte sich. Das Gebäude lag finster und verlassen vor ihm. Er zog das braune Ledermäppchen mit seinem Handwerkszeug hervor und machte sich an die Arbeit. Das Schloss war erstaunlich leicht zu knacken. Er hatte mit mehr Widerstand gerechnet. Vielleicht lag er mit seiner Ahnung völlig daneben und der Van Gogh war gar nicht hier?

Er zögerte. Stieß eine weiße Wolke warmen Atems aus. Und trat entschlossen ein. Leise schob er die Tür hinter sich ins Schloss. Blieb auf der dunklen Veranda stehen und lauschte. Es war geradezu unheimlich still. Wie in einem Vakuum. Nicht mal ein Windstoß, der dem Haus Leben einhauchen wollte.

Seine Hand suchte nach dem Lichtschalter. Wer sollte ihn hier draußen beobachten? Mutig drückte er drauf.

Eine Neonröhre im Treppenhaus flammte auf.

Er schaute sich um. Die Hängematte. Die Topfpalme. Die Stereoanlage. Ein kleiner niedriger Tisch, vollgehäuft mit Zeitschriften. Nein, hier konnte man keinen Van Gogh verstecken.

Er ging die Wendeltreppe hinauf in die nächste Etage. Die hölzernen Stufen protestierten unter seinem Gewicht, aber seine Schritte verhallten ungehört im Turm.

Am Morgen hatte er die Wohnung schon mal durchsucht, aber dieses Mal war er hinter etwas anderem her. Etwas, das sechzig mal neunzig Zentimeter maß und nicht so leicht zu verstecken war wie eine Spritze. Oder ein Medikament.

Er überlegte noch, wo er mit dem Suchen anfangen sollte, als er auf der letzten Stufe innehielt. Etwas irritierte ihn. Ein Fleck an der sauberen weißgetünchten Wand. Schwarz und schmierig wie ein verwischter Fingerabdruck. Und da noch ein Fleck, direkt vor seinen Füßen. Er bückte sich und rieb mit dem Finger drüber. Es roch vertraut, aber er wusste das Zeug nicht einzuordnen. Irgendetwas Öliges. Fettiges. Er schaute weiter hinauf ins Treppenhaus. Drei Stufen höher ein weiterer schwarzbrauner Fleck.

Die Neugier trieb ihn in den Turm hinauf, ließ ihn schleichen, obwohl niemand da war, der ihn hören konnte. Vielleicht war es das schlechte Gewissen, das ihm gebot, leise zu sein. Man konnte es wohl kaum eine vertrauensbildende Maßnahme nennen, was er hier tat. Er hinterging sie. Und er hatte keine Vorstellung, wie sie reagieren würde, wenn sie es herausbekam. Aber er war sicher, sie würde es verstehen. Schließlich wollte er ihr helfen.

Das Licht aus dem Treppenhaus reichte nur schwach bis in die Laterne hinauf, aber eines fiel ihm auf Anhieb ins Auge. Die Linse war blankgeputzt. Kein Staubkorn blieb an seiner

Fingerspitze haften, als sie durch die gläsernen Rillen und Vertiefungen glitt. Und nicht nur das. Jemand hatte sich sogar die Mühe gemacht und die Fensterscheiben gereinigt. Derselbe Jemand, der so nachlässig mit dem Schmieröl zugange gewesen war.

Fin begann eins und eins zusammenzuzählen. Irgendwer hatte ein Interesse daran, dass dieser Leuchtturm wieder das tat, wozu er eigentlich gebaut worden war. Und wofür brauchte man ein Leuchtsignal an einer gefährlichen, unübersichtlichen Küste? Man brauchte es, um ein Schiff in sicheres Fahrwasser zu lotsen, möglicherweise in einen Hafen. Ein Schiff, das ganz sicher etwas größer war als ein kleines Boot mit Außenbordmotor.

Das Warum lag auf der Hand. Blieb die Frage nach dem Wer. Charlotte? Die Keanes? Kannten sie sich mit Leuchtfeuertechnik aus? Vielleicht eher nicht. Aber der Pfarrer von Foley. Der ehemalige Leuchtturmwärter.

Fin seufzte. Es war, wie er befürchtet hatte. Das ganze Dorf steckte unter einer Decke.

Aber vielleicht war es noch nicht zu spät. Vielleicht konnte er den Abtransport des Bildes noch verhindern.

Er stieg die Treppe wieder hinab in den Wohnbereich und blieb unschlüssig im Flur stehen. Wohnzimmer. Schlafzimmer. Bad. Küche. Welche Räume gab es noch, von denen er gar nichts wusste?

Er warf einen Blick ins Wohnzimmer, versuchte von der Tür aus im matten Licht der Flurbeleuchtung etwas zu entdecken, versuchte sich die Einrichtung bei Tageslicht vorzustellen, versuchte sich in die Person hineinzuversetzen, die hier etwas verstecken wollte.

Etwas berührte sein Bein. Er fuhr zusammen. Die Katze fixierte ihn mit ihren grünen Augen, maunzte ihn an und rieb ihren Kopf an seinem Knie.

»Na, Mieze, kannst du mir nicht verraten, wo der Van Gogh steckt?« Zaghaft kraulte er sie hinter den Ohren.

Die Katze entwand sich seiner Hand, lief ein Stück in Richtung Küche und drehte sich nach ihm um. Gerade so als ob sie ihm etwas zeigen wollte. Nicht den Van Gogh. Eher den leeren Futternapf.

Fin kam zu dem Schluss, dass auch das Wohnzimmer kein potentielles Versteck bot, aber vielleicht hatte er im alten Büro der Leuchtturmwärter mehr Glück. Vorsichtig öffnete er die Tür und betätigte den Lichtschalter, doch wie schon am Morgen blieb der Raum dunkel. Er ärgerte sich schon, dass er das Ewige Licht im Auto gelassen hatte, als er auf einem der beiden Schreibtische eine Lampe entdeckte. Die müde Funzel reichte gerade, um sich bei Schreibarbeiten die Augen zu verderben, aber sie war besser als nichts und von draußen bestimmt nicht zu sehen.

Am Morgen hatte er den Raum nur oberflächlich durchsucht, aber auch hier war etwas anders. Das Fernglas hatte nicht auf dem Fensterbrett gestanden, ebenso wenig wie das Radio auf dem leeren Aktenregal. Nein, das war gar kein Radio. Es war ein Funkgerät, vielleicht nicht das neuste Modell, aber wahrscheinlich absolut funktionstüchtig und im Gegensatz zu vielem anderen im Raum definitiv nicht zugestaubt.

Überhaupt bot der Staub eine Fülle von Spuren, wenn man nur genauer hinschaute. Fin nahm die Schreibtischlampe und richtete den Schirm so aus, dass der Lichtschein im flachen Winkel auf Regale und Tischplatten fiel. Eine wahre Fundgrube an Fingerabdrücken tat sich auf. Natürlich waren auch seine eigenen vom Morgen darunter, aber in Anbetracht der Menge war klar, dass dieses längst aufgegebene Büro in letzter Zeit einen regen Besucherstrom erlebt hatte. Er ließ den Lampenschein über Wände und Schränke wandern und blieb schließlich an der Seekarte hängen.

Der Glasrahmen war übersät von Fingerabdrücken.

Die Größe passte.

Er holte sich die Lampe heran, soweit es das Kabel erlaubte, nahm den Rahmen von der Wand und drehte ihn um.

Wenn man wusste, wo man suchen musste, war alles ganz einfach.

Behutsam legte er den Rahmen mit der Vorderseite nach unten auf die Schreibtischplatte. Die Leinwand, dick und hart von üppig aufgetragenen Ölfarben, war mit kleinen Holzkeilen auf der Rückseite befestigt.

Es war ein überraschend düsterer Van Gogh. Ein Werk aus den holländischen Jahren, gemalt irgendwann in den frühen Achtzigern des neunzehnten Jahrhunderts. Schwere, erdige Töne dominierten das Bild, kein Vergleich zu seiner späten Periode, als reine, kräftige Farben auf fast schon surreale Weise seine Arbeit beherrschten. Die einzige Lichtquelle war der Heiligenschein des Knaben in der Krippe, der den Gesichtern der Menschen um ihn herum Kontur verlieh. Die Gewänder der Figuren, egal ob Hirten, Könige, Maria oder Josef, alle waren sie von dunklem Braun, Grau oder gar Schwarz, der Stall ein finsterer Verschlag. Nicht einmal die Gaben der drei Weisen aus dem Morgenlande stachen besonders hervor.

Was hatte er erwartet? Balthasar mit einem Strauß Sonnenblumen in der Hand?

Die Gesichtszüge der Protagonisten wirkten grobknochig, in wenigstens drei Fällen eher bäuerlich als königlich. Wie mit einem dicken Pinsel rasch auf die Leinwand geworfen, eine flüchtige Skizze und vielleicht gerade dadurch so lebendig. Fin hatte in seinen Akten gelesen, dass Vincent Van Gogh selten größere Menschenansammlungen gemalt hatte. Schon deshalb war das an sich unspektakuläre Bild eine kleine Sensation.

In der rechten unteren Ecke prangte die unverkennbare Signatur des Künstlers. Daneben bunte Farbreste, Spuren des

Letzten Abendmahls, unter dem ein anderer Künstler den großen Meister versteckt hatte.

Was würde ihm, Fin, dieser Fund bringen? Außer fünf Minuten Ruhm in den Abendnachrichten und sein Name in der Zeitung. War er bereit, den Preis zu bezahlen?

Wenn er mit dem Van Gogh unter dem Arm in Dublin auftauchte, konnte nicht mal Superintendent Ramsay seine Leistungen ignorieren. Die Beförderung war sicher. Vielleicht ein neues Büro. Wahrscheinlich gab es sogar eine Belohnung, der Van Gogh war bestimmt gut versichert. Und in den Augen seiner Tochter würde er ein Held sein. Wichtiger als Andy oder Gaylord.

Aber ebenso gut konnte er das Gemälde wieder an seinen Platz hängen, verschwinden und den Dingen ihren Lauf lassen.

Keiner erwartete von ihm, dass er den Fall löste.

War Charlotte es wert, sein halbes bisheriges Leben und vermutlich seine komplette Zukunft über den Haufen zu werfen? Dazu musste er erst mal wissen, wer Charlotte Quinn wirklich war.

Wenn nicht jetzt, wann dann?

Er stellte das gesamte Büro auf den Kopf, spähte hinter spinnwebenverhangene Regale, öffnete sämtliche Schubladen, aber außer vergilbten, von Mäusen angefressenen Akten aus dem vergangenen Jahrhundert und einem zerfledderten Lexikon über Seevögel förderte er nichts zutage.

Fin nahm den Van Gogh, stellte ihn im Flur ab und ging hinüber ins Wohnzimmer. Unter diesen neuen Gesichtspunkten konnte vielleicht das Bücherregal Aufschluss geben. Ein beiläufig vermerkter Name in einem Buchdeckel, eine Postkarte als Lesezeichen, aber alles, was ihm entgegenfiel, war eine alte, ausgefranste Zeichnung, ein von Kinderhand durchgepauster und mit Buntstiften ausgemalter Cartoon. Charlie Brown und sein Beagle Snoopy.

Er steckte das Papier wieder ins Buch zurück.

Die Küche? Nein, dort kannte er jeden Winkel. Der einzige Raum, den er am Morgen nicht durchsucht hatte, war das Schlafzimmer.

Er knipste das Licht an. Das Zimmer lag auf der dem Meer zugewandten Seite des Hauses, trotzdem zog er vorsichtshalber die Vorhänge zu. Er konnte sich gar nicht daran erinnern, dass alles so unordentlich gewesen war. Aber in der vergangenen Nacht hatte er wohl anderes im Kopf gehabt als Charlottes Qualitäten als Hausfrau.

Kleidungsstücke waren achtlos über einen plüschigen Sessel geworfen, schmutzige Jeans, ein Pullover, ein Paar Gummistiefel lagen in einer Ecke. Das Bett war ungemacht. Ein weißes Hemd mit langen Ärmeln lag auf dem zerknautschten Kopfkissen.

Fin setzte sich auf die Matratze und zog die Schublade des kleinen Nachtschränkchens auf. Frauenkram kam zum Vorschein, ein Lippenstift, ein paar winzige Ohrringe, eine Handcreme, eine Nagelfeile, Papiertaschentücher. Eine Flasche von Charlottes Medizin, neu und noch versiegelt, aber keine weiteren Vorräte – was ihn irgendwie beruhigte.

Aus dem hintersten Winkel förderte er einen dicken Briefumschlag ans Licht. Das versprach interessant zu werden. Der Umschlag enthielt Fotos, und das erste, das ihm zwischen die Finger geriet, zeigte einen kleinen Jungen in einem Garten, der einen Beagle auf dem Arm hielt. Dasselbe Foto, das er bei Malcolm Keane auf dem Kaminsims gesehen hatte.

*Die Peanuts.* Er dachte an die Kinderzeichnung in dem Buch. Vielleicht eine Liebesgabe an die heimliche Schulfreundin?

Charlotte musste die Keane-Brüder gut kennen, besser als sie es ihm gegenüber zugegeben hatte, und das vermutlich schon von Kindesbeinen an. Und je weiter er durch den Stapel Fotos blätterte, desto überzeugter war Fin, dass Jack Keane der ominöse Märchenprinz war. Keiner, der auf einem weißen Ross daherkam – so eins hatte sie schließlich selber, nein, dieser hier fuhr in einem schwarzen Geländewagen vor.

Die meisten Aufnahmen zeigten Jack und Thomas neben anderen Gesichtern, die er nicht kannte. Jack und Thomas auf ihrem Kutter. Jack und Thomas in London, Faxen machend wie ganz gewöhnliche Touristen – aber nicht vor der Tower Bridge, sondern vor der Zentrale von Scotland Yard. Jack und Thomas auf schweren Motorrädern, offensichtlich irgendwo in Amerika.

Ihm fiel auf, dass die Fotos ausnahmslos älteren Datums waren. Keines jünger als zehn Jahre. Vielleicht steckte in der ganzen vertrackten Geschichte ja doch ein Körnchen Wahrheit. Vielleicht war Thomas Keane wirklich vor zehn Jahren auf dem Kutter ums Leben gekommen. Die einfachste Erklärung, warum es tatsächlich keine neuen Bilder von ihm gab.

Er legte den Briefumschlag wieder zurück in die Schublade. Eines verstand er allerdings nicht. Wenn seine Meerjungfrau schon einen Märchenprinzen hatte, wieso ging sie dann mit ihm, Fin, ins Bett?

Je mehr Antworten er fand, desto mehr Fragen taten sich auf.

Er blickte sich um. Der große, klobige Kleiderschrank zog ihn magisch an. Auf alles gefasst riss er die beiden Flügeltüren auf. Wider Erwarten keine Leiche, nicht mal ein Skelett, nur Kleidungsstücke und Wäsche. Sorgfältig inspizierte er die Hosen und Blusen auf der Stange, tastete sich durch zusammengefaltete T-Shirts und Handtücher und wurde endlich auf dem obersten Regalboden hinter einem Stapel Pullover fündig. Er zog einen schweren Pappkarton hervor, balancierte ihn zum Bett und klappte erwartungsvoll den Deckel hoch.

Der Karton war vollgestopft mit Papieren. Versicherungsunterlagen, Formulare, ausgefüllt oder unbeschrieben, Kontoauszüge, Krankenhausrechnungen. Offenbar stimmte ihre

Geschichte mit dem Motorradunfall. Er überflog die Seiten nur oberflächlich. Ein wenig widerwillig. Aber doch neugierig.

Unten am Boden des Kartons hatte er plötzlich einen Pass in der Hand. Er zögerte. Jetzt würde er erfahren, wie Charlotte Quinn in Wahrheit hieß.

Er stutzte, als er den gedruckten Namen las.

Thomas Keane.

Wie kam Charlotte an den Pass von Thomas Keane?

Ein völlig neuer Gedanke schoss Fin durch den Kopf. Hatte seine Meerjungfrau etwas mit seinem Verschwinden zu tun? Mit seinem Tod? Hatte sie zwischen den beiden Brüdern gestanden? Hatte am Ende Jack den eigenen Bruder aus Eifersucht getötet? Oder hatte Charlotte …

Fin schüttelte den Kopf. Das ging ihm jetzt etwas zu schnell. Keine voreiligen Schlüsse, das war unprofessionell. Er warf einen genaueren Blick auf einige Papiere. Seltsamerweise waren sie fast alle an Thomas Keane gerichtet. Die Adresse ein Postfach in Foley.

Er hielt ein Formular in der Hand, drei Seiten lang, mit einem Tacker zusammengeheftet. Der amtliche Stempel war geradezu riesig.

Namensänderung.

Er las aufmerksam, was da geschrieben stand. Seine Lippen bewegten sich lautlos, folgten den Worten.

Ungläubig.

Seine Hand zitterte. Das Papier zitterte. Die Buchstaben hüpften vor seinen Augen auf und ab.

Er las zum wiederholten Mal das, was da schwarz auf weiß stand, und er kapierte es noch immer nicht. Alzheimer, kam es ihm in den Sinn. So musste sich das anfühlen. Man starrte eine Aneinanderreihung von Buchstaben an, die bis gestern noch sinnvolle Worte ergeben hatten, deren Bedeutung einem aber heute entfallen war. Absurd, wieso er gerade in diesem Augenblick an Alzheimer denken konnte.

Er legte die Blätter zur Seite, ganz vorsichtig, als handele es sich um uralten, zerbrechlichen Papyrus. Hektisch begann er im Karton zu wühlen. Erst jetzt fiel ihm auf, dass die meisten der Anschreiben als Briefkopf Adressen in den Vereinigten Staaten hatten. Eine Klinik in Boston. Eine Arztpraxis in New Jersey.

Er griff nochmal nach dem Formular, ganz zaghaft, als könnten durch die geringste Erschütterung die Buchstaben durcheinandergeraten. Der Stempel war verschmiert und unleserlich. Lediglich der Ausstellungsort war zu entziffern. Boston, Massachusetts.

Deutlich hingegen und in Großbuchstaben wie eine Reklametafel am Picadilly Circus:

Namensänderung.

Fin stöhnte leise.

Charlotte Quinn hatte in der Tat etwas mit dem Tod von Thomas Keane zu tun und das auf eine Weise, die Fin sich nicht mal im wildesten Suff hätte vorstellen können.

# 19. Thomas

Er stand da, reglos, zu keiner körperlichen Reaktion fähig. In Stein gemeißelt, ein Denkmal der Blödheit.

Da war sie wieder, die Welle, die ihn fortreißen wollte, die sich drohend vor ihm aufbaute, höher und höher. Er hörte auf zu atmen, schloss die Augen und wartete, dass sie über ihn hereinbrach. Ihn fortriss. Und ihn erlöste.

Aber sie tat ihm den Gefallen nicht. Sie zog sich zurück, und Fin glaubte zu hören, wie sie ihn aus weiter Ferne ganz leise auslachte.

Der Stein begann zu bröckeln. Er zitterte, hustete und schnappte nach Luft, als sein Körper sich plötzlich wieder an seine Aufgaben erinnerte. Er öffnete die Augen. Er stand noch immer in demselben unaufgeräumten Zimmer, es war noch immer Nacht und die Welt war nicht in einer riesigen Flutwelle untergegangen. Sie war noch da. Mit all ihren Gemeinheiten. Mit all ihrem Hohn und Spott.

Charlotte Quinn war Thomas Keane. Und er, Fin, war mit einem Kerl ins Bett gegangen.

Er spürte, wie ihm kalter Schweiß das T-Shirt auf den Rücken klebte. Starrte auf die Papiere, die zwischen seinen zitternden Fingern feucht wurden. Und ließ sie fallen.

Seine Knie wurden weich. Haltsuchend griff er nach dem Bett, der Matratze, erwischte das Laken und zog es mit sich, als er unsanft auf dem Boden landete.

Er betrachtete die bedruckten Seiten um sich herum, versuchte einzelne Worte aufzuschnappen, aber alles schien in einer ihm völlig fremden Sprache verfasst.

Seine Kehle war trocken. Er hustete. Er konnte gar nicht mehr aufhören. Musste sich zwingen. Er lehnte gegen die Bettkante, schloss die Augen und holte tief Luft. Versuchte, seine Gedanken zu ordnen.

Fälschungen, schoss es ihm durch den Kopf. Die einfachste aller Erklärungen. Wie immer sein erster Gedanke. Blödsinn! Kein Mensch auf der Welt war so bescheuert und fälschte ausgerechnet solche Unterlagen. Wozu?

Nein, das, was da vor ihm lag, war echt und die einzig plausible Erklärung für das spurlose Verschwinden von Thomas Keane. Er hatte seinen Tod auf dem Schiff inszeniert, um letztendlich als Charlotte Quinn aufzutauchen.

Und Fin war auf ihn reingefallen.

Verdammt, er hätte es merken müssen!

Ja, jetzt im Nachhinein hatte er gut fluchen. Da erschien plötzlich vieles in einem anderen Licht. Angefangen bei ihrem Äußeren. Wenn er sich die rote Haarfarbe wegdachte und die grünen Kontaktlinsen, dann sah er Thomas Keane vor sich, wie er neben seinem großen Bruder vor dem Gerichtsgebäude stand. Sogar die Geste, mit der er sich die Haare aus dem Gesicht strich, stimmte. Kein Wunder, dass Charlotte ihm von Anfang an so vertraut erschienen war.

Jetzt begriff er, warum sie nicht gewollt hatte, dass er sie nackt sah. Vielleicht war ihr Körper doch nicht so vollkommen, nicht so weiblich wie Thomas Keane es sich durch die Hilfe von Skalpell und Hormonen erhofft hatte. Wobei er sich widerstrebend eingestehen musste, dass seinen Händen in der Dunkelheit nichts aufgefallen war, was da nicht hingehörte. Andererseits, beide Male war Alkohol im Spiel gewesen, wahrscheinlich hatte er deshalb nichts gemerkt …

Und dann die Kraft, die Leichtigkeit, mit der sie Dinge tat, die einer Frau normalerweise eher schwerfielen. Was hatte Brian von der Tankstelle ihm über Thomas' Ferienjob erzählt? Der Junge war ganz verrückt gewesen nach Motoren. Manche Dinge ließen sich wohl nicht so einfach wegoperieren.

Und der Motorradunfall? War wenigstens diese Geschichte wahr oder auch nur eine faustdicke Lüge? Was war wirklich in der Spritze drin? War sie am Ende doch ein Junkie?

War sie – war er …

Fin war völlig verwirrt. Er war nicht in der Lage, die beiden Personen voneinander zu trennen. Sein Unterbewusstsein gaukelte ihm Charlotte vor, wo seine Vernunft ihn überzeugen wollte, Thomas vor sich zu haben.

Fin schüttelte den Kopf. Er wollte es nicht glauben. Da hatte er nach Thomas Keane gesucht und war ihm jeden Tag näher gewesen als jedem anderen Menschen, und er hatte es nicht bemerkt. Was war er bloß für ein Idiot gewesen! Es war ein und dieselbe Person. Thomas Keane, der gesuchte Gangster. Charlotte Quinn, seine Meerjungfrau. Es war nicht zu fassen! Ausgerechnet ihm musste das passieren! Konnte eine Frau nicht von einem Kerl unterscheiden! Es war zum Kotzen! Nicht nur, dass man ihn reingelegt hatte, nein, allein die Vorstellung, mit einem Mann Sex …

Sein Magen rebellierte. Sein ganzer Körper rebellierte. Sein Atem flatterte unkontrolliert. Er wollte aufstehen, aber seine Beine schienen am Boden festgewachsen.

Es war noch immer still im Haus. Irgendwo knackte ein Holzbalken. Er sah auf die Uhr. Kurz nach eins. Als ob das irgendetwas änderte. Was sollte er jetzt tun? Er konnte nicht ewig hier rumsitzen. Er musste den Van Gogh nach London schaffen. Und Superintendent Ramsay eine Geschichte erzählen, die nicht mal er selber glauben würde. Vielleicht war es einfacher, wenn er die pikanten Details unter den Tisch fallen ließ. Und dann, dann würde die übliche Maschinerie anlaufen und mit Unterstützung der irischen Polizei konnte man Jack und Thomas festnehmen. Oder Jack und Charlotte ...

Er hatte das Motorrad nicht kommen gehört. Plötzlich stand sie in der Tür zum Schlafzimmer, den Helm noch in der Hand. Motorradstiefel, Blue Jeans, auf der schwarzen Lederjacke glitzerten Regentropfen. Sie starrte auf ihn herab, ihre Gesichtszüge unbewegt und doch sprachen sie Bände. Es war nicht schwer zu erraten, was er gefunden hatte.

Fin hielt ihrem Blick stand. Er hatte das seltsame Gefühl, dass die Temperatur im Raum binnen Sekunden um einige Grade gesunken war, und das lag nicht an der Kälte, die sie von draußen mit hereingebracht hatte.

Unendlich langsam, als müsste er seinen Körper erst überreden, kam er auf die Füße, schwankte und fand sein Gleichgewicht. Keiner sagte ein Wort. Sie taxierten sich gegenseitig, schlichen umeinander herum wie zwei Degenfechter, die darauf warteten, dass der andere das Duell eröffnete.

Fin schluckte trocken. »Ich ... ich wusste, dass du ... dass du irgendwie anders bist als andere ... Aber nicht, dass du so anders bist.« Seine Stimme war rau, fast tonlos.

Sie ließ es kommentarlos im Raum stehen. Sah ihn nur an, wartete ab, was er noch in den Ring werfen würde. Er spürte, wie allmählich die Fassungslosigkeit wich und seiner aufkommenden Wut Platz machte.

»Und ich falle auf nen Kerl rein!«

»Ich bin kein Kerl! Ich bin eine Frau!«, fauchte sie.

»Eine, die die Ärzte zusammengebastelt haben«, spuckte er aus, »Frankensteins Braut.« Er wusste, er war geschmacklos, aber er konnte nicht anders.

Sie verkniff sich eine passende Reaktion. Versuchte ruhig zu bleiben, auch wenn es schwerfiel. »Wenn es so einfach wäre ...«

Nein, einfach war es bestimmt nicht gewesen, das konnte

sogar Fin sich vorstellen. Nicht so einfach wie es der lapidare Wortlaut auf all diesen Papieren erscheinen ließ. »Immerhin hast du eine Weile gebraucht, um von einem schwulen Kerl –«

»Ich bin nicht schwul!« Sie pfefferte den Motorradhelm auf den Boden, dass Fin zusammenzuckte. »Schwule sind Männer in Männerkörpern, die Männer mögen! Das bin ich nicht! Bin ich nie gewesen! Ich war eine Frau in einem Männerkörper – jetzt bin ich eine Frau in einem Frauenkörper! Das ist was ganz anderes!«

»Glaub doch, was du willst!« Fin schnaubte verächtlich. »Aber so leicht wirst du den Kerl in dir nicht loswerden!«

»Welchen Kerl? Da war nie einer!«, reagierte sie gereizt. Das Grün ihrer Augen war hell, sprühte wie ein bengalisches Feuer. »Was würdest du am Liebsten hören? Dass ich als kleiner Junge mit Puppen statt mit Autos gespielt habe? Dass ich heimlich die Kleider meiner Mutter angezogen habe?« Sie machte einen Schritt auf ihn zu. Fin wich zurück. »Meine Mutter starb, als ich neun war. Und Puppen hat es bei uns zu Hause keine gegeben. Ich bin mit meinem Bruder auf Bäume geklettert, hab Fußball gespielt und die Scheiben von Nachbars Gewächshaus eingeworfen. Ich war ein Junge wie jeder andere auch! Trotzdem war …« Sie hielt inne, suchte die passenden Worte, um das zu beschreiben, was für alle Beteiligten so schwer zu begreifen war. »… trotzdem hat etwas nicht gestimmt.«

»Das kannst du laut sagen …«

Sie ließ resigniert die Schultern hängen. »Ich habe nie wie ein Junge … oder wie ein Mann gefühlt. Ich habe mich nie für Mädchen interessiert. Schon in der Schule waren sie mir gleichgültig. Ich dachte mir, das kommt schon noch. Jack meinte, ich sei eben ein Spätzünder. Aber ich hab mich von Tag zu Tag in meinem eigenen Körper immer mieser gefühlt. Ich wollts nicht wahrhaben, habs ignoriert, hab versucht, mich wie ein Junge zu benehmen. Hab mich für Dinge interessiert, für die sich Jungs normalerweise interessieren. Fußball, Autos, Motorräder. Aber es änderte sich nichts. Ich bin auf die Uni gegangen, hab mich aufs Kunststudium gestürzt, aber das war bloß Ablenkung. Beim Aktzeichnen hab ich meine Mitstudentinnen beneidet um den Körper, den ich gerne gehabt hätte ...«

Die Worte sprudelten aus ihr heraus, als hätte jemand einen Staudamm geöffnet, wollten Fin von etwas überzeugen, was er gar nicht hören wollte. Er schloss die Augen und schüttelte den Kopf, als könnte er so verhindern, dass ihre Worte den Weg an sein Ohr fanden.

»Kannst du dir vorstellen, wie es ist, wenn man es hasst, sich morgens rasieren zu müssen? Jeden Morgen diese verfluchten Bartstoppeln im Gesicht ertragen zu müssen!«

Fin wollte es sich gar nicht vorstellen. »Das hat dich aber nicht davon abgehalten, mit deinem sauberen Bruder ein Ding nach dem anderen zu drehen.«

»Was hat das eine mit dem anderen zu tun? Überhaupt, was hätte ich ihm sagen sollen? Es hat verdammt lange gedauert, bi... bis ich selber gemerkt habe, dass ... dass ich ei... einfach ... im ... im falschen Körper gesteckt habe.« Sie begann zu stottern, redete schneller, wollte ihm in Minuten etwas begreiflich machen, wozu sie selber Jahre gebraucht hatte, um es zu verstehen. »Da hatte ich da... das Studium längst geschmissen. Steckte schon viel zu tief in all dem ... dem anderen drin. Es hat nochmal so lange gedauert, bis ... bis ich es jemandem anvertraut habe.«

»Jack war hocherfreut, nehme ich an.« Er wollte seinen Sarkasmus gar nicht verstecken.

Sie fuhr sich mit einer Geste der Resignation durch die Haare. »Du willst es gar nicht wissen, nicht wahr?«

»Was?«

»Die Wahrheit.«

»Brauch ich gar nicht. Ich hab in den letzten Tagen genug Geschichten gehört. Was ich wissen muss, seh ich vor mir.«

»Du siehst das, was du sehen willst.«

»Oh, werden wir jetzt philosophisch?«

Sie schüttelte den Kopf. Über Fin. Über dieses Gespräch. Über die ganze verfahrene Situation. Ihr Blick wanderte im Zimmer umher, als ob irgendwo – auf dem Bett, im Kleiderschrank, auf dem Sessel – die Lösung für alles lag und nur darauf wartete, entdeckt zu werden. »Vielleicht hast du ja sogar recht, vielleicht ist da ja wirklich etwas von einem Mann in mir.« Sie sah ihn an, begann sich die schweren Motorradstiefel auszuziehen, ließ einen nach dem anderen auf die Holzdielen krachen. »Vielleicht ist es ja auch gar nicht so schlecht, wenn eine Frau weiß, wie ein Mann denkt und fühlt.« Sie schnippte den Hosenknopf auf, die Jeans rutschte über den Hintern.

Fin hob abwehrend die Hände. »Bemüh dich nicht, das zieht nicht mehr. Du hast mich schon einmal reingelegt.« Zweimal, wenn er's genau nahm.

»Oh, ich hatte den Eindruck, dass es dir ganz gut gefallen hat.« Pullover und T-Shirt landeten vor seinen Füßen. Fin schreckte zurück, als wären es entsicherte Handgranaten.

»Was hast du?« Sie sah ihn herausfordernd an und warf als letztes den Slip auf den Kleiderhaufen. »Hab ich Schwarze Pocken, oder was?« Ihre Nacktheit schien ihr plötzlich nichts mehr auszumachen. »Oder hast du mir bloß was vorgespielt? Ist dir das hier nicht mehr gut genug, jetzt, wo du alles hast, was du wolltest?« Sie wies hinaus in den Flur, wo sie den Van Gogh entdeckt haben musste.

»Red du mir nicht von Spielen!« Er bekam keine Luft mehr, er musste hier raus, aber sie stand ihm im Weg. »Du hast doch genauso ne Show abgezogen wie alle anderen im Dorf auch!«

Sie verneinte entschieden. »Fin, das ist nicht wahr.«

Sie spielte noch immer mit ihm. Versuchte ihn einzuwickeln.

Glaubte im Ernst, sie könnte ihn mit ihren Reizen nochmal rumkriegen. Aber sie war nicht länger seine Meerjungfrau. Sie war ein Ungeheuer, eines mit acht Armen, das ihn in die Tiefe ziehen wollte. Alles in ihm sträubte sich gegen das Offensichtliche, gegen den Gedanken, eine Frau vor sich zu sehen. Auch wenn er beim besten Willen nichts anderes sah. Ihr Körper war nicht perfekt. Auch bei Licht betrachtet waren ihre Brüste nicht besonders groß, ihre Schultern waren zu breit und knochig, ihre Hüften vielleicht eine Spur zu schmal. Und doch stand da eindeutig eine Frau vor ihm. Nicht hübsch, aber doch auf ihre ganz eigene Art anziehend. Er verstand nicht, weshalb sie das alles so beharrlich versteckt hatte.

Trotzdem. »Du bist keine Frau.«

»Was glaubst du, hast du vor dir?« Ihre Stimme drohte zu kippen.

»Du bist keine Frau«, wiederholte Fin mit Nachdruck. Und fragte sich, wen er am Ende überzeugen wollte. Charlotte? Oder sich selbst?

»Dann sag mir, was andere Frauen haben, das ich nicht habe!« Sie kämpfte mit den Tränen. »Sag es mir!«

Er versuchte, ihrem Blick standzuhalten. »Du bist Thomas Keane. Und du wirst immer Thomas Keane bleiben!«

Er hielt es nicht mehr aus, er drängte sich an ihr vorbei und ergriff die Flucht. Ihre Hand packte seinen Arm, wollte ihn zurückhalten, aber er schüttelte sie ab. Stieß sie von sich. Dieses Mal nicht.

»Lass mich!«, brüllte er sie an und stürmte aus dem Zimmer.

Charlottes Stimme begleitete ihn durch den Flur. »Ich helfe dir! Ich werde da sein, wenn du mich brauchst!«, schrie sie ihm nach.

Seine eigenen Worte. Die Worte, mit denen er sie das letzte Mal verlassen hatte. Worte, die ihm mit einem Mal so lächerlich vorkamen.

Er polterte die Treppe hinunter und stürzte aus dem Haus. Erst als er schon auf halbem Weg zum Damm war, merkte er, dass er den Van Gogh vergessen hatte.

Scheiß drauf! Sollte sich doch die Polizei drum kümmern!

Mit festen Schritten marschierte er über die Mauer, wollte seine angestaute Wut loswerden, sie in Grund und Boden laufen, aber es gelang ihm nicht. Er war wütend auf Charlotte, wütend auf die Keanes, wütend auf alle, am meisten auf sich selber. Hatte sich vorführen lassen wie einen Dorftrottel. Wahrscheinlich hatte sie vom ersten Tag an über ihn Bescheid gewusst, hatte gewusst, dass er Polizist war, hatte sich zusammen mit ihrem feinen Bruder Jack totgelacht. Mit seinem Bruder. Ach, was solls. Abgehakt.

Er sprang in seinen Wagen und ließ den Motor an. Setzte ein Stück zurück. Etwas fiel mit einem dumpfen Plumps von der Rückbank. O'Connors Sonderangebot. Genau das, was er jetzt brauchte. Ohne Zögern angelte er nach der Flasche, zog den Korken ab und nahm einen langen Zug. Der Whisky brannte in seiner trockenen Kehle. Nein, die Welt sah danach nicht rosiger aus, aber der Alkohol hatte eine überaus angenehme Wirkung auf Schmerzen aller Art. Zumindest für Fin.

Er verkorkte die Flasche wieder und warf sie auf den Beifahrersitz. Dann bugsierte er den Wagen auf den Feldweg und trieb ihn den Hügel hinab. Der Ritt endete hart auf dem Asphalt der Landstraße. Fin schlug das Steuer ein, die Richtung war ihm egal. Bloß weg von hier.

Er fuhr ziellos durch die Nacht. Fort von hier. Fort von dieser Insel. Am besten fort aus diesem Leben. Er nahm hier eine Abzweigung, dort einen Feldweg. Und wunderte sich, dass es auf dieser Halbinsel so viele Straßen gab. Wahrscheinlich fuhr er ständig im Kreis, ohne es zu merken.

Er wusste nicht, was er tun sollte. Natürlich konnte er das Auto durch die Landschaft prügeln, bis kein Benzin mehr im

Tank war. Das war naheliegend, eventuell sogar befriedigend, aber doch nur die zweitbeste aller Lösungen.

In gleichmäßigen Intervallen schoben die Wischblätter die Regentropfen von der Scheibe. Es hatte eine ungemein beruhigende Wirkung. Einzig das penetrante Geknatter auf der Beifahrerseite ging ihm auf den Geist. Er beugte sich kurzerhand rüber und riss mit einem Ruck die Folie von der Tür. Kalte feuchte Luft strömte in den Wagen, aber das war ihm jetzt auch egal. Er schraubte die Heizung auf volle Leistung.

Er hätte damit leben können, wenn sie in den Kunstdiebstahl verwickelt gewesen wäre. Wenn sie nur den Van Gogh geklaut hätte. Sogar den toten Wachmann hätte er in Kauf genommen. Irgendwie hätte er damit umgehen können. Aber nicht mit so was.

Er nahm noch einen Schluck Whisky. Feuerte den Korken durchs offene Seitenfenster und klemmte sich die Flasche zwischen die Beine. Vielleicht hatte Charlotte recht, vielleicht wurde die Welt tatsächlich besser, wenn man sie sich schönsoff. Den Versuch wars allemal wert.

Charlotte war ein Kerl! Er konnte sich immer noch nicht beruhigen. Er war auf einen Kerl reingefallen! War er tatsächlich so verdammt triebgesteuert, dass er es nicht gemerkt hatte?

Verflucht, er war Polizist! Er hatte gelernt, eins und eins zusammenzuzählen, klare harte Fakten zu analysieren. Hatte sie ihm nicht sogar selber auf den Kopf zugesagt, jemand anderes sein zu wollen? Aber nein, er hatte sie nicht sehen wollen, die Wahrheit, wie sie auf ihn zugeschossen kam wie eine neongelbe Frisbeescheibe. Er hätte nur danach greifen müssen. Stattdessen hatte er sich rechtzeitig geduckt.

War er zu besoffen gewesen? Konnte man das als Entschuldigung gelten lassen? Oder war die Täuschung tatsächlich so perfekt gewesen?

Er schüttelte immer wieder fassungslos den Kopf. Was hatte

er sich nicht alles für Erklärungen zusammengebastelt. Einen prügelnden Ehemann. Ein Zeugenschutzprogramm. Sie hatte ihn nach Strich und Faden verarscht. Genau wie alle anderen. Nein, schlimmer noch. Ihr falsches Spiel kam einem Verrat gleich.

Er setzte die Flasche an die Lippen und trank beinahe schon gierig. Trat abrupt auf die Bremse. Verschluckte sich fast. War das da eben ein Schaf gewesen vor seiner Kühlerhaube? Er schaute nach rechts und links, aber da war nichts. Kein Wollknäuel weit und breit. Nicht mal ein Kobold. Dabei hätte er schwören wollen …

Er nahm noch einen Schluck auf den Schreck. Stellte den Motor ab und zog den Zündschlüssel. Fahren und gleichzeitig saufen ging selten gut. So viel Vernunft musste sein. Er stieg aus, nahm den Whisky und ließ den Wagen mitten auf der Straße stehen.

Der Regen hatte aufgehört. Er stapfte eine Weile die Straße entlang, nahm gelegentlich einen Schluck aus der Flasche und fragte sich lediglich, ob er sich von Foley entfernte oder geradewegs aufs Dorf zu lief. Als er auf eine Steinmauer stieß, beschloss er, seinen Frieden in der Landschaft zu suchen und folgte ihr kurzentschlossen den Hügel hinauf in die Dunkelheit. Unsicher trottete er durch das unwegsame Gelände, stolperte über hartgefrorene Grasbüschel, griff dann und wann in eine Brombeerranke und suchte Halt an der Mauer, was nicht einfach war, wenn man in einer Hand eine kostbare Whiskyflasche hielt. Ein paar aufgescheuchte Schafe meckerten erbost über die nächtliche Ruhestörung und zockelten davon. Fin fragte sich, ob die Viecher bei Nacht besser sehen konnten als er.

Die Mauer verfiel zusehends und endete irgendwann in einer morastigen Wiese. Er hatte keine Ahnung, wo er war. Aber dieser Platz war so gut wie jeder andere. Er hatte Meerblick, soweit Fin das in der Finsternis beurteilen konnte. Sehen konnte er den Atlantik zwar nicht, er hörte nur das eintönige, einschläfernde Heranrollen der Wellen, die sich irgendwo unterhalb von ihm an Stränden und Klippen austobten. Weit draußen am Horizont trennte ein blasses Zwielicht das Meer vom Himmel. Ein paar Findlinge lagen herum, groß genug, um sich draufzusetzen. Fin suchte sich den bequemsten aus, inspizierte ihn argwöhnisch, ob nicht vielleicht ein Kobold draufhockte, setzte sich hin und die Flasche an den Mund. Knapp die Hälfte des Whiskys hatte er schon niedergemacht, aber von der erlösenden Wirkung schien er noch meilenweit entfernt.

»Ist sie dir davongeschwommen?«

Er spuckte den letzten Schluck Whisky aus und hustete. »Wa–?»

»Wenn die Meerjungfrau zu lange an Land war und keinen Prinzen abgekriegt hat, dann muss sie wieder ins Meer zurück.«

Es dauerte einen Augenblick, bis er Nora Nichols' raue Stimme wiedererkannte. Er schaute sich in der Dunkelheit um. Tatsächlich, dort mitten auf der Wiese leuchteten ihre Lockenkringel aus dem Nichts.

Fin starrte seine Flasche an, dann Nora, als wäre sie eine hochprozentige Erscheinung. Er musste das jetzt nicht verstehen. Nicht mitten in der Nacht.

»Is irgendwo ne Koboldparty?« Er musterte die unförmig eingepackte Alte von ihrem dicken Schal bis zu seinen abhandengekommenen Schuhen.

»Nee, muss zu Aislin MacNally«, sie kam näher, die Hände tief in den Taschen einer schlafsackähnlichen Daunenjacke versteckt, »sie hat ein geheimes Rezept für Algenplätzchen. Du musst die Algen nämlich bei Neumond –«

»Neue Schuhe?«

Nora betrachtete ihre Füße. »Hat mir Festus geschenkt.«

»Festus?«

»Festus Gomball, Duffy Ältester. Der hat sie von Diarmuid. Sind 'n bisschen zu groß, aber ich trag halt zwei Paar Socken, dann passts.«

Fin schnaubte.

Vielleicht gingen Feen ja mit der Zeit, schließlich waren auch Meerjungfrauen nicht mehr das, was sie in anständigen Märchen mal waren. Die Kobolde waren über die Jahrhunderte nur allzu menschlich geworden, trugen heute wahrscheinlich Jeans und blaue Haare.

»Aislin hat mir erzählt, diese Meerjungfrau …«

»Sie ist keine Frau!«, blaffte Fin. Seine Nase lief. Er hatte kein Taschentuch. Musste halt der Ärmel seiner Jacke herhalten.

»Natürlich ist sie keine richtige Frau. Meerjungfrauen werden aus dem Schaum der Wellen geboren und –«

»Sie ist ein Mann.«

»Ein Mann?«

»Ein Kerl, ja.« Er machte bereitwillig Platz, so dass Nora sich zu ihm auf den Stein setzen konnte.

»Soso. Ein Kerl.«

»Nein. Eigentlich ist sie auch kein Kerl.« Er redete Blödsinn.

Nora äugte nach der Whiskyflasche, die Fin in der anderen Hand hielt. »Ja, was ist sie denn nun?«

Er seufzte und reichte ihr wortlos die Flasche. Nora leckte sich die runzligen Lippen und gönnte sich einen großzügigen Schluck. Nachdenklich musterte sie ihn von der Seite. »Hast du denn nicht mit ihr … ich meine, bist du denn nicht mit ihm … nein, also ihr habt doch bestimmt miteinander, na, du weißt schon … Oder?«

Fin wand sich. »Ja, … schon …«

»Na also.«

»Nix na also.«

»Das verstehe ich jetzt nicht.« Zur Klärung musste ein weiterer Schluck Whisky beitragen.

»Ich hab ja auch bis eben geglaubt, dass sie eine Frau ist, aber ...«

Die Alte machte eine wegwerfende Geste mit der Linken, während die Rechte eisern die Flasche umklammerte. »So sind sie, die Meerjungfrauen! Voller Heimtücke und Bosheit! Gaukeln dir was vor, nur um dich rumzukriegen! Hatte ich dich nicht gewarnt?« Ihre hellen Augen leuchteten im Dunkeln. »Du musst aufpassen, sonst ergehts dir wie meinem armen Joey. Der hat sich auch von so ner Rothaarigen einwickeln lassen. Du darfst halt nicht glauben, was du siehst, dann kann dir gar nichts passieren! Hör auf deinen Verstand! Nicht auf dein Gefühl!«

Leicht gesagt. Was hatte das alles bitte schön mit Verstand zu tun? Oder mit Gefühl? Sicher, er hatte sie gemocht – so lange sie noch eine Frau gewesen war. Und er war sogar bereit gewesen, einiges für sie aufs Spiel zu setzen. Aber jetzt?

»Weißt du, Junge, Meerjungfrauen sind genauso übel wie ihr Ruf«, unterbrach Nora seine Gedanken, »krallen sich jeden Kerl, den sie sehen. Glaub mir, mir sind in meinem Leben einige dieser grünäugigen Hexen begegnet. Fiona Scully zum Beispiel, ein geborenes Miststück, hatte mal ein Auge auf Eoin Gomball geworfen. Hat sich doch eines Nachts tatsächlich in die Gestalt von Elva, Eoins Verlobter, verwandelt, nur um ihn ins Bett zu kriegen. Oder die MacManus-Schwestern, bildhübsche reizende Mädchen, aber so falsch wie zwei Schlangen im Apfelbaum, das sag ich dir. Wie die beiden Aidan Connor in die Petrullie gebracht haben, damals als –«

Fin verdrehte die Augen. »Nora, bitte verschone mich!« Er nahm der Alten die Flasche ab und ließ das rettende Nass in seine Kehle rinnen.

»Die Meerweiber arbeiten mit allen Tricks. Erst verlassen sie ihre vertraute Umgebung und gehen an Land, um sich einen Kerl zu angeln. Aber wer will schon mit nem kalten glitschigen Fisch ins Bett? Was machen sie also? Werfen zack!« – sie klatschte mit der Hand auf ihren Oberschenkel – »einfach ihren Schwanz ab!«

»Allerdings.«

»Und jeder fällt drauf rein!«

Er rülpste.

»Ein Trost, dass nicht jede Meerjungfrau, die einen Prinzen gefunden hat, am Ende auch glücklich mit ihm wird.«

Sogar Nora wusste es. Geschichten mit Meerjungfrauen hatten kein Happy End. Trotzdem hatte er sein ganzes Leben umkrempeln wollen, hatte der Langeweile den Kampf angesagt. Und jetzt warf er die Flinte ins Korn, weil die Meerjungfrau, die ihn erlösen sollte, gar keine war. Eine Erkenntnis, die nicht allzu überraschend kam, wie er sich eingestehen musste. Nein, auf diese Erfahrung hätte er gut und gerne verzichten können.

Wo war sie geblieben, seine Energie vom Abend zuvor. Aufgelöst hatte sie sich wie Zucker im Kaffee. Übrig geblieben waren Bauchschmerzen und ein klebriger Rest, die widerlich sirupsüße Erkenntnis, dass er nie ein Held werden würde.

Was sollte er Ramsay erzählen? Oder wichtiger noch, was sollte er ihm nicht erzählen?

»Du musst eben versuchen, sie loszuwerden.«

»Was?«

»Weißt du, wie man eine Meerjungfrau loswird?«

»Nein, aber ich fürchte, du wirst es mir gleich verraten.«

»Wenn eine Meerjungfrau an Land geht, versteckt sie ihr Schuppenkleid. Darin wohnt ihre Seele. Du musst es nur finden und ins Meer zurückwerfen. Wenn die Meerjungfrau nämlich zu lange von ihrer Seele getrennt ist, stirbt sie. Also muss sie hinterherspringen.«

Das hörte sich einfach an. Aber Fin hatte kein Kleid gefunden. Nur einen Van Gogh, und den konnte er schlecht in den Atlantik werfen. Zudem war es unwahrscheinlich, dass Charlotte hinterhersprang.

»Und wenn sie wieder zurückkommt?«

Nora überlegte einen Moment, kramte in ihrem unerschöpflichen Vorrat an Feenweisheiten. »Dann musst du es machen wie Conn An Bacach. Der hat ein ganzes Dorf von einer wahren Meerjungfrauenplage befreit.«

»Und wie hat er das angestellt?«

»Er hat die Fischhäute den Hunden und Katzen des Dorfes zum Fraß vorgeworfen.«

»Oh ...« Auch irische Helden griffen bisweilen zu unorthodoxen Mitteln.

Obwohl ... vielleicht war die Idee gar nicht so schlecht wie sie sich anhörte. Vielleicht musste er seine Meerjungfrau wirklich den Hunden zum Fraß vorwerfen. Vielleicht war das seine einzige Chance. Eine zugegeben winzige Chance.

»Hier«, er drückte Nora die Flasche in die Hand, »du kannst den Rest haben.«

Er fasste einen Entschluss. Er musste zurück. Die einzige Möglichkeit, mit erhobenem Haupt aus dieser Geschichte rauszukommen, war, dass er mit dem Van Gogh unterm Arm vor Superintendent Ramsays Schreibtisch trat. Noch war es nicht zu spät.

»Feenlicht«, murmelte es neben ihm.

»Was?«

Seine Augen folgten Noras Hand, die mit dem Flaschenhals zum Horizont zeigte. Ein schwacher Lichtschein erhellte die tiefhängenden Wolken, strahlte für einen Moment und verlosch. Sekunden später flammte das Licht wieder auf, an derselben Stelle, leuchtete wie eine gigantische Taschenlampe und erstarb.

Fin hielt den Atem an. »Das is kein Feenlicht!« Hier feierten weder Feen noch Meerjungfrauen eine Party. Wenn hier jemand eine Einladung verschickte, dann war es nur eine einzige Meerjungfrau.

»Der Leuchtturm!« Fin sprang auf. Schwankte.

»Quatsch! Der is schon seit Jahren demonstriert!«, widersprach Nora.

Aber Fin war sich sicher. Er beobachtete den Widerschein, wartete bis er verlosch, zählte fünf Sekunden bis zu seiner Wiederkehr, nochmal drei Sekunden Dunkelheit und wieder fünf bis zum nächsten Lichtblitz.

»Verdammt, es ist der Leuchtturm!«

Im bleichen Dunst, den der Wind vom Meer hereinschob, hatte er fast so was wie einen Heiligenschein. Wie Jesus in der Krippe. Die einzige Lichtquelle weit und breit.

# 20. Jack

Vincent Van Gogh war dabei, das Land zu verlassen. Das wiedererweckte Leuchtfeuer konnte nur bedeuten, dass die Übergabe des Gemäldes unmittelbar bevorstand. Dicke fette Wolken überzogen den Nachthimmel, dünne Nebelschleier wanderten die Küste entlang. Ideale Voraussetzungen für ein heimliches Treffen auf hoher See.

Der Van Gogh würde wieder in der Versenkung verschwinden, aus der man ihn gerade erst hervorgeholt hatte, würde aus seinem Leben verschwinden und mit ihm die Chance, doch noch ein Held zu werden.

Ohne eine weitere Erklärung, dafür aber mit einer halben Flasche Whisky versorgt, ließ er Nora zurück und stolperte den Hügel hinunter. Trotz des nicht unerheblichen Anteils an Alkohol in seinem Blut funktionierten seine Beine, trugen ihn im Zickzack über die Wiese bergab bis er den harten Asphalt der Straße unter sich spürte. Und jetzt? Rechts? Links? Verflucht, wo hatte er sein Auto gelassen? Er drehte sich einmal um die eigene Achse, torkelte, schnaufte. Er war versucht, in Richtung Leuchtturm zu laufen, aber das erschien ihm zu naheliegend, zu einfach. Ein wahrer Held traf in einer solchen Situation intuitiv immer die richtige Entscheidung, aber er war kein Held. Noch nicht. Verdammt, der Van Gogh würde ihm durch die Lappen gehen, weil er sich nicht zwischen rechts und links entscheiden konnte! Er atmete ein paar Mal tief ein, presste Sauerstoff in seine Lungen, in der Hoffnung, seinen grauen Zellen auf die Sprünge zu helfen, stieß einen erbosten Schrei aus. Und wählte den Weg zurück nach Foley.

Er spürte die Kälte der Nacht kaum. Während er über die nasse Straße trabte und vereisten Pfützen auswich, wurde ihm warm. Die wetterfeste Wachsjacke drückte schwer auf seine Schultern. Durch seine Adern rauschte eine Whisky-Blut-Mischung, aber Doping fühlte sich anders an. Er hatte null Kondition. Aber sein gerade noch schmerzlich vermisster Überlebenswille scheuchte ihn vorwärts.

Über dem Hügel kratzten die ersten Vorboten des Morgens am östlichen Himmel. Vielleicht war es auch nur ein Wunschgedanke, während das Meer kalt und düster wie ein Grab zu seiner Rechten lag. Immer wieder schaute er sich um. Ja, das Leuchtsignal war noch da.

Vor ihm tauchte ein Hindernis auf der Straße auf. Sein Wagen. Offen und unangetastet. Er fragte nicht lange, welcher gnädigen Fügung des Schicksals er das zu verdanken hatte, sondern sprang hinein. Der Sitz war kalt und feucht. Er verschnaufte ein paar Sekunden, bis die Sternchen vor seinen Augen verblassten, dann rammte er den Schlüssel ins Schloss und gab Gas. Er schaltete das Fernlicht ein, bereit, jedes unvorsichtige Schaf erbarmungslos von der Straße zu schießen. Die Gangster sollten ruhig wissen, dass er kam. Es war kaum anzunehmen, dass er ihnen Angst einjagen oder sie gar aufhalten konnte, aber schließlich wussten sie ja nicht, dass er ganz auf sich allein gestellt war. Wussten nicht, dass er keinen Plan hatte. Wussten nicht, dass er nicht mal eine Waffe hatte. Aber dieses Mal würde er nicht kneifen. Nicht klein beigeben. Keine Ausreden gelten lassen. Er würde es durchziehen bis zum Ende.

Der Nebel wurde dichter je näher er dem Kap kam. Er war dankbar für das Leuchtsignal, das ihm als Orientierung diente. Kurz vor der Insel bog er von der Straße ab. Er hatte erwartet, den schwarzen Geländewagen an der Zufahrt zum Damm zu sehen, aber der Platz war leer.

Er suchte den Damm. Es war neblig, es war dunkel, alles war voller Wasser. Da vorne war die Zufahrt, überspült von flachen Wellen. Der Wasserstand konnte noch nicht hoch sein, er schätzte ihn auf höchstens eine Handbreit oder zwei. Das musste zu schaffen sein, wenn er sich beeilte. Zeit zum Überlegen hatte er eh keine, also gab er Gas und fuhr los. Die Reifen platschten ins Wasser, pflügten im Schritttempo durch die Wellen. Fins Herz klopfte. Im Scheinwerferlicht konnte er den Weg bestenfalls erahnen. Er hatte mehr als die Hälfte des Damms hinter sich gebracht, als der Motor plötzlich spuckte und absoff. Fin fluchte. Versuchte wieder zu starten, aber außer einem erbärmlichen Röcheln brachte der Motor nichts zustande. Draußen klatschte der Atlantik gegen das Blech.

»Scheiße!«

Er stemmte die Tür auf. Eine eiskalte Welle schwappte ins Wageninnere. Rasch sprang er hinaus und hangelte sich am Auto entlang. Hose und Schuhe waren innerhalb von Sekunden durchnässt. Mehr tastend als sehend arbeitete er sich durch die Wellen, er musste aufpassen, dass er die Steine unter seinen Füßen nicht verfehlte. Die Flut reichte ihm schon bis zu den Knien. Wild mit den Armen durch die Luft rudernd kämpfte er sich durch die Strömung und erreichte endlich das rettende Ufer. Triefendnass blieb er im Matsch stehen und japste. Sein aufgegebenes Auto bot einen traurigen Anblick, die Scheinwerfer schimmerten trübe durch schmutzigbraunes Wasser, die Karosserie bebte unter den heranrollenden Wellen, die Scheibenwischer glitten über die Frontscheibe wie das letzte Winken eines Ertrinkenden.

Wieso funktionierten die Scheibenwischer? Musste er das verstehen?

Wie hoch die Flut wohl stieg? Fin hatte gar kein gutes Gefühl was das Schicksal seines vierrädrigen Gefährten anging, aber darauf konnte er jetzt keine Rücksicht nehmen. Er spitzte die Ohren. Hörte ein dumpfes langgezogenes Tuten. Ein Nebelhorn. Und kurz darauf die Antwort. Etwas leiser. Weiter weg. Ein Boot draußen auf See. Irgendwo auf der anderen Seite der Insel. Er schaute den Hügel hinauf, beobachtete den Lichtkegel des Leuchtturms, der unerschütterlich über den Nachthimmel strich. Er sollte lieber vorsichtig sein, er wusste nicht, was ihn erwartete. Wie viele ihn erwarteten.

Entschlossen stapfte er die Anhöhe hinauf. Der Himmel war heller geworden, die Nacht würde ihm keine Deckung mehr bieten. Das Gebäude lag in völliger Dunkelheit, nur der Turm war erleuchtet. Die Linse drehte sich langsam, sandte Strahlen aus, die die Laterne umschlossen wie eine Krone.

Aber nicht nur der ungewohnte Anblick des sich drehenden Leuchtfeuers machte ihn misstrauisch. Noch etwas war anders, bemerkte er, als er hinüberlief. Aber er wusste auf Anhieb nicht was. Erst als es unter seinen Schuhen knirschte, sah er die zersplitterten Fensterscheiben der Veranda. Das Gras darunter lag voller Scherben.

Fin schaute sich um. Es erschien ihm unwahrscheinlich, dass ein Vogel der Grund gewesen war. Da hätte ein ganzer Möwenschwarm gegen die Scheiben fliegen müssen, um diese Zerstörung anzurichten. Nirgends entdeckte er etwas Verdächtiges. Keine Menschenseele weit und breit. Nicht mal das weiße Pferd. Auch auf der offenen See rührte sich nichts, soweit er das beurteilen konnte, außer einer gleichgültig blinkenden Boje.

Vielleicht hatte er eine Chance. Vorausgesetzt, der Deal war noch nicht gelaufen.

Nein, das Boot war noch zu weit weg.

Auf alles gefasst stieg er die Treppe hinauf. Leise Musik drang an sein Ohr. Nein, kein Sirenengesang. Irdische Stimmen. Die Scheibe in der Tür war als einzige heil geblieben, die Tür selbst nur angelehnt. Langsam stieß er sie auf, gab seinen Augen Zeit, sich an das Dämmerlicht zu gewöhnen, und trat ein.

Der Boden war übersät mit Glasscherben, aber mit weitaus weniger als draußen auf der Wiese lagen. Demnach musste jemand die Fenster von innen mit irgendeinem Gegenstand traktiert haben. Wahrscheinlich mit der Krücke, die dieser Jemand achtlos mitten in dem Durcheinander liegengelassen hatte.

Der CD-Spieler lief leise. Eine Ballade der *Eagles*. Don Henleys wehmütige Stimme klang nach Sonnenuntergang in der kalifornischen Wüste, nach Cabriofahren auf schnurgeraden Highways, nach Palmen, die sich im lauen Sommerwind wiegten. Erzählte von einem ganz anderen Leben in einer ganz anderen Welt, weit weg von hier. Ganz weit weg von einer nassen kalten Novembernacht in Irland.

Charlotte?

Er entdeckte sie in der Hängematte. Sie schlief.

Wieso war sie hier? Wieso nicht unten beim Anleger? Bei der Übergabe des Van Gogh?

Er trat näher, vermied es, auf die Scherben zu treten, die ihn verraten würden. Seine nassen Schuhe quietschten leise und hinterließen dunkle Spuren auf den Steinfliesen.

Sie sah anders aus als sonst. Sie trug ein Kleid aus dünnem, geblümten Sommerstoff, völlig unpassend für diese Jahreszeit. Die Beine waren nackt, die Füße verschwanden unter einer Wolldecke. Sie trug eine Strickjacke, trotzdem fror es Fin bei ihrem Anblick. Er war versucht, ihr die Decke überzulegen, aber er wagte es nicht. Sie sah so seltsam friedlich aus. Ein Ohrring glitzerte durch ihre roten Haarsträhnen. Sie hatte Make-up aufgelegt. Gerade so viel, dass es einem aufmerksamen Beobachter auffiel. Eine frische Röte überzog ihr Gesicht. Es stand ihr gut.

Sie erwartete jemanden. Ganz gewiss nicht ihn, Fin.

Jack Keane?

Erst jetzt bemerkte er die Katze, die sich zu ihren Füßen zusammengerollt hatte. Sie starrte ihn an, regungslos, zwei glühende grüne Punkte im Halbdunkel.

Fin ließ sich nicht einschüchtern. Er schaute sich um, lauschte auf ungewohnte Geräusche. Durch die zerbrochenen Fenster hörte er das Meer, ein kalter Luftzug ließ die langen Wedel der Palme leise rascheln.

Sie schien allein zu sein. Niemand sonst, der mit ihr zusammen auf das Eintreffen des ominösen Schiffes wartete, für das das Leuchtfeuer seine einsamen Runden drehte.

Sein Blick fiel auf die Glasscherben, die im Dämmerlicht glitzerten wie ein Mosaikfußboden. Warum hatte sie das getan? Wahrscheinlich war sie ebenso wütend auf ihn gewesen wie er auf sie. Da ging schon mal was zu Bruch.

Wieder ertönte das Nebelhorn des Leuchtturms, und wieder folgte einige Sekunden später das Echo von See her. Fin versuchte, die Distanz abzuschätzen, versuchte sich auszurechnen, wie viel Zeit ihm noch blieb.

Er musste sich entscheiden. Würde ihm der Van Gogh genügen, dann sollte er sich beeilen. Wenn er allerdings herausfinden wollte, wer hinter dem Deal steckte, musste er sich in Geduld üben. Letzteres war in jedem Fall gefährlicher, zumal er unbewaffnet war. Er hätte Verstärkung anfordern sollen, aber ohne Handynetz? Jetzt war es eh zu spät.

Er fragte sich, wie sie jetzt schlafen konnte. Sie musste sich ihrer Sache sehr sicher sein.

Er räumte die Zeitschriften von dem kleinen niedrigen Tisch neben der Hängematte und hoffte, er würde sein Gewicht tragen. Als er sich setzte, knackte das Holz widerstrebend, aber es hielt. Er stützte die Ellbogen auf die Knie und war auf Augenhöhe mit Charlotte. Aufmerksam betrachtete er ihre Gesichtszüge, versuchte darin Thomas Keane zu finden, den Mann, den er nie kennengelernt hatte, aber er schaffte es nicht. Er sah immer nur Charlotte.

Was wäre aus ihnen beiden geworden, wenn er ihr Geheimnis nicht entdeckt hätte? Wenn sie gar kein Geheimnis gehabt hätte. Wenn sie eine ganz gewöhnliche Frau gewesen wäre. Hätten sie eine Chance gehabt, eine gemeinsame Zukunft?

Vielleicht.

Er schaute zu Boden. Seine Schuhe hatten bereits kleine Pfützen hinterlassen.

Etwas in ihm bewunderte sie, wenn auch widerwillig. Sie hatte jemand anders sein wollen. Sie hatte einen radikalen Entschluss gefasst und war ihrem Ziel bis zum Ende treu geblieben. Sie hatte es geschafft. Er fragte sich, ob er selber wohl den Mut aufgebracht hätte, einem solchen Weg so kompromisslos zu folgen. Wahrscheinlich nicht. Seine Suche nach einem Sinn in seinem eigenen Leben nahm sich dagegen aus wie ein Spaziergang im Park. Er war noch weit davon entfernt, mit sich selber ins Reine zu kommen, aber auch er würde es schaffen.

Und er würde sie dabei zerstören …

Die CD lief ins Leere, die Musik verstummte. Das Meer hatte die Bühne wieder für sich alleine, füllte den Raum mit seiner vertrauten Sinfonie aus unablässigem, eintönigen Rauschen, nur unterbrochen vom Einsatz des Nebelhorns.

Die Antwort folgte schnell dieses Mal – und sie war verdammt nah.

Fin sprang auf.

Die Katze schrak zusammen und machte einen Satz von der Hängematte. Etwas klirrte auf dem Steinboden, etwas kleines, das gerade in tausend Scherben zersplittert war. Die Katze hielt für eine Sekunde inne, warf ihm einen giftgrünen Blick zu und verschwand auf lautlosen Pfoten in der Dunkelheit des Treppenhauses.

Fin blickte irritiert auf die Hängematte, die leicht schaukelte wie von einem sanften Windstoß bewegt.

Charlotte rührte sich nicht.

Auf dem Fußboden unter ihr lagen dunkle Scherben. Reste einer kleinen Arzneiflasche. Fin bückte sich. Er erwartete eine Lache, Spritzer, den Inhalt der Flasche über den Boden gegossen, aber rundherum war alles trocken. Wenn man von seinen Fußspuren absah. Die Flasche musste leer gewesen sein. Er hob eine Scherbe auf, an der noch ein Rest des Etiketts klebte. Noch ehe er die Schrift entziffert hatte, wusste er Bescheid.

Diocacin.

Er sprang auf. Beobachtete Charlotte.

Wo waren die gleichmäßigen Atemzüge einer Schlafenden?

Er beugte sich über sie.

In einer Stofffalte der Hängematte entdeckte er die leere Spritze.

Hatte sie die ganze Flasche…?

Ihm stockte der Atem. Zögernd schwebte seine Hand über ihr. Er wagte nicht, sie anzufassen. Das Unabänderliche festzustellen. Er musste all seinen Mut zusammennehmen. Berührte ihre Wange. Ganz zaghaft mit der Fingerspitze.

Und zuckte zurück.

Ihre Haut war kalt.

Er atmete aus.

Legte einen zitternden Finger an ihren Hals. Versuchte einen Pulsschlag festzustellen.

Leise. »Charlotte?«

Rüttelte sie leicht an der Schulter, wie man es tat, wenn man einen Schlafenden wecken wollte.

Etwas lauter. »Charlie …«

Sie reagierte nicht. Nur die Hängematte schwankte leicht.

Es musste eine tödliche Überdosis gewesen sein. Und kein

Versehen. Die ganzen Umstände, die zertrümmerten Fenster, das Kleid, die Musik, alles ließ nur einen einzigen Schluss zu.

Er war zu spät gekommen.

Er hatte mit allem gerechnet, aber nicht damit. Er fühlte einen Kloß in seinem Hals aufsteigen. Versuchte ihn runterzuschlucken.

»Warum, verdammt …« Seine Stimme war nur ein raues Flüstern.

War seine Meerjungfrau ins Meer zurückgekehrt, weil der Prinz sie nicht erhört hatte? War es seine Schuld? Weil er sie zurückgewiesen hatte?

Er betrachtete ihre Gesichtszüge, versuchte, sich ihre grünen Augen vorzustellen, ihren Meerjungfrauenblick, der ihn so verzaubert hatte. Aber das Bild verschwamm vor seinen Augen.

Irgendwo knarrte Holz.

Als er aufblickte, sah er einen Mann im Aufgang zum Treppenhaus stehen. Groß, kräftig, um die Vierzig, die dunkelblonden Haare nach hinten gekämmt, das sonnengebräunte Gesicht von einem sauber gestutzten Vollbart eingerahmt. Die vergangenen zehn Jahre hatten Jack Keane nicht geschadet. Fin fragte sich, wie lange er schon dort gestanden hatte.

»Sie ist tot«, murmelte Fin.

»Ja.« Seine Stimme klang ruhig und gefasst. Es war anzunehmen, dass er sie schon vor ihm gefunden hatte.

Fin bemerkte, dass er ein flaches Paket in der Hand trug. Etwa sechzig mal neunzig Zentimeter groß, in braunes Wachspapier verpackt und ordentlich verschnürt.

Fin deutete auf das Gemälde. »War es das wert?«

Jack stellte das Paket ab und lehnte es gegen die Wand. »Das Geld war für Charlie. Für die Therapie in den USA. Ist nicht ganz billig, so was.«

»Therapie?« Hatte sie sich weiteren Operationen unterziehen müssen?

»Charlie hatte Probleme mit den Knochen. Wahrscheinlich wegen der vielen Hormone in den letzten Jahren«, gab er bereitwillig Auskunft. Er ahnte wohl, dass Fin Bescheid wusste. »Schmerzen im Rücken. Konnte an manchen Tagen kaum laufen.«

Der Motorradunfall. Noch so eine Lüge.

Jack hob unschlüssig die Schultern. »Ich bin kein Arzt. Ich sorge nur für das nötige Kleingeld.«

»Das wird ihr jetzt nichts mehr nützen.«

»Das Geschäft ist eingefädelt, ich stehe zu meinem Wort. Der Käufer wird das Gemälde heute Nacht abholen. Er wartet draußen auf einem Schiff. Charlie hätte nicht gewollt, dass alles umsonst gewesen wäre.« Er schien es nicht eilig zu haben. Breitbeinig hatte er Aufstellung genommen, die Hände in den Taschen seiner braunen Wildlederjacke vergraben. Fin fragte sich, ob er bewaffnet war.

»Der Käufer wird es sich kaum ins Wohnzimmer hängen können.«

»Mir egal. Meinetwegen kann er sich die Pappe aufs Klo hängen, solange er bezahlt. Irgend so 'n neureicher Russe aus London.« Er war sich seiner Sache ziemlich sicher, sonst würde er Fin kaum mit den Details vertraut machen. Sicher, dass ihm niemand dieses Geschäft vermasseln würde. Schon gar nicht Fin, womit er vermutlich recht hatte, allein und unbewaffnet wie er war.

»Ich fürchte allerdings, aus dem Deal wird nichts.« Fin streckte sich zu voller Länge, um die fehlende Selbstsicherheit durch Körpergröße wettzumachen. »Es hat einen Toten gegeben.«

»Das tut mir leid. Keiner von uns konnte ahnen, dass der Knabe ein schwaches Herz hatte.«

»Das ändert nichts daran, dass hier Schluss ist.«

»Du willst mich aufhalten?« Er klang so überheblich wie vor zehn Jahren.

»Die Polizei ist informiert. Sie ist auf dem Weg hierher.« Der älteste und billigste aller Bluffs, immer wieder gerne benutzt, auch wenn er so gut wie nie funktionierte.

Jack lächelte. Er machte keinen Hehl daraus, dass er ihm nicht glaubte. »Und wenn schon. Hundert Meter von hier liegt ein Boot, das mich und dieses Bild hier zu einer Yacht draußen vor der Küste bringen wird. Wie willst du das verhindern?« Er zog eine Pistole aus der Jacke. »Hiermit vielleicht?«

Fin erstarrte. Er hatte es geahnt. Jack Keane nagelte ihn mit seinen hellen Augen fest, versuchte abzuschätzen, was sein Gegner bereit war zu riskieren. Aber er erkannte schnell, dass Fin kein gleichwertiger Gegner war. Müde ließ er die Waffe sinken. »Nein, Fin O'Malley, du nicht …«

Er trat an die Hängematte heran, die zwischen ihm und Fin hing, und betrachtete die Frau, die bis vor zehn Jahren sein Bruder gewesen war. »Eigentlich müsste ich sauer auf dich sein.« Ein Seitenblick verriet Fin, wer gemeint war. »Wenn du nicht gewesen wärst …«

Er ließ das Ende des Satzes offen. Fin ahnte, dass Jack ihm die Schuld daran gab, dass Charlotte diesen letzten Ausweg gewählt hatte. Vielleicht nicht ganz zu unrecht.

»Aber ich habe immer befürchtet, dass es eines Tages soweit kommen würde. Er hatte sich vieles zu einfach vorgestellt … Er hat es schon mal versucht, weißt du?« Seine harten Züge schienen nicht mehr ganz so abweisend. »Vielleicht ist es gut so wie es ist. Wenn die Polizei Charlie geschnappt hätte, was glaubst du, wo sie ihn hingesteckt hätten? In den Männerknast? Oder in den Frauenknast?«

Es klang zynisch aus seinem Mund, aber Fin waren die geröteten Augen nicht entgangen. Ganz sicher hatte er die Tote vor ihm gefunden. Seinen Frieden mit ihr gemacht. Vielleicht aber hatte er schon vor zehn Jahren getrauert, als er einen Bruder verloren hatte.

»Sie wusste, dass ich Polizist bin?«

»Jeder in Foley wusste es.«

Soviel zu seiner Tarnung.

»Als ich gemerkt habe, dass du dich für Charlie interessierst, hab ich ihn gewarnt. Aber er ließ sich nicht beirren. So war er halt, unser Tommy, schon als kleiner Junge. Wenn er mal was in seinem Dickschädel drin hatte …«

Die Vergangenheitsform fiel ihm erstaunlich leicht, leichter als die Worte Charlotte oder sie. Charlie war neutral, damit konnte er leben, nicht aber mit Charlotte. Sein Herz hatte sich wohl nie so recht damit abgefunden, dass der kleine Bruder, der einst mit ihm durch dick und dünn gegangen war, nun seine Schwester war.

»Ausgerechnet ein Bulle …«

»Sie hat mich benutzt«, entgegnete Fin illusionslos.

Jack zuckte mit den Achseln. »Hast du doch auch. Oder was sollte dieses Schmierentheater mit dem Journalisten, der hinter Shergar her war? Du warst doch bloß scharf auf den Van Gogh.«

Fin wandte sich schuldbewusst ab. Draußen vor den zersplitterten Fensterscheiben breitete sich graues Morgenlicht aus. Die ersten Möwen machten sich auf die Suche nach einem Frühstück. Die Luft im Raum war kalt und feucht. Genau wie seine Jeans und seine Schuhe. Jack hatte recht, wenigstens was den Anfang der Geschichte betraf.

»Erst dachte ich noch, das sei ne fabelhafte Idee«, fuhr Jack fort, »solange du um Charlie herumscharwenzelt bist, wussten wir immer, wo du steckst, was du gerade treibst, wie weit du mit deinen Nachforschungen bist. Aber dann hab ich gemerkt, dass Charlie sich mehr für dich erwärmt hat als mir lieb war. Im Leben hab ich nicht damit gerechnet.«

»Du warst es, nicht wahr? Du hast auf mich geschossen.«

»Ich wollte dich nicht treffen«, wehrte er ab, »bloß warnen. Oder besser noch verscheuchen. Scheinst aber von der hartnäckigen Sorte zu sein, was? Der Teufel weiß, welchen Narren er an dir gefressen hatte.«

Er beugte sich über die Hängematte. Legte die Pistole zur Seite. Nahm die Wolldecke von ihren Füßen und deckte sie sorgfältig zu. Sie sah aus, als ob sie friedlich schlief.

»Der Unfall vor zehn Jahren«, begann Fin.

»Alles Schwindel. Ein Ablenkungsmanöver ... Mein kleiner Bruder war noch nie 'n richtiger Kerl gewesen, wenn du weißt, was ich meine. Hat schon in der Schule immer nur eingesteckt, nie ausgeteilt. Ich hab ihn immer raushauen müssen.« Er strich ihr liebevoll eine Haarsträhne aus dem Gesicht. »Aber als er zu mir kam und mir erzählte, was er vorhatte, da hats mich glatt umgehauen.«

Er zog ein Päckchen Zigaretten aus dem Inneren seiner Jacke. Fin erkannte die Filterlosen aus dem Aschenbecher.

»Es war echt nicht einfach, sich mit dem Gedanken anzufreunden, statt eines Bruders in Zukunft eine Schwester zu haben.«

Er hatte sich bis heute nicht damit abgefunden. Vermutlich hatte er nie verstanden, was seinen Bruder zu diesem Schritt bewegt hatte. Hatte wahrscheinlich ebenso wenig zuhören wollen wie Fin. Er steckte sich eine Zigarette in den Mundwinkel und zündete sie an. »Ich hab natürlich versucht, es ihm auszureden. Hab ihn für verrückt erklärt. Aber er hatte seine Entscheidung getroffen. War nicht durch Geld und gute Worte davon abzubringen. Eben stur wie ein Maulesel. Immerhin hab ich ihn überredet, es erst mal ... naja, auszuprobieren, ehe er was tut, was er später vielleicht bereut. Er hat dann ein paar Monate in New York gelebt. Als Frau. Es war zwar nur die äußere Hülle ... Aber was soll ich sagen, er war felsenfest davon überzeugt, das Richtige zu tun.« Er schnippte die Asche in den Palmenkübel. »Was sollte ich machen? Ich hab Tommy geliebt, er war schließlich mein Bruder. Also hab ich ihm geholfen. Es fing alles relativ harmlos an mit ner Hormonbehandlung. Tabletten und Spritzen und so. Natürlich nicht hier in Irland. In den Staaten ist so was schon einfacher. Vorausgesetzt, man hat genug Geld. Und glaub mir, da ist in den letzten zehn Jahren einiges draufgegangen.«

Fin ließ ihn reden. Er war ein geduldiger Zuhörer, Familie und Kollegen hatten schon immer gerne ihren Müll bei ihm abgeladen. Beiläufig schielte er nach der Pistole, die in der Hängematte lag.

»Natürlich gabs zwischendurch Durststrecken. Zweifel. Zwei Monate nach der letzten Operation hat er einen Selbstmordversuch unternommen. Hat sich in einem Anflug von Panik die Pulsadern aufgeschlitzt. Ist gerade nochmal gutgegangen. Er war erst übern Berg, als er endlich die Papiere hatte, die ihm offiziell bestätigten, dass er nun eine Frau war.«

»Vermutlich alles Fälschungen.«

»Nicht ganz«, erwiderte Jack und spuckte einen Tabakkrümel aus, »der neue Pass ist absolut echt. Mit Stempel und allem Drum und Dran. Aber durch unsere … nennen wir es mal kriminelle Vorgeschichte mussten wir natürlich seine Vergangenheit etwas … nun ja, etwas frisieren.«

»Und die Leute hier in Foley? Wussten sie davon?«

Jack nickte. »Alle haben sie gewusst, was gelaufen war. Angefangen bei Joey MacGann, der mit auf dem Kutter war, als wir ihn eigenhändig abgefackelt haben.«

»Und sein Sohn Billy.«

Jack nickte wieder.

»Mrs. O'Grady von der Poststelle hat was von einem Ehemann in Dublin erzählt. Charlotte hat zugegeben, dass –«

»Charlie ging nach Dublin, weil er glaubte, er hätte es dort leichter. Von wegen Anonymität der Großstadt und so. Aber irgendwie fehlte ihm letztlich wohl der Mut. Als hätte er mit den männlichen Hormonen auch all seinen Schneid verloren ...« Jack seufzte und nahm einen letzten langen Zug von seiner Zigarette. »Er war bald wieder zurück in Foley. Er brachte es seltsamerweise nicht fertig, von hier fortzugehen, den letzten Schritt in ein neues Leben zu wagen und alles vertraute hinter sich zu lassen, wirklich alle Brücken abzubrechen ... Und dann kamst du.«

»Ich?«

»Der erste Fremde, der Charlie so gesehen hat, wie Charlie sein wollte. Als Frau.« Er schaute sich kurz um und stopfte den Zigarettenstummel schließlich in die Blumenerde. »Hier im Dorf hat sich kein Mann für sie interessiert. Hier wussten ja alle Bescheid.«

»Kein Wunder, dass Fiona O'Grady so pikiert dreingeschaut hat, als ich mich so offen für Charlotte interessiert hab.«

Jack verkniff sich ein Grinsen. Er wandte sich ab und griff sich sein braunes Päckchen. Warf einen Blick auf seine Uhr. »Schade eigentlich, aber ich muss unseren netten Plausch hier beenden. Hab nämlich noch ne Verabredung.«

Fin dachte nicht nach. Es war wie ein Reflex. Er griff mit beiden Händen nach der Pistole, die Jack in der Hängematte liegengelassen hatte. Und richtete sie auf sein Gegenüber.

Jack hielt überrascht inne, zeigte sich aber wenig beeindruckt. »Du solltest vorsichtig sein mit dem Ding. Es ist geladen.«

Genau daran zweifelte Fin in diesem Augenblick, denn Jack Keane blickte bemerkenswert gelassen in die Mündung seiner eigenen Waffe. Aber es half nichts, er musste es drauf ankommen lassen. »Du gehst nirgendwohin! Du bleibst hier! Und der Van Gogh auch!«

Ein spitzbübisches Lächeln huschte über Jacks Gesicht. »Was willst du tun? Mich erschießen?«

»Ich verhafte dich, Jack Keane!« Fin versuchte, wie Robert de Niro zu klingen. Oder wenigstens wie John Wayne. Drohungen hatten noch nie zu seinen Stärken gezählt.

»Wenn du mich verhaften willst, musst du mich schon erschießen. Aber ich mache es dir leicht. Ich drehe dir den Rücken zu, dann kannst du sagen, du hättest mich auf der Flucht erschossen.«

Er wandte sich ab und ging zur Tür.

Fin hielt die Pistole auf ihn gerichtet. Er musste nur abdrücken. Es war ganz einfach. Und doch so schwer. Verdammt, er musste ihn ja nicht gleich töten! Vielleicht reichte es ja, wenn er ihn ins Bein schoss, damit er nicht abhauen konnte.

Jack hatte den Türknauf in der Hand und sah ihn über die Schulter hinweg an. »Nein, das sähe doch zu sehr nach feigem Mord aus, oder? Ich drehe mich besser wieder um, dann kannst du's als Notwehr hinstellen.«

Er tat es und sah Fin erwartungsvoll an.

Aber nichts passierte. Fin zielte. Aber sein Finger gehorchte ihm nicht.

Jack riskierte ein selbstgefälliges Grinsen. Er hatte gewusst, dass Fin nicht abdrücken würde. »Soll ich dir was verraten?« Mit gemächlichen Schritten kam er zurückgeschlendert, blieb vor ihm stehen, die Hängematte eine Barriere zwischen sich und seinem Gegenüber. Ebenso bedächtig hob er den Van Gogh hoch, hielt ihn Fin in Augenhöhe vor die Nase und riss mit einem einzigen Ruck die Papierhülle runter.

Fin zuckte zurück. Behielt aber die Pistole im Anschlag.

»Schau genau hin.«

Den Teufel würde er tun. Er richtete die Waffe unbeirrt auf Jack. Vielleicht ein klein wenig tiefer, um das Bild nicht zu treffen. Noch durchschaute er die Taktik nicht.

Jack ignorierte die Pistole. »Fällt dir an dem Heiligenschein von dem Bengel in der Krippe irgendwas auf?«

Fin wagte nicht, Jack auch nur eine Sekunde aus den Augen zu lassen. »Nein, was sollte mir auffallen?«

»Das Weiß, mit dem die Farben aufgehellt wurden.«

»Und? Was ist mit dem Weiß?«, blaffte er.

»Alba 405.«

»Alba – was?« Fin bekam langsam einen Krampf in die Arme.

»Alba 405. Auch Antwerpener Weiß genannt. Eine Ölfarbe, die Anfang der Zwanzigerjahre des vergangenen Jahrhunderts auf den Markt kam. Etwa dreißig Jahre, nachdem sich der gute Vincent das Lebenslicht ausgeblasen hat«, erwiderte Jack ungerührt, »alle anderen Farbpigmente stammen eindeutig aus dem neunzehnten Jahrhundert.«

»Das heißt?« Die Antwort konnte er sich denken.

»Der Van Gogh ist eine Fälschung. Zugegeben, eine ziemlich gute – aber eben eine Fälschung.« Jack legte den Kopf schief und lächelte, ein Abbild an Arroganz und Überheblichkeit.

»Das glaub ich nicht. Die Experten …«

»Experten! Träum weiter!«, spuckte Jack aus. »Es gibt Experten, die bestätigen dir genau das, was du hören willst, solange das Honorar stimmt!« Er betrachtete das Bild in seinen Händen. »Charlie hat es herausgefunden, als er den Van Gogh übermalt hat. Und glaub mir, wenn jemand Ahnung hatte von alten Bildern und Farben …«

Das musste ein Trick sein. Irgendein Ablenkungsmanöver.

»Warum erzählst du mir das? Glaubst du, ich lass dich jetzt mit dem Ding laufen, bloß weil du mir weismachen willst, es sei kein echter Van Gogh?« Die Pistole wog immer schwerer in seinen Händen. »Netter Versuch …«

Jack ließ das Gemälde sinken, legte es schließlich behutsam auf die Hängematte. Auf die Decke zu Charlottes Füßen.

»Du hast mich gefragt, ob es das wert war«, sagte er unvermittelt leise, ohne Fin dabei anzuschauen. Er strich mit einer Hand über die glänzende Oberfläche des Ölbildes, als müsse er eine imaginäre Staubschicht fortwischen. »Ja, ich glaube, das war es wert. Ich glaube, sie hat dich wirklich gemocht.«

Da war es plötzlich. Ein winziges, kaum hörbares »sie«, das über Jacks Lippen geschlüpft war.

Er wandte sich ab, ging zur Tür und verließ den Leuchtturm, ohne noch einmal zurückzuschauen. Fin sah ihm nach, verfolgte ihn durch die zertrümmerten Fenster, wie er ohne Eile über die Wiese zur Treppe schritt, die hinab ans Meer führte, und aus seinem Blickfeld verschwand.

Er spürte, wie die Anspannung von ihm abfiel. Wie sich die Finger von der Pistole lösten. Wie der Schuss sich fast von alleine löste.

Mit lautem Krachen platzte das Glas in der Tür. Die letzte noch intakte Scheibe der Veranda zerbarst in tausend Stücke.

# Fin

Er hatte ein Problem.

Er musste seinem Chef erklären, wieso er mit der Beute zurückkam, aber ohne den Dieb. Und er musste diesen Umstand in eine Geschichte verpacken, die einerseits plausibel war, aber andererseits so weit weg von der Wahrheit wie irgend möglich. Für einen Polizisten keine leichte Aufgabe.

In Gedanken hatte er verschiedene Varianten durchgespielt, und er war zu dem Ergebnis gekommen, dass er den Van Gogh schlicht und einfach gefunden hatte. Zugegeben, das war wenig heldenhaft, aber es vermied zeitraubende Untersuchungen.

Als Fundort wäre natürlich der Leuchtturm in Frage gekommen, was der Wahrheit verdammt nah kam – für Fins Geschmack zu nah. Vor allem zu nah an Foley, dem Ort seiner persönlichen Niederlage. Nein, irgendein verlassenes Gehöft auf dem Moor war glaubwürdiger. Bei Bedarf würde er eins aus dem Hut zaubern, in Donegal standen genug davon herum.

Als Superintendent Ramsay nachhakte, wie ausgerechnet er es geschafft hatte, über den Van Gogh zu stolpern, wo alle Welt erfolglos nach der Stecknadel im Heuhaufen suchte, erzählte Fin etwas von akribischer Spurensuche und endlosem Klinkenputzen bei der Bevölkerung, nächtelangen Observationen und detektivischem Spürsinn, kurz, von handwerklich sauberer Polizeiarbeit. Es war Ramsay anzusehen, dass er ihm kein Wort glaubte.

Von den Keanes war keine Rede mehr. Als Ramsay ihn wider Erwarten fragte, wer denn wohl seiner Meinung nach die Drahtzieher dieses aberwitzigen Coups waren, war Fin kurz versucht, die ganze Sache Bo und Duffy Gomball anzuhängen und Nora Nichols als Kronzeugin zu laden. Er stellte sich schon vor, wie Superintendent Ramsay höchstpersönlich die Zeugenbefragung vornahm, verwarf aber den zugegeben äußerst reizvollen Gedanken letztendlich wieder. Stattdessen brachte er die Russenmafia ins Spiel, holte noch die IRA mit ins Boot und ließ auch islamistische Terroristen nicht unerwähnt, damit niemand sich zurückgesetzt fühlte. Jeder war ihm recht, solange sich die Polizei von Foley fernhielt. Sollten sie sich doch eine Spur aussuchen, ihm war es egal, für Fin zählte unterm Strich nur, dass er den Van Gogh heil zurückgebracht hatte. Das sollte doch genügen, um ein Held zu sein.

Tat es aber nicht.

Es war Superintendent Ramsay, der den Fahndungserfolg verkaufte, als sei es sein eigener. Als sei er höchstselbst in Gummistiefeln übers Moor gestapft, den Übeltätern hart auf den Fersen, die sich seiner Meinung nach über die Grenze nach Nordirland abgesetzt hatten, womit der Schwarze Peter wieder zu den Briten zurückgekehrt war. Bei der gutbesuchten Pressekonferenz sang Ramsay ein Loblied auf die irische *Gardai* im Allgemeinen und erwähnte Fins Anteil am Erfolg nur am Rande. Als in den Zeitungen dann der Name des ermittelnden Beamten mit Fintan Malloy angegeben wurde, wusste Fin, dass er sogar die hausinterne Pressestelle gegen sich hatte.

Es gab natürlich auch keine Belohnung, von einer Beförderung ganz zu schweigen. Ramsay erklärte, Fin solle froh sein, dass er ihn nicht einen Kopf kürzer mache für die dilettantischen Ermittlungen, schließlich sei es seine Schuld, dass der oder die Täter entkommen konnten. Außerdem war da noch die Sache mit dem Dienstwagen, den Fin auf unbegreifliche Weise in den Fluten des Atlantiks versenkt hatte.

Fins Kündigung kam überraschend. Sogar für Superintendent Ramsay, der allerdings schon immer gewusst hatte, dass Finbar O'Malley eine Niete ohne Rückgrat war.

Er sollte nie erfahren, was in Foley wirklich passiert war.

Kurz vor Weihnachten ging in London mit zwei Monaten Verspätung die Versteigerung des Van Gogh doch noch über die Bühne. Den Zuschlag erhielt ein anonymer Sammler zum Schnäppchenpreis von 75 Millionen Britischen Pfund. Eine solche Summe konnte sich kein öffentliches Museum leisten, und so war abzusehen, dass das Werk bald wieder in der Versenkung irgendeines Privatgemaches verschwinden würde.

Die Sache mit der Fälschung behielt Fin für sich. Eine bescheidene Rache, die ihm ein klein wenig Genugtuung verschaffte.

Einzig Lily fand, dass ihr Dad sich großartig geschlagen hatte, auch wenn er dafür in seinem Bericht die Verdächtigen noch etwas finsterer und die Ermittlungen noch etwas gefährlicher hatte machen müssen. Wenigstens in ihren Augen durfte er ein Held sein, und das war Balsam für seine Seele. Weniger großartig fand sie allerdings, dass er endlich in die Scheidung von ihrer Mutter eingewilligt hatte. Zwar zeigte sie mit ihren fünfzehn Jahren, dass sie erstaunlich viel Verständnis für die Situation ihrer Eltern aufbrachte, aber sie würde ihren Vater vermissen.

Denn Fin war mit einem großen Koffer unter dem Arm endgültig aus der ehemals gemeinsamen Wohnung ausgezogen, nur Lily hatte er einen Zettel mit seiner neuen Adresse in die Hand gedrückt. Sollten die Anwälte den Rest erledigen.

Ihm fiel nur ein einziger Ort ein, an dem er jetzt sein wollte. Nicht für immer, nur für eine Weile. So lange, bis er wusste, was er mit der zweiten Hälfte seines Lebens anfangen wollte. Ein Ort, weit weg von seinem bisherigen Leben als Polizist.

Ein Ort, wo man ihn in Ruhe lassen würde. Wo man ihm keine Fragen stellen würde, weil jeder alles wusste.

Fin fuhr nach Donegal, mietete ein Zimmer über dem Pub in Foley und leckte seine Wunden. Manchmal übernahm er die Vertretung von Ronan O'Shea, der unlängst die weltweite Vermarktung des Fisherman's Fellow in Angriff genommen hatte. Gerade war eine Hochglanz-Ansichtskarte aus Spanien eingetrudelt, vorne drauf ein Strand mit bunten Sonnenschirmen, hinten drauf Grüße aus Marbella. Ronan musste eingestehen, dass seine Geschäftsidee noch nicht wirklich ausgereift war, hatte er doch glatt übersehen, dass in Spanien die meiste Zeit des Jahres kaum Bedarf an heißen Getränken herrschte. Er wollte nun in New York einen neuen Anlauf versuchen, schließlich gab es seiner Ansicht nach nirgendwo auf der Welt außerhalb Irlands mehr Iren auf einem Haufen, die er von seinem diabolischen Gebräu überzeugen konnte. Das Fisherman wusste er derweil bei Fin in guten Händen.

Hin und wieder bekam Fin Besuch von Lily, die ihren Vater plötzlich unheimlich cool fand ganz im Gegensatz zu ihrer ach so langweiligen, voll konservativen Mutter. So versuchte sie prompt, ihm die Idee schmackhaft zu machen, ganz zu ihm nach Donegal ziehen zu dürfen, zumal sie in Foley einen Jungen kennengelernt hatte. Diarmuid O'Rourke war sechzehn, sommersprossig und blauhaarig und angeblich das Ergebnis einer Stippvisite von Billy »Blue Boy« MacGann. Nicht der einzige Grund, weshalb Fin absolut dagegen war, dass Lily zu ihm zog.

Er legte ohnehin keinen gesteigerten Wert auf Gesellschaft. Ihm genügte die rote Katze, die er adoptiert hatte. Vielleicht war es auch umgekehrt gewesen und die Katze hatte ihn adoptiert.

Manchmal sah man ihn auf dem Friedhof. Dann blieb er eine Weile am Grab von Thomas Keane stehen, schien Zwiesprache mit dem lädierten Marmorengel zu halten und ging wieder.

Der alte Leuchtturm am Cape Cloud war verrammelt und verriegelt. Nichts mehr erinnerte an die Meerjungfrau, die hier gewohnt hatte.

Auch das weiße Pferd war eines Tages verschwunden. Vielleicht hatte der Schimmel eine Weide gefunden, die grüner war. Obwohl dies in Irland eigentlich kaum möglich war.

Er war verschwunden wie Shergar. Wie Jack Keane. Wie Fins Dienstwagen. Verschwunden wie die Mönche im Meer.

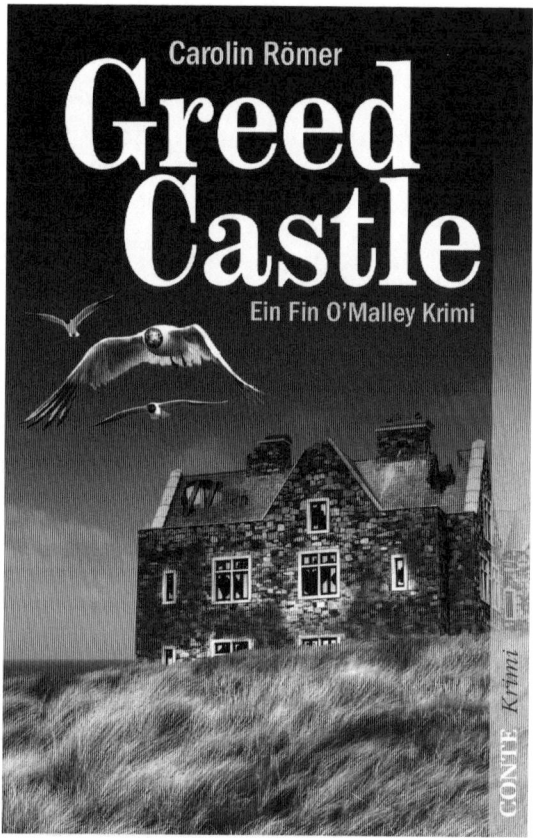

294 Seiten, ISBN 978-3-941657-86-1, 13,90 €

Vor dem verfallenen Herrenhaus Greed Castle stolpert Fin O'Malley über eine Leiche. Weil er selbst unter Verdacht gerät, ermittelt der ehemalige Dubliner Detective wieder. Doch die abergläubischen Dorfbewohner sind keine große Hilfe bei seinen Nachforschungen. Nora Nichols ist überzeugt, dass irische Kobolde sich gerächt haben. Als Fins Tochter Lily verschwindet, wird es ernst.

**Das** Carolin Römer
**Labyrinth**
**des Malers**
Ein Fin O'Malley Krimi

CONTE *Krimi*

272 Seiten, ISBN 978-3-95602-056-8, 13,90 €

Fin O'Malley begibt sich unfreiwillig auf eine Art Pilgerreise. Der Croagh Patrick will bestiegen werden, doch die wilde irische Landschaft meint es nicht gut mit Fin. Er verläuft sich im Nebel des Septembertages und landet bei Séamus Le Brun, einem alten Maler, der allein in seinem Wohnwagen am Meer haust. Als dieser in die Luft fliegt, sieht die Polizei keinen Handlungsbedarf, doch Fins Spürsinn ist geweckt, besonders als im ausgebrannten Wrack zwei Goldmünzen gefunden werden. Der alte Sonderling hütet ein Geheimnis!

Fin begibt sich auf Schatzsuche. Und er ist nicht der einzige. Je tiefer er gräbt, desto unübersichtlicher wird der Fall. Und Fin muss feststellen, dass Kobolde auch nicht mehr das sind, was sie einmal waren.

**Gaston Leroux** *Die Hölle an der Ruhr*
*Rouletabille bei Krupp*
180 Seiten, ISBN 978-3-941657-21-2, 11,90 €

**Jens Luckwaldt** *Puder und Blei*
218 Seiten, ISBN 978-3-941657-26-7, 12,90 €

**Barbara Mansion** *Mörderische Wallfahrt*
204 Seiten, ISBN 978-3-936950-59-5, 9,90 €

**Barbara Mansion** *Das Geheimnis der Burgkapelle*
198 Seiten, ISBN 978-3-941657-09-0, 12,90 €

**Kerstin Rech** *Schenselo*
188 Seiten, ISBN 978-3-936950-60-1, 9,90 €

**Kerstin Rech** *Hotel Excelsior*
232 Seiten, ISBN 978-3-936950-77-9, 11,90 €

**Carolin Römer** *Die irische Meerjungfrau*
*Ein Fin O'Malley Krimi*
306 Seiten, ISBN 978-3-941657-25-0, 13,90 €

**Carolin Römer** *Greed Castle*
*Ein Fin O'Malley Krimi*
294 Seiten, ISBN 978-3-941657-86-1, 13,90 €

**Carolin Römer** *Das Labyrinth des Malers*
*Ein Fin O'Malley Krimi*
272 Seiten, ISBN 978-3-95602-056-8, 13,90 €

**Guido Rohm** *Untat*
140 Seiten, ISBN 978-3-941657-78-6, 10,90 €

**Dieter Paul Rudolph** *Arme Leute*
210 Seiten, ISBN 978-3-941657-06-9, 12,90 €

Die Krimireihe des Conte Verlages

**Dieter Paul Rudolph** *Pixity*
*Stadt der Unsichtbaren*
292 Seiten, ISBN 978-3-941657-29-8, 13,90 €

**Dieter Paul Rudolph** *Der Bote*
Ein Science-Fiction-Krimi
176 Seiten, ISBN 978-3-941657-61-8, 11,90 €

**Elke Schwab** *Kullmanns letzter Fall*
270 Seiten, ISBN 978-3-936950-71-7, 11,90 €

**Elke Schwab** *Tod am Litermont*
278 Seiten, ISBN 978-3-936950-74-8, 12,90 €

**Elke Schwab** *Hetzjagd am Grünen See*
302 Seiten, ISBN 978-3-936950-95-3, 12,90 €

**Elke Schwab** *Das Skelett vom Bliesgau*
282 Seiten, ISBN 978-3-941657-14-4, 12,90 €

**Elke Schwab** *Galgentod auf der Teufelsburg*
330 Seiten, ISBN 978-3-941657-39-7, 12,90 €

**Elke Schwab** *Blutige Seilfahrt im Warndt*
320 Seiten, ISBN 978-3-941657-66-3, 13,90 €

**JuttaStina Strauss** *Koks und Kosakenkaffee*
*Guzzos erster Fall*
286 Seiten, ISBN 978-3-936950-54-0, 13,90 €

**JuttaStina Strauss** *Mis en Vosges*
*Guzzo in Lothringen*
290 Seiten, ISBN 978-3-936950-80-9, 13,90 €

**Markus Walther (Hrsg.)** *Letzte Grüße von der Saar*
Krimi-Anthologie, 244 Seiten, ISBN 978-3-936950-68-7, 12,90 €

**Lisa Huth, Karin Mayer (Hrsg.)** *Mord vor Ort*
*Das Krimibuch zum Treffpunkt Ü-Wagen*
230 Seiten, ISBN 978-3-941657-02-1, 12,90 €

**Lisa Huth, Karin Mayer (Hrsg.)** *Mord vor Ort 2*
*Das zweite Krimibuch zum Treffpunkt Ü-Wagen*
236 Seiten, ISBN 978-3-941657-41-0, 12,90 €

**Ingrid Schmitz (Hrsg.)** *Muscheln, Mousse und Messer*
*Eine kulinarische Krimi-Anthologie*
220 Seiten, ISBN 978-3-941657-22-9, 12,90 €

**Ingrid Schmitz (Hrsg.)** *Porridge, Pies and Pistols*
*Eine kulinarische Krimi-Anthologie*
298 Seiten, ISBN 978-3-941657-87-8, 12,90 €

**Ingrid Schmitz (Hrsg.)** *Tortillas, Tapas und Toxine*
*Eine kulinarische Krimi-Anthologie*
252 Seiten, ISBN 978-3-95602-013-1, 12,90 €

Besuchen Sie uns im Internet:

**www.conte-verlag.de**